親愛的玫瑰金

The Recovery of Rose Gold

史蒂芬妮·羅貝爾 ——— 著
蘇雅薇 ——— 譯

獻給我的父母朗恩和凱西・羅貝爾

第一章　派蒂

出獄當天

我女兒不需要出庭作證指控我，但她自願這麼做。

我會坐牢都是玫瑰金的錯，但不能只怪她。如果要找罪魁禍首，我會指向檢察官和他過度活躍的想像力、輕易受騙的陪審團，以及嗜血的記者。他們都強烈要求聲張正義。

但他們其實只想要一個故事。

（唉呀，他們還真寫出來了。準備好爆米花和巧克力夾心餅乾吧。）

他們說，很久很久以前，邪惡的母親生下女兒，女兒看來病得很重，有各種毛病。她裝了餵食管，頭髮一把一把掉落，虛弱到必須坐輪椅移動。整整十八年，醫生都想不通她怎麼了。

這時兩名警察出現，救了女兒。聽清楚囉，女兒的身體完全健康——邪惡的母親才心裡有病。檢察官告訴大家，母親對女兒下毒好多年了。都是母親的緣故，女孩才成天嘔吐，營養不良。他說這叫重度虐童，母親需要接受懲罰。

她遭到逮捕後，媒體像禿鷹一擁而上，急著想利用這個分崩離析的家庭。他們寫的頭條尖聲要「毒婦派蒂」血債血還，把她描繪成五十幾歲的心理操縱專家。母親的朋友都信了謊話。自以為是的人比比皆是，每個律師、警察和鄰居都深信自己是女孩的救世主。他們把母親丟進大牢，扔掉鑰匙。正義得以伸張，大多數的人從此過著幸福快樂的日子。劇終。

然而母親第一千次刷洗地毯上女孩的嘔吐物時，律師在哪裡？母親每晚挑燈苦讀醫學課本時，警察在哪裡？天亮前小女孩哭著找母親時，鄰居在哪裡？

回答這個問題吧：如果我花了將近二十年虐待我的女兒，為什麼她提議今天來接我？

康納利說話算話，在正午來到我的牢房。「華茲，準備好了嗎？」

我從夾心餡餅般的床上急忙跳起來，拉緊粗糙的卡其色制服。「好了，長官。」

我變成了個會歡快應聲的女人。

水桶腰的典獄長掏出一大串鑰匙，吹著口哨滑開我的門。我是康納利最喜歡的囚犯。

我在獄友床邊停下來，不想出洋相。可是艾莉西亞靠牆坐著，抱緊膝蓋，她抬起眼對上我的視線，哭了出來。她看起來比二十歲年輕多了。

「噓，噓。」我彎腰懷抱女孩，試著偷瞄她裹著繃帶的手腕，但她發現了。「記得繼續擦藥膏，換敷料，別讓傷口感染。」我朝她扭扭眉毛。

艾莉西亞笑了，臉上還留著淚痕。她打了個嗝。「好，華茲護士。」

我盡量不要太得意。過去十二年，我都是有證照的護理師助理。

「好孩子。狄亞茲今天會陪妳走操場，三十分鐘，醫生要求的。」我回以微笑，摸摸艾莉西亞的頭髮。她不再打嗝了。

「妳會寫信給我嗎？」

我點點頭。「妳隨時都可以打電話給我。」我捏捏她的手，重新起身，走向耐心等候的康納利。我在門口停下來，回頭看艾莉西亞，暗自提醒自己回家後要寄信給她。

「每次一小時。」

艾莉西亞害羞地揮手。「出去後祝妳好運。」

我和康納利走向入監及釋放中心。其他囚犯叫著向我告別。

「保持聯絡，知道嗎？」

「老媽，我們會想妳。」

「小蚊，別惹麻煩。」（小蚊是「蚊子」的簡稱，算是損人的綽號，但我當作稱讚。

蚊子從不放棄。）

我模仿最完美的英國女王揮手，但忍住沒有送飛吻。最好還是嚴肅一點。我和康納利繼續前進。

來到走廊上，史蒂雯差點把我撞倒在地。她跟鬥牛犬像得驚人——矮胖結實，雙下巴的肉晃來晃去，偶爾會流口水。她朝我悶哼，「走了最好。」

我來之前，史蒂雯是大權在握的老大。她從來不信懷柔作法，徹頭徹尾靠威嚇制人。但蠻力和威嚇總有極限，對我這種體格的女人更是沒效。推翻她很容易，我不怪她恨我。

我向她迷人地揮揮手指。「史蒂雯，祝妳有光榮的一生。」

她怒吼，「別再毒害其他小女孩了。」

我不能選擇掐死她，於是我用善意殺死她。我露出極度寧靜的笑容，跟著康納利走了。

入監及釋放中心毫不起眼：長長的走廊，水泥地板，過白的牆面，有厚玻璃窗的等候室。走廊盡頭是一小塊辦公區域，擺著桌子、電腦和掃描器，看起來就像會計師事務所，只是會計師都要戴警徽配槍。

服務台接待員的椅子轉向收音機。廣播正在播新聞節目，記者說，短暫休息後，我們要來報導印第安納州的男嬰失蹤事件。請繼續收聽WXAM。我出庭以來，沒有看、聽或讀過新聞。媒體毀了我的好名聲，他們害女兒四年不跟我說話。

我怒目瞪著收音機。椅子轉向我，我才發現我認識坐著的接待員。私底下，我稱這名禿頭的強壯男子叫乾淨先生。我們五年前第一次見面，他跟我調情一整天，問我噴哪個牌子的香水，我則不斷轉移他的注意。當時我裝得無憂無慮，心裡卻搖擺不定，一面生氣我的判決不公，一面害怕接下來的五年。至今我沒再見過他。

他關掉收音機說，「派蒂．華茲？」

我點點頭。

「我記得妳。」他笑了。

乾淨先生從桌子抽屜拿出一張表格，然後走進儲藏室。幾分鐘後，他拿著一個小紙箱回來，交給我一張紙。「麻煩看一下清單，在最下面簽名，確認妳帶來的東西都有帶走。」

我打開盒子，瞄了一眼，草草簽名。

「妳可以換回一般的衣服了。」乾淨先生指向浴室。康納利沒在看時，他朝我眨眨眼。我點頭致意，抱著紙箱慢步走開。

進入廁間後，我扯掉背後大大印著「矯正署」的外套，翻起箱子。吃了五年牢飯，即使我最喜歡的牛仔褲褲腰是鬆緊帶，穿起來還是有點鬆。我換上加菲貓圖案的上衣和紅色運動衫，上頭繡著我念的社區大學縮寫ＧＣＣ。我的舊襪子因為汗水而僵硬，但仍比我在獄中穿的粗糙毛襪好。我穿上白色運動鞋，發現箱底還有一樣東西。我拿起心型吊墜，考慮放進口袋，不過最後仍戴上脖子。最好讓她看到我戴她小時候送的禮物。

我走出浴室，把空箱子還給乾淨先生。

「好好照顧自己。」他又眨眨眼。

我和康納利走過日光燈照亮的入監大樓走廊，前往停車場。「華茲，有人來接妳嗎？」

「有，長官，應該很快就會到了。」我小心沒說誰來接我：雖然玫瑰金已經二十三歲，有些人還是把她當成病懨懨的小女孩。有些人不太樂意看到我們重逢。他們不在乎每次住院時，我都徹夜不睡觀察她的生命跡象，他們不知道母親的愛有多深。

我們停在門口。我探向推門桿，手指不住刺痛。

康納利搔搔他像橄欖球員迪特卡的鬍鬚。「我的岳父母非常喜歡那道波蘭餃子。」

我拍拍手。「我就說他們會喜歡。」

康納利遲疑了一下。「瑪莎很滿意，昨天晚上她沒有睡沙發了。」

「長官，一步一步來，她會回心轉意的。繼續讀那本書。」過去幾個月，我都在教典獄長讀《愛之語：兩性溝通的雙贏策略》。

康納利笑了，一瞬間似乎說不出話。

「別這麼感傷啊。」我開玩笑，拍拍他的肩膀。

他點點頭。「派蒂，出去後祝妳好運。我們別再見面了，好嗎？」

我說，「我也這麼打算。」我看他大步走開，像小丑穿的大鞋拍打油地氈。他把巨大身軀抬進辦公室，在身後關上門，徒留我面對詭譎的寂靜。就這樣，伊利諾州矯正署跟我玩完了。

我試著忽略胸口狂亂的心跳，推開門，走進刺眼的陽光。我本來還擔心警鈴會響，或紅燈會閃，但真的就這麼簡單：走進室內，走出室外，沒有人在乎。我可以去電影院、教堂或馬戲團。我可以在暴風雨中忘了帶傘，或遭人持槍搶劫。我自由了，什麼事都可能發生在我身上。我伸展手指，讚嘆十一月乾冷的微風。我舉起手替眼睛遮光，掃視停車場，尋找那輛老舊的雪佛蘭廂型車，可是放眼望去都是轎車，沒有人影。

她應該馬上要到了。

我沉著臉坐在搖搖晃晃的長椅上，感到體重壓得塑膠椅不住抗議。掙扎幾分鐘想坐得舒服後，我站起身，繼續踱步。

我的紫紅色廂型車從遠方開上通往入監大樓的長長單線道馬路。隨著車默默開近，我盡可能壓平亂翹的頭髮，拉直我的運動衫。我清清喉嚨，好像要開口說話，但我只是瞪大眼睛。等廂型車開到停車場，我可以認出寶貝女兒的纖細肩膀和金褐色頭髮。

我看玫瑰金倒車停進停車格。她關掉引擎，靠著椅子的頭枕。我想像她閉上眼睛一分鐘，及胸的髮尾隨著每次毫無防備的呼吸上下起伏。玫瑰金從小就想留長髮，現在她做到了。

我在哪裡讀過，一般人頭上有十萬根頭髮——金髮的人髮量多，紅髮的人較少。我猜想一隻手握拳能抓住幾縷頭髮。我想像把女兒擁入溫暖的懷中，手指纏繞她的髮絲。我總是告訴她，頭髮剃掉比較好，比較沒那麼脆弱——沒東西給人抓。

女兒從來不聽母親的話。

她抬起頭，視線與我相交。她舉起手臂，像返校舞會女王在花車遊行時揮手。我自己的手臂伸向空中，回應她興奮的態度。我在廂型車第二排瞥見兒童座椅的形狀，我的孫子一定綁著安全帶坐在後頭。

我走下路邊，走向我的家人。距離上次我生小孩快二十五年了。不出幾秒，他小巧的手指就會握住我的手。

第二章　玫瑰金

五年前，二〇一二年十一月

有時候我仍不敢相信，我想讀什麼都可以。我擦擦閃亮的雜誌照片。一對完美情侶在沙灘上牽手；頭髮蓬鬆的少年鑽進等在路旁的車；容光煥發的母親抱著女兒走在紐約街頭。這些人都是名人，我知道那位母親是名叫碧昂絲的歌手，但我認不出其他人。我相信大部分十八歲的人都認得出來。

「玫瑰金？」

我嚇了一跳。經理史考特站在我面前。「我們要開店了，」他說，「可以請妳把雜誌放好嗎？」

我點點頭。史考特繼續往前走。我應該要道歉嗎？他在生我的氣，或者只是在做他的工作？他會因此舉報我嗎？我應該要尊重上位的人，但我也應該要智取他們。媽媽總是做得到。

我望著手中的《閒聊雜誌》。最近我會翻閱小報，看有沒有提到她。開庭期間，小報寫了三篇我們的報導。現在到了她入獄的第一天，他們什麼都沒寫，全國報紙也一樣。媽媽坐牢的事只在當地報紙《戴維克日報》上刊了一篇聳動的專題。

我把雜誌放回架上。史考特開始一面拍手，一面走過店面，大喊「各位，笑容是你們制服的一部分。」我瞥向二號收銀台的阿尼，他翻了個白眼。我惹到他了嗎？要是他再也不跟我說話呢？要是他跟所有同事說我是怪胎呢？我撇開頭。

警衛打開工具世界商場的大門，外面沒有人排隊，週日早上向來很安靜。我打開收銀台的燈，但大大的黃色「五」沒有亮起來。媽媽總是說燈泡壞掉表示壞事會發生。

我顫動的胃腸越繃越緊。過去一年，我一直畏懼開庭的每個重大日子：開場陳述，我的作證，裁決，判刑。然而記者不在乎「毒婦派蒂」關進大牢了，只有我記得今天是她入獄的日子。要不是我站上證人台，她仍會逍遙法外。她被逮捕以來，我們沒說過話。

我試圖想像一百六十五公分高的結實母親身穿橘色連身服。要是守衛傷害她呢？要是她惹不該惹的囚犯生氣呢？要是她吃不慣食物生病呢？我知道我應該為這些可能性感到高興，我知道我應該要恨媽媽，因為旁人總是問我恨不恨她。

我不想要想像她現在的樣子，全身覆蓋李子色的瘀青，皮膚缺乏日照而越顯蒼白。我想記得陪我長大的母親，她有寬闊的肩膀和厚實的手臂，幾分鐘就能捏好麵糰。她的頭髮剪短，用廉價染髮劑染成近乎黑色。她的臉頰圓胖，鼻子扁塌，燦爛的笑容點亮她的臉。我愛媽媽的笑，因為我喜歡看她的牙齒：亮白筆直整齊，跟她的文件櫃一樣井然有序。不過她淺藍綠色的眼睛才會贏得你的心，她的雙眼顯示她在傾聽、她會同情。她不用說一個字，和善的眼神就值得信任。當她肥厚的手握住你的手，海藍色的眼睛直盯著你，你會相信你再也不孤獨。

「妳是玫瑰金吧？」

我又嚇了一跳。一名貌似迪士尼王子的男生站在我面前。我認出他，他常來買電動遊戲。

少年指著我的名牌說，「好吧，我作弊。我叫布蘭登。」

我盯著布蘭登，擔心一開口他就會走開。他對上我的視線——我臉上有東西嗎？我從運輸帶抓起他買的東西：封面畫著士兵握槍的電動遊戲，還有四包花生M&M。

布蘭登繼續說，「我念戴維克高中。」

他比我小。我已經十八歲，拿到了高中文憑。

我說，「喔。」我應該說點別的。布蘭登這麼帥氣的人怎麼會跟我說話？

「妳以前也念戴維克高中嗎？」

我搔搔鼻子，好用手遮住牙齒。「我在家自學。」

「真酷。」布蘭登朝他的腳微笑。「我在想，妳願不願意跟我出去。」

我困惑地問，「去哪裡？」

他笑了。「去約會啦。」

我掃視空蕩蕩的商場。布蘭登站在原地，雙手插進口袋，等我回答。我想到我的線上男友菲爾。

「我不確定耶。」

「來嘛，」布蘭登說，「我保證不會咬人。」

他一邊說，一邊傾身越過收銀台。我們的臉只隔三十公分。他的鼻子上散落小雀斑，聞起來像男孩用的肥皂。我的心開始像小狗跳動。或許我的初吻終於來了。如果我從來沒跟線上男友碰過面，這還算出軌嗎？

布蘭登眨眨眼，閉上眼睛。他做起來怎麼如此容易？我也應該閉上眼睛。可是如果我錯過他的嘴巴，親到他的鼻子呢？還是張著眼睛吧。我該伸舌頭嗎？雜誌說偶爾要伸舌頭，但不要用牙齒，絕對不要用牙齒。

我的牙齒。

我不能讓他那麼靠近我的牙齒，況且史考特可能看到我們。我沒發現我也傾身越過收銀台，現在我們的臉只隔幾公分。我要搞砸了，我還沒準備好。我猛然縮回頭。

我喃喃說，「時間不對。」

他張開眼睛，歪過頭。「妳說什麼？」

「我說時間不對。」我屏住呼吸。

他揮手不當一回事。「我連時間都還沒說呢。妳永遠都很忙嗎？」

我從來不忙，但這個答案不對。我壓壓指節，試著吞口水。我的喉嚨好乾。

布蘭登挑起眉毛。「妳要逼我求妳嗎？」

我想像自己接下來四十八小時不斷重溫這段對話的每個字。我只要在搞砸前脫身就好。我把一撮又短又直的頭髮塞到耳後，對著他的上衣說，「對不起。」

布蘭登從收銀台後退一步，臉頰泛紅。我看他的笑容轉為譏笑。我一定說錯話了。

我抖了一下，靜靜等。

「妳是忙著假裝需要坐輪椅嗎？」

我的嘴巴張開，我趕忙伸手遮住。

布蘭登嘶吼，「妳以為妳那些牙齒遮得住？妳的牙齒噁心死了，妳也噁心死了。」

別哭，別哭，別哭，別哭。

他說，「朋友跟我下戰帖，我才邀妳出去。」彷彿收到指令，一名過度興奮的男孩從二號收銀台後面跳出來。我的眼眶開始盈滿淚水。

「妳以為妳能拒絕我？」布蘭登嗤笑一聲，拎著工具世界商場的塑膠袋大步走開。他的朋友跟他擊掌。第一顆渾圓的淚珠溢出來，滾下我的臉頰。

他們一走，我就忽視阿尼的眼神，快步離開我的收銀台。我想到黑魔女、賈方、庫伊拉、刀疤和虎克船長：壞人最終永遠會輸。

休息室空無一人，我關門並上鎖。

兩個月前聽到母親的判決後，我沒有哭得這麼慘過。

下班後，我小心翼翼坐上媽媽的老舊廂型車，開了十四公里回到我的公寓。兩個月前我拿到駕照，媽媽以前最好的朋友瑪莉．史東幫我報名駕訓班，還帶我去監理所考筆試和路考。監理所職員說那個月我第一個拿滿分。偶爾我會開廂型車繞著社區打轉，就因為我能開車。

我把車停在公寓外。我在工具世界商場找到收銀員的工作後，史東太太也幫我在戴維克尋找便宜的租屋。雪瑞登公寓是一棟四層的破舊樓房，史東太太說這棟房子在她小時候就建好了。有時小老鼠會來拜訪，不過每個月租金不到四百美元。史東太太認為對我來說，這是不錯的入門住處。我不確定我入門之後要去哪裡。

我鎖上車門，走向公寓。我走上水泥小徑時，手機在口袋裡震動起來。每當我踏過一道裂痕，我都確保腦中想到布蘭登。

菲爾：晚上聊天嗎？

我：嗯，拜託了，我今天過得不好

菲爾：怎麼了？

進屋後，我踢掉靴子，直接走向浴室的體重計。九個月前搬出媽媽家後，我重了十三公斤，不過近來體重持平了。我往下看，還是四十六公斤。

我離開浴室時刻意避開鏡子，我沒有精力走完整個程序。（步驟一：檢查美白牙貼有沒有效。我給每顆牙齒打一到十分，把分數記在小筆記本裡，好追蹤改善狀況。步驟二：用布尺檢查頭髮長了多少。我試過魚油藥丸、生物素和維他命，可是都沒效，我的頭髮依舊長不快。步驟三：從頭到腳掃視全身每一個部位，記下我不喜歡的地方。我時時更新腦中的清單，才知道哪裡需要努力。）我盡量一天不做整套程序超過一次，今天這種糟糕的日子則完全避免。我關掉浴室的燈。我餓了。

我走進廚房，把一盒冷凍的德州墨西哥式起司通心麵放進微波爐，靠著流理台讀餐盒上的說明，心想「西班牙香腸」吃起來像什麼。搬出來自己住之後，我幾乎靠麥片和冷凍食品過活。我有嘗試學煮飯，卻老是抓錯時間，燒焦青菜或沒煮熟飯。我懷念有人替我準備三餐，即使只是雅培小安素。有時我會學媽媽點燃小小的祈願蠟燭，替晚餐時光增色。

微波爐嗶叫一聲。我拿出起司通心麵，繼續站在流理台旁，撕掉通心麵的塑膠包膜，緩緩把麵放進嘴裡，讓叉子冰涼的尖端壓著舌頭。裹著胡椒傑克起司的捲麵滑順地溜下喉嚨，自信滿滿單向前進。我的臼齒碾碎麵包屑。接著香料重擊而來——西班牙香腸可嗆了！我的眼睛湧出淚水，手臂冒出雞皮疙瘩。這些新口味怎麼吃都不膩。

我打開冰箱，拿出一個午餐組合包和一加侖的巧克力牛奶。我考慮直接就著容器喝，但我想到她岩漿般的眼神，於是把牛奶倒進玻璃杯。

我：有個高中小鬼到店裡來，簡直是個混帳。

我很興奮能隨興用「混帳」這個字。以前我不能罵髒話。

我：無所謂了。

我：你今天過得如何？

我一直希望我對自己太嚴苛，希望我太擔心，別人其實不覺得我那麼醜。可是布蘭登確實這麼想。我皮包骨的身材看起來不像女人，更像六歲小男孩。我沒有隆起的胸部。我蛀爛的牙齒參差不齊。即使增重十三公斤，我還是太瘦，還是塞不滿公車座椅。沒有人覺得我漂亮，連媽媽也是。她總是小心翼翼說我有美麗的靈魂，卻從不說我美麗。她選擇在最糟的時候說實話。

菲爾：碰到混蛋真倒楣

菲爾：今天我這邊下雪 :-)

菲爾幾年前搬去科羅拉多州，才能經常滑雪。他的阿姨和姨丈住在前山山腳的小木屋，距離丹佛西南方七十二公里，他說服父母讓他搬過去。他的反叛行徑加上對我的情愫，就足以吸引我了。他也幫我認清媽媽對我做了什麼，算是救了我一命。十六歲時，我說服媽媽裝網路來協助我的課業，不久後我就在單身聊天室認識了菲爾。她每天只讓我上網三十分鐘，但她睡著後，我會偷溜上網跟菲爾聊天。時隔兩年半，現在我們每天傳簡訊，不過沒有打電話或視訊。我不擅長即時對話，透過簡訊，我才有時間準備如何回覆。我不能冒險失去他。

我把空的通心粉容器丟進垃圾桶，拿著午餐組合包到客廳。幾年前媽媽在車庫拍賣會買了幾張躺椅，我坐上其中一張，翹起腳墊。我把組合包的一片切達起司和一片火雞肉放在餅乾上，然後停了一下。我的肚子是否怪怪的，還是我在亂想？

我大聲說，「通心麵沒問題。」

我拿起放在邊桌的DVD：《愛麗絲夢遊仙境》和《木偶奇遇記》。小時候我只能看三部電影——《睡美人》、《仙履奇緣》和《美女與野獸》——所以我在彌補錯過的時光。目前為止，我看完了圖書館一半的迪士尼電影收藏，沒有一部能超越我的最愛《小美人魚》——我看了三十遍。為了好運，我打算看三十三次。

可是現在我不想看電影。我端詳我的卡其褲和藍色制服襯衫。明天我會穿完全一樣的服裝，擺正同樣一疊雜誌，裝填同樣的貨架，服務下一個走進工具世界商場的混帳，聽他說我有多噁心。

要是布蘭登回來店裡怎麼辦？要是我去加油站或買菜時撞見他怎麼辦？

或許我反應過度了。我有男朋友、全職工作，以及自己的公寓。我看過牙科，醫生說只要拔幾顆牙，植入人工牙根支撐牙橋，我就能擁有一口美麗白牙。自此以來，我每筆薪水都存下五十美元，用來資助我全新的笑容。我有所進展了，一個帥哥的意見算什麼？對我來說，布蘭登誰都不是。

我說，「妳不噁心。」我感到反胃又坐立不安。我不相信自己。

我還沒準備好搬去新城市。我大半輩子都住在同一間連棟屋，只出門去看醫生、拜訪鄰居和上學，直到媽媽讓我在家自學。雖然戴維克有很多人令我不悅，至少他們的臉很熟悉。只要知道褐色躺椅、轉角的雜貨店和史東太太——她的燕麥餅乾和永遠樂觀的態度聲名遠播——都在五分鐘車程內，我就撐得下去。搬家茲事體大，但暫時換個環境應該可行。

媽媽悄聲說，列個名單吧。以下是我認識不住在戴維克的人：媽媽，住在芝加哥的亞莉，還有遠在科羅拉多州的菲爾。我和菲爾從未提議要見面，面對面就代表沒有幻想空間了。假如菲爾見到我，他可能也會說我噁心，甚至跟我分手。然而我焦躁不安的心就是不肯閉嘴。

我花了四十五分鐘草擬簡訊，才決定採用最直接的方法。

我：你覺得我去拜訪你如何？:-)

我：我需要離家一陣子。

三個圓點懸在那兒，飄在螢幕上。他在打字，打字，打字。我扯扯手指上的肉刺。別抱太大希望。

菲爾：現在時機不太好。對不起，寶貝。

菲爾：或許再等幾個月？

我吐出屏住的氣。我不敢問為什麼現在時機不好，反而列起另一張清單：男朋友不想跟我見面的可能原因。或許他有另一個女朋友，或許我是第三者。或許家人不讓他約會。或許他不知道怎麼滑雪板。或許他實際的長相比照片醜。或許他心底知道我不是他期望的可愛女孩——雖然我給他假名，以防他找到我。

撞見布蘭登是我最接近初吻的機會。十八歲還在等待初吻太老了，讀過《十七歲雜誌》就知道。我決定繼續在菲爾身上努力，他是我最好的機會。況且如果我們命中注定，總有一天要見面吧？

我用手指敲著躺椅扶手，絞盡腦汁思考別的解法。我可以去芝加哥。亞莉是史東太太的女兒，也是我最好的朋友，她提議要帶我四處逛逛好幾個月了。三小時車程的油錢不會太貴。

我在手機上點開跟亞莉的對話串，輸入「我想我可能會去看妳！」我按下小小的藍色箭頭，咬住嘴唇。

我滑過我們的聊天紀錄。亞莉沒有回覆我傳給她的最後三封簡訊。要不是她每天在社群網站上發文，詳細記錄她跟城裡的朋友玩得多開心，我可能還會擔心。過去幾個月，我研究了數個社群平台，想了解網站怎麼運作。我甚至鼓起勇氣，在其中一個平台設了自己的帳號，但我什麼都還沒發佈。我無法決定帳號頭貼的圖片。

我又瞥了一眼租來的電影，最後決定把我自己的《小美人魚》——我唯一有的電影——放進播放器。

三十分鐘後，亞莉還是沒有回覆。這回海鷗史卡托和螃蟹塞巴斯丁也無法讓我分心。我一直想像「噁心」這個字像霓虹標誌飄在我頭上，兩個閃爍的箭頭指著我。這個字像刺青寫在我的額頭和臉頰上，還有嘴巴裡。我把媽媽幫我做的斑馬紋羊毛毛毯拉到下巴。這個字還是跟著我，在耳內大聲回響。我想像這個字跟著血管裡的血液漂流，趕忙搖頭甩掉這個想法。當時我應該忽視他，或繼續翻雜誌才對。

雜誌。我再次抓起手機，滑過舊的電子郵件。我找到維尼．金恩寄來的信。他是《閒聊雜誌》的寫手，曾寄給我好幾封訪談邀約，還願意支付數百美元的受訪費。我再次掃過內文。

媒體都把妳描繪成柔弱的受害小女孩，是時候讓妳矯正視聽了吧？

當時我相信命運，我以為事必有因。

維尼．金恩第一次聯絡我時，我還裝著餵食管，剛從我們的連棟屋搬到史東太太家。社工指派給我一位諮商師，媒體據守在他們認為我可能躲藏的每棟屋外。等我作證指控媽媽時，我已經快撐不住了。我想公開釐清事實和謊言，但採訪當年的玫瑰金只會是災難一場，我可以想像報紙頭條嘲笑女兒跟母親一樣瘋狂。那時實際的頭條已經夠糟了：母親對餓慘女兒毫無悔意。

不過那是過去了。

現在我穩定多了。當然，事情不可能十全十美。比方說，我可能有點太在意體重。我吃特定食物仍會反胃，即使我很確定噁心的感覺都是想像。我不擅長跟同齡的小孩說話。布蘭登這種混蛋仍讓我腿軟。

過去一年，我很努力把回憶壓在箱底，或許我還沒準備好要談。然而我可以選擇繼續讓不了解我的人欺負我，或者我可以說出我的故事。媒體對媽媽和我不再感興趣；維尼好幾個月沒聯絡我了。不過我也許能說服他聽我說，我就能拿受訪費矯正牙齒，或去科羅拉多州拜訪菲爾。

亞莉還是沒有回我的簡訊。電視上，愛麗兒同意放棄她的聲音。

我在改變主意前撥出維尼·金恩的電話號碼。電話響了起來。我盯著我的鞋子，鞋帶鬆了。

她在想我。

第三章　派蒂

我大步橫越停車場，走向我的女兒。玫瑰金從駕駛座跳下來，站在巨大的廂型車前，她一百五十二公分的身形嬌小無比。這名二十三歲的女人取代了我養大的細瘦少女。她的頭髮筆直扁塌，黯淡的髮色介於金色和褐色之間。小巧的塌鼻子讓她看起來像老鼠。她穿著寬鬆牛仔褲和大號圓領運動衫。她衝向我的腳步一如往常趾尖著地，彷彿水泥地上都是熱煤炭。她看起來很健康，很正常。

除了那口牙齒。

她的牙齒從牙齦向各個方向突出，像墓園的老墓碑。牙齒呈現數種黃色，從蛋奶酒到第戎芥末醬的黃色都有，有些齒根變成泥巴色，齒冠則參差不齊。她朝我微笑——不對，咧嘴笑——我想到萬聖節的南瓜燈。外人看來，她的牙齒或許醜陋極了。但在我看來，這些牙齒講述了一個故事，提醒我數十年來胃酸不斷侵蝕她的琺瑯質。她的牙齒見證了她的勇氣。

我們在停車場中央碰頭，她先朝我探出手。

她說，「妳自由了。」

我說，「妳當媽媽了。」

我們擁抱一會兒。我數到五，不想顯得過度積極，或引起她懷疑。「我可以看看小傢伙嗎？」

玫瑰金從我懷中抽身。她開朗地打量我，但仍隱約露出擔憂。她說，「當然。」我跟著她走向廂型車，她用力拉開後車門。

他就在那兒，坐著兒童座椅，眼睛飄動，雙腳亂踢：我們的小亞當，才兩個月大。

我一時衝動，探向他穿襪子的腳，出聲逗他。他對我咯咯叫，然後吐出舌頭。我欣喜地笑了。

我伸向兒童座椅的扣環，這才想起我越矩了。我轉向玫瑰金。「可以嗎？」

她點點頭。她的眼睛跟兒子相似，視線在他的身體和我的臉之間來回擺動。我解開安全帶，把他從椅子抱起來。

我將他抱在懷裡，鼻子湊到他頭上，深吸一口氣。沒什麼比得上新生兒的氣味。這一瞬間，玫瑰金彷彿回到我懷中，我們又回到那間連棟屋。短短幾分鐘，她沒有哭，沒有喘氣，沒有咳嗽。

「他長得像妳。」我瞥向女兒。

她又點點頭，盯著小嬰兒的眼神如此專注，我知道她沒在聽我說話。我到哪兒都認得出這種寵溺的視線：她死心塌地愛著兒子。

我專注在亞當身上。他用好奇的黃褐色眼睛看我，又吐出舌頭，把幾根手指放進嘴裡。嬰兒長得都像滿臉皺紋的袖珍老爺爺，但這長相在亞當臉上卻沒問題。他是可愛的寶寶。老天知道華茲家的長相普普，不用多久醜相就會找上他。不過現在他珍貴可人，完全符合我對孫子的期待。我嘆了口氣。

「感覺昨天妳才頂著大肚子來訪視我。」我把他交還給玫瑰金。「喔，小乖，他好完美。」

她點點頭，小心把他放回兒童座椅。「我也同意，有一次他幾乎可以睡過夜了。」她拿毯子裹住他的身體，蓋到下巴——我們的袖珍木乃伊。他抬頭朝我們笑，渾圓的臉頰浮現酒窩。我們都驚嘆著回以燦笑。

玫瑰金轉向我。「要走了嗎？」

我點點頭。我們同時探向駕駛座的門，我發現我錯了，便拖著腳走到副駕駛座。玫瑰金還是小娃娃時，我就買了這輛廂型車，我從沒坐過副駕駛座。

上車後，玫瑰金脫掉運動衫，露出下頭破舊的白色上衣。她看來已經瘦了不少。我考慮告訴她，畢竟大多母親聽到都會喜出望外——我可花了二十三年想瘦掉懷孕增加的體重——但我制止自己。對玫瑰金來說，減重的話題向來不是稱讚。

她坐在方向盤前看來好小。這種尺寸的車適合結實的駕駛，像我。不過她輕鬆駕馭廂型車，開出停車位，重新開上長長的馬路。她抓著方向盤，手擺在十點和兩點的位置，指節泛白。我心想她何時考到駕照，我可從來沒同意。我想像從女兒手中搶過方向盤，害廂型車歪斜衝出馬路。

我們都會這樣暗想：要是我在會議中尖叫呢？要是我抓住他的臉吻他呢？要是我不把刀子收進餐具抽屜，而是插進他背後呢？當然我們不會真的去做，這就是精神正常和異常的差別：知道瘋狂是選項之一，但拒絕去選。

我注意到我們之間的沉默拖得太長了。「謝謝妳來接我。」

玫瑰金點點頭。「出獄感覺如何？」

我思索一下這個問題。「有點可怕、不安，大多還是覺得棒透了。」

「我想也是。」她咬咬嘴唇。「那以後呢？妳需要做社區服務，還是去做心理諮商之類的？」

對啦，我最好是會服務把我丟進大牢的社區。玫瑰金的整個童年，我都是模範鄰居，清理大馬路的垃圾，陪老人家玩賓果。如果我想去諮商，一定要我自己出錢。我現在沒這種錢，就算有，我也絕對不會用來讓江湖郎中列出我所有的缺點。我有一位獄友以前是心理醫生，她給了我一點免費諮詢。

她建議我列出回歸社會的一些目標，她說不要閒下來就不會有時間惹麻煩。我懶得跟她說被逮捕前的幾個月我有多忙。

我列出以下的清單：

找到地方住。入獄後，我的連棟屋被法拍了。

找到工作。我不能在醫院工作了，但獄中老友給我不錯的選擇。汪達出獄後創立一家非營利公司，協助女前科犯自力更生。前科犯經營的這家公司叫「自由2.0」。（我問過她，如果有人來回入獄十二次呢？她會為這些人把公司叫自由13.0嗎？「派蒂，」汪達拖長聲音說，「妳的頭腦既是妳最棒的資產，也是妳最大的缺陷。」大家都習慣用暗帶挖苦的恭維話描述我的個性。）上回她寫信給我時，提到想遠距開設一條熱線。

修復我與玫瑰金的關係。一年前女兒開始訪視我時，她很憤怒，想要答案。我已一步步贏回她的心，不久後一切都會恢復原狀。

我會說服我的朋友和鄰居，我是無辜的。

否認是不錯的策略。這個字暗指無知，拒絕看清事實。可是不願看清事實和不願說出事實之間有很大的差異。如果你表現得一副毫無頭緒，大家比較會原諒你。就讓他們說我無知，讓他們以為我無法分辨對錯吧。總比別的作法好。

我瞥了玫瑰金一眼。我只有一次成功的機會。

我裝得若無其事說，「首先我需要地方住。」

她沒有反應，繼續從後視鏡查看亞當。

我本來希望她主動提議，我就不用問了。或許我高估了她對我新生的忠誠。我從車窗往外看，我們開上高速公路了，周遭只有綿延數里的玉米田。政府都把監獄蓋在鳥不生蛋的地方。我保持口氣輕鬆。

「我想說或許可以先跟妳住一陣子？等到我能自力更生就好。」我趕忙補上，「我知道妳說妳的公寓很小。」

玫瑰金盯著我好一陣子，我都擔心車子要飄出車線了。一分鐘後，她說，「我不住在那間公寓了。」

我轉向她，一臉疑惑。

「我買了房子。」她驕傲地說，「不是豪宅，但是有三間小臥房，一間浴室，還有院子。」

成了。「喔，如果妳有空的臥房，我很樂意多花時間陪妳。等我找到工作，我也可以分擔房貸。」我差點提議她上班時我可以照顧亞當，但我決定慢慢來。胸口的騷動令我不耐。整整十八年，我給女兒遮風避雨的家，現在她不是也該收留我一陣子？

「自從我開始去監獄探監，我們的關係改善很多。」玫瑰金緩緩說，「我不該聽信媒體的說詞，我希望當時我能挺身反抗檢察官。」

情勢逐漸對我有利，於是我保持沉默，讓她以為她在做決定。或許我終於能等到她道歉了。

她轉向我。「可是妳不該一輩子護著我遠離世界，我不是小女孩了。」

我忽視她的批評，點點頭。我得挑選要打哪場仗。她很快就會學到，不管她長多大，保護孩子安全的衝動永遠不會消失。

「我們的關係終於好轉，我不想再搞砸了。如果我們真的要試，如果妳要跟我住，那住在我家，就要遵守我的規矩。」她的聲音發抖，一抹微風都能摧毀她的決心。「我希望我們對彼此完全開誠布公。」

我繼續點頭，努力控制興奮的情緒。

她啃咬拇指幾秒。

「好，我們就試試看吧。妳可以睡其中一間空房。」玫瑰金朝我一笑，我知道她是真心的，因為她忘了遮牙齒。

我忍不住興高采烈拍手，捏捏她的肩膀。我們怎麼從在監獄隔著桌子吵架，進展到再次成為室友？不過我怎麼會懷疑我的女兒呢？我的親骨肉當然會收留我。想想我為她犧牲多少，想想她欠我多少。

「妳確定？我不想越矩。」

她深吸一口氣，視線從沒離開後視鏡。「如果行不通，妳還是可以自己找地方住。我不希望妳出獄第一晚住在汽車旅館，那裡跟牢房差不多糟。」

「喔，寶貝女兒，跟妳住太棒了。如果妳需要幫忙，我也很樂意照顧亞當。」我沒能阻止自己就說出口。

「看情況再說吧。」她聽起來沒有喜出望外，倒是飛快朝我一笑，視線又彈回後視鏡。她在看什麼？我的女兒變得難以判讀。

我們一會兒沒說話，只是並肩坐著，沉浸在舒適或不自在的沉默中——整段車程，大半時間我都在試圖判斷是哪一個。等我再也受不了安靜，我轉開收音機。喇叭播出生存者合唱團的〈虎之眼〉。我的心情馬上好多了，我熱愛八零年代的音樂。我跟著節奏敲打扶手。

玫瑰金從戴維克的出口開下高速公路，我的肩膀垮了下去。簡而言之，戴維克一片枯黃，不管是因為雪太多，還是雨不夠，什麼東西都活不下去。我認為當地愚蠢的居民發現我回來，也不會遊街歡迎我。

我希望她的房子位在鎮上新區。那邊都是連棟屋和公寓大樓，房子雖然不能說好或大，但至少離過往回憶遠一些。

我們在鎮上的凱西加油站停下來等紅燈，我驚訝地發現汽油一加侖不到三美元。紅燈轉綠後，我們右轉往北。所以要去舊區了，運氣真差。

玫瑰金放慢車速，廂型車緩緩駛過主街。我直視前方，免得認出人行道上任何一張拉長發灰的臉或細小的黑眼睛。開庭期間，我的鄰居——我當作至親好友的人——向媒體毀謗我的大好名聲：鄰居描述毒婦派蒂．華茲是「威脅」、「怪物」。

自此我再也沒見過鄰居，也沒聽過他們的消息。

開車超過一小時後，我無法再閉嘴不說話了。我盡可能雲淡風輕地問，「有菲爾的消息嗎？」

玫瑰金瞪著我。「我說過我們分手了。」

「我不確定你們真的結束了，我以為他可能有點良心，會想看他的孩子來到世上。」

玫瑰金的指節抓緊方向盤，氣氛越發緊繃。「妳不會又要開始抱怨遊手好閒的老爸了吧？」

「當然沒有。」玫瑰金上次來訪視過後，我為此準備了一整篇演講，有六大重點，但我把這番話收起來。

我的女兒不該落到要照料自己。幾年沒有我在身旁，她就懷孕，又遭人拋棄。我們的鄰居想怎麼抱怨我的控制行徑和可疑母愛都行，但他們不了解女兒多需要我，她多麼幸運有我替她打理人生。我馬上就能拯救這艘要沉的船。

「或許華茲家的人都注定有個爛父親。」玫瑰金嘲諷地說，「妳總是說格蘭特不在對我比較好。」

沒錯，我說她出生前父親吸毒過量去世了。我的故事中，這是一場及時又幸運的慘事。沒錯，她沒見過他，但至少她能想像父親是好人。他才不是。

「嗯，不過妳不再是一個人了，妳現在有我。」我燦爛地笑。保持快活五十八年——我真該拿個獎章。

玫瑰金一直查看後視鏡。她用膝蓋夾住方向盤，在褲子上擦擦手掌，留下汗漬。她因為我而緊張嗎？

她打了方向燈，我才發現這條路線很熟悉。右轉下高速公路，直行好長一段路，右轉，然後左轉兩次。不安的情緒抓住我的胃。我好像回到十歲，上完游泳課坐在後座，害怕要回家。

「媽？」玫瑰金催問，「妳聽到了嗎？今天晚餐妳想吃什麼？」

我把回憶推到一旁。「小乖，不然今天晚上我來煮吧？」女兒微乎其微縮了一下。

「妳好心收留我，我至少該幫點忙。」

玫瑰金再次右轉，現在我們只差一條街了。或許她搞錯了。我們靠近長青街和蘋果街交會口的紅綠燈，她把廂型車慢下來。我抓緊扶手，一串汗珠掛在髮線上。我幾十年沒在蘋果街左轉了，那個方向只有兩棟房子，其中一棟是空屋。

廂型車在紅綠燈停下來，也沒有要繼續前進。玫瑰金要逼我等，還是我在胡思亂想？廂型車和車內每個人——甚至亞當——都動也不動。

玫瑰金探向方向燈，左轉方向盤。我們不可能要左轉：現在那棟房子是畢巴迪夫婦在住。

廂型車緩緩駛過蘋果街，這個時節路旁行道的樹葉子都掉了。路中央埋伏了一個洞，我小時候沒有，馬路盡頭的護欄以前也沒有——我不經心猜想何時裝的。我努力想了解狀況。或許有人整修了湯普森家的老房子，但我可以看到他們家了，仍跟小時候一樣殘破。

這時我們已經開到這塊社區的盡頭，停在蘋果街二〇一號門口。這塊半英畝的土地蓋了一棟單層小平房，褐色磚造建築依然毫無特色，雖嫌單調，但過去數十年保養得很好。高挑的木圍籬環繞房子後半部。「免得小混混跑進來。」當初爸爸一邊解釋，一邊把圍籬的木樁敲進地上。

我瞠目結舌看著玫瑰金，無法說出我的問題。她開上車道，按下掛在遮陽板上的車庫門遙控器，房子旁的雙車庫門開始打開。

「意外嗎？」她用唱歌般的聲音說，「我買了妳小時候住的房子。」

我嚇得目瞪口呆，連句子都說不出來。「畢巴迪夫婦呢？」

「傑洛去年過世了，梅波搬去老人院。不過我們早就談好，他們準備搬走時就會賣給我。我算是賺到了，這附近我不可能買到這麼好的房子。」玫瑰金很驕傲，就像她學會綁鞋帶那天。她把廂型車開進車庫，裡頭少了爸爸的庭院工具和一箱箱百威啤酒，感覺好空。

我想吐。

「我本來想多裝潢一下，過幾個禮拜再帶妳來。不過現在或許妳可以幫我」——她壓低聲音，捏捏我的肩膀，跟我以前的動作一樣——「反正我們要修復關係嘛。」

我的腦袋糊成一片，像房間牆上鋪了毯子。我不斷尋找線索，腦中卻只充斥一個想法：我不能進去。

玫瑰金拔起車鑰匙，打開車門。「我就知道妳會很驚訝。」她傻笑著說完跳下車。

「妳知道這裡發生的事。」我還沒從驚嚇中回復。「為什麼妳會買這棟房子？」

玫瑰金張大眼睛。「我想說要把房子留在家人手上，」她真誠地說，「四代的華茲家人——想想歷史多悠久！」

她打開後座車門，對亞當發出逗嬰兒的聲音。他踢踢腳，她從兒童座椅抱起他。她呢喃著說，「我好想你。」她抱緊亞當，他依偎著她，打了呵欠。

我依然綁著安全帶，手僵在扣環上。

玫瑰金抱著寶寶走向車庫側門，這時她發現我沒跟上來，才回過頭。「快點呀，媽媽。」為什麼她要用諷刺的口氣，好像我不是她真正的母親？「來看我整理了多少。」

我應該去住汽車旅館，我大可待在監獄。我手臂上汗毛直豎，嘴巴發乾。我按下扣環，安全帶收了回去。我的手指探向車門把，腳底找到車門外的踏腳板。

「妳要進來嗎？」玫瑰金看著我，懷裡抱著亞當。

我點點頭，硬是咧嘴一笑。永遠欣然同意的派蒂。我在身後用力甩上廂型車車門，晃出車庫，走向房子。

第四章 玫瑰金

二〇一三年一月

記者一面排隊等我們的咖啡，一面在手機上打字。維尼・金恩的油頭往後梳，脖子上的鍊子掛著銀色小十字架，看來昨晚就是穿身上這套寬鬆的衣服睡覺。我心想他是否睡晚了。

我們花了兩個月才約好時間在芝加哥見面。開車過來的路上，我堅信維尼會在最後一刻取消。即使到了咖啡廳，我還是認為訪談不會發生。然而在一月酷寒卻艷陽高照的下午，我們終於聚在這兒了。

維尼建議約在巴克鎮這家咖啡廳。我得上網查巴克鎮在哪兒，不過我終究安排好路線。我看壓力滿滿的客人點飲料帶走，其他人則坐在老舊木桌旁敲打鍵盤。我喝過一次咖啡，討厭極了，但維尼不需要知道。喝咖啡是成年的儀式，只有小孩不喝。所以維尼問我時，我點了巧克力榛果拿鐵，或許巧克力能蓋掉咖啡味。

我判斷這次訪談會很順利，因為我到咖啡廳路上看到兩個好跡象：小嬰兒咬手，以及路邊連續停三輛藍車。

我七歲開始注意好的和壞的跡象——一開始是因為媽媽也會，後來則是因為我想預測我會發生什麼事。在醫生診間外的候診室等待時，我胸口會感到熟悉的緊張騷動，但我不會只坐著思考我多害怕，而是在粉色小筆記本記下我觀察到的每件事。

我看一個老男人橫越大廳，就寫下：戴眼罩的男子。三十分鐘後，醫生宣布我其實不需要做磁振造影檢查。眼罩就成了好跡象。

我在醫院停車場記下：兩頂灰帽子。那天下午，醫生量測我的基礎數據，說我瘦了快三公斤。灰帽子就表示要發生壞事。

當我對自己的身體和健康毫無掌控，這樣看世界給了我確定性。我現在知道這些跡象無法真正預測什麼，但就像兒時喜歡的毛毯，抓著感覺總是比較好。

維尼拿著兩個大馬克杯過來，放在桌上。咖啡從其中一杯的杯緣溢出來，流到維尼手上。

他悶哼，「可惡。」

我盯著他。

「可以幫我拿幾張紙巾嗎？」維尼用一隻手指戳戳紙巾盒，我趕忙從鐵盒抽了兩張。維尼在牛仔褲上擦擦弄濕的手，褲子上出現深色的咖啡漬。他接過我給他的紙巾，擦擦褲子。

輕輕壓，不要擦。她斥責道，妳知道沒帶汰漬去漬筆的下場了吧？

維尼抬起眼，發現我在看他。我垂下眼，端詳我的飲料。有人在熱牛奶上畫了一顆心。我想照下來，但我環視咖啡廳，沒看到其他人拍他們的咖啡。或許我不該在意。我說，「謝謝你請我喝咖啡。」

維尼不再擦牛仔褲，把揉成一團的紙巾丟在桌上。他發出噁心的嘆息，頹喪地坐在我對面。他說，「我也買了幾個瑪芬給妳。」他上下打量我。「第一次來芝加哥？」

我點點頭。

「妳會在鎮上待很久嗎？」

「只有這個週末。」我確保說話時用手遮住嘴巴。「我來拜訪朋友。」

今天早上抵達時，亞莉去健身房了，所以我直接到咖啡廳。我傳了幾封簡訊給她，都沒有回音。

我解釋，「她是我在戴維克的鄰居。」

咖啡店員把一籃瑪芬放在我們桌子中央，我數數有五個。維尼吹吹他剩下的咖啡。他沒有拿瑪芬，所以我也沒拿。我猜測他幾歲——大概四十出頭？

我喃喃說，「我第一個跟她說媽媽的事。」上個週末我嘗試做瑪芬，但成品不太好，我猜想這些會不會比較好吃。我的腿在桌子底下抽動，像在踩彈跳桿。

維尼的眼睛布滿血絲，他甩開眼前的頭髮，稍微坐挺。「我們先從妳的病談起吧？」他說，「醫生診斷妳得了什麼病？還有妳講話可以大聲一點嗎？」

想到要列出所有病名，我不禁睜大眼睛。「我是早產兒，比預產期早了十週，一切都從這裡開始。」我雙手摩擦大腿的牛仔褲，避開他的視線。「我在醫院就得了黃疸，接著是肺炎。我認為這些是真的——護理師有記在我的病歷裡。」

維尼還是沒碰那籃瑪芬。我太餓，便抓了一個藍莓瑪芬，丟進嘴裡一塊。我差點滿意到呻吟出聲。瑪芬的基底濕潤鬆軟，頂層油滑，藍莓非常新鮮，比我在家做的那批好上數百萬倍。我開心地咬了一口又一口，才想起我的故事講到一半。

我告訴維尼，等媽媽獲准帶我回家，我就出現睡眠呼吸中止的問題，媽媽替我準備了持續性正壓呼吸器和藥物。她說我也一直發燒、喉嚨痛，還有嚴重的耳朵感染。小兒科醫生在我的耳朵裝了管子。

媽媽最擔心我的消化問題。我吃什麼都吐——不管是配方奶、或真的食物，通通不行。我應該要長大，卻越來越消瘦。我的體重掉到十百分位時，醫生同意媽媽的看法，認為我應該裝餵食管。這時我還沒兩歲。

我不記得媽媽何時想出「染色體缺陷」的理論，但我剩餘的童年，她都緊咬著這個論點不放。否則怎麼解釋我所有詭異的症狀——頭痛，肚子痛，暈眩，幾乎不間斷的倦怠——都無法歸因於單一疾病？染色體缺陷聽起來夠嚴重，能造成重大影響，但定義又夠模糊，似乎能導致任何疾病。

媽媽針對各種問題都有解法。隨著我長大，我的頭髮開始大把大把掉落——她幫我剃掉頭髮，我才不會因為髮絲長度不一而尷尬。當我的視力沒有改善，媽媽幫我買了眼鏡。我開始經常暈倒，媽媽就幫我弄了輪椅。她的解決方案都讓我看起來像長期生病的小孩。哪個健康的十歲小孩會剃光頭，幾乎無法脫離輪椅生活？沒有人懷疑我的病，包括我自己。

維尼想了一下。「這些事妳記得多少？」

我拿起剩下一半的瑪芬，咬了一口。大多數人回憶童年時，我猜他們都會想到奶奶家烤箱烤的巧克力脆片餅乾，或椰子防曬油鹹甜交雜的味道，以及漫漫夏日曬傷的肌膚。

當我回想童年，我會聞到消毒劑的味道。

「剛開始看醫生時，我還太小不記得。」我說，「但等我夠大，媽媽就跟我解釋，不管我們看過多少醫生，沒有人能搞懂我哪裡有問題。」

維尼看一名漂亮的年輕女子收好東西，離開咖啡廳。他對我的故事失去興趣了嗎？要是他縮短訪談，我拿不到修復牙齒的錢怎麼辦？我抓起第二個瑪芬：巧克力脆片口味。不如趁機賺一頓免費午餐吧。

「每次規律都一樣。媽媽會找到新的醫生。看診前，她會重新剃掉我的頭髮。她說我在候診室可以戴假髮，但進到醫生的診間就要拿掉，因為他需要看到我病得多重。」

小時候我痛恨露出剃光的頭，我看起來像小男生，但我從來沒有認真考慮留長頭髮。我不記得真正的頭髮長什麼樣子，不過根據媽媽所說，我也不想知道。

「醫生進來前，媽媽會告訴我要說什麼。」我繼續說，「『我需要妳堅強起來。妳要告訴醫生妳的狀況，像是頭痛、頭暈、嘔吐。不用隱瞞，妳不跟他說，他就沒辦法幫妳。』」

我一邊吃巧克力脆片瑪芬，一邊告訴維尼當醫生進來，我會重複媽媽的話。我說我生病不是撒謊——我每天都很痛。可是四歲小孩不懂什麼叫倦怠。我對自己身體的了解全都來自媽媽，我相信她。

媽媽不喜歡聽我簡短的回答，會接著誇大我的病痛。「醫生，頭痛讓她非常虛弱，而且她時時刻刻都痛。」她會逐一說明我的完整病史，從早產兒時期的黃疸開始。我會靜靜坐著，準備好等她講到十八個月大的玫瑰金，也就是我裝餵食管的年紀。媽媽永遠會掀起我的上衣給醫生看，每次我都會嚇到。

「三十分鐘後，為了讓媽媽住嘴，醫生什麼都願意做。他會聽我的心跳，量我的血壓和體溫。我的基礎數據都正常，除了體重永遠太輕。他會提議做一些檢測，就算他沒提，媽媽皮包裡的記事本也替他列好了一些點子。」

「『你有考慮血液化學檢查嗎？或者全血細胞計數檢查？』她會往前傾，微微眨眼，悄聲說，『我當了十二年的護理師助理。』讓醫生知道她不是普通的過度保護型母親，她知道她在說什麼。」

「總之，醫生會同意——『沒問題，我可以做全血細胞計數檢查』——然後媽媽會興奮拍手。她最喜歡跟醫生站在同一陣線，她只希望大家一起合作，替她的寶貝女兒找到最好的療法。」

我探向第三個瑪芬，同時抬頭瞥向維尼。我意外發現他身子前傾，看著我的眼睛像圓圈義大利麵。我不自在地把幾塊瑪芬放進嘴裡。我嚼一嚼，他盯著我用手遮住嘴巴。

維尼皺起眉頭，視線沒離開我的嘴巴。「妳爸爸呢？他不在了吧？法庭紀錄說妳還小他就過世了。」

不知多久以來，我第一次說話沒用手擋在嘴前。我讓維尼看到我的牙齒。他挪近一些，揪起臉，卻也興致勃勃。我贏得他的注意了。

我說，「我出生前他就過世了。」

「死因是？」

我撒謊說，「癌症。」我愧疚了一分鐘，但我太過尷尬無法說實話。我不敢相信小謊就這樣脫口而出，維尼也輕易信了。我總是好奇這麼多年來，媽媽怎麼維持她自己的說詞。原來撒謊比說真話容易多了。

維尼低頭一會兒，彷彿在替我死去的父親禱告。別讓他脖子上的銀十字架騙了妳，媽媽悄聲說，他這張黃鼠狼臉一輩子沒禱告過。維尼重新抬頭，打開手機上的錄音應用程式。「我可以錄音嗎？」

我點點頭，他按下錄音鍵。我咧嘴燦爛地朝他笑，維尼稍微打個冷顫，不過他根本懶得掩飾盯著我的視線。我忽略羞愧而發熱的臉。我終究能拿到修復牙齒的錢了。

「妳爸爸那邊的家人呢？」維尼問道，「妳見過任何一位親戚嗎？」

我搖搖頭。

「好吧，所以妳媽跟大家說妳生病了，妳跟醫生都相信她，妳一天到晚都在看醫生。妳在家的生活呢？是什麼樣子？」

我的牙齒直接咬進第三塊瑪芬。「一年級時，學校有個小孩對我很兇，她就讓我退學了，說在家自學對我身體比較好。直到十六歲，大多時候我都跟她獨處。」

維尼問道，「她怎麼解釋這個決定？」

「她說我病得太重，不能跟其他小孩相處，我虛弱的免疫系統無法抵抗他們身上的病菌。她總是拿染色體缺陷壓制我，我又太怕自己的病，無法反駁。於是我坐輪椅，讓她剃我的頭髮，扮演乖巧的病人。」

維尼說，「可是妳時不時總要出門。」

「我們會出門看醫生，辦雜事，拜訪鄰居。」我說，「媽媽被逮捕前，我們的鄰居都以為她是聖人。家裡有生病的女兒，她卻還參加每次的送餐活動、掃街和公益抽獎。他們都說，『那個派蒂真了不起，對吧？』她就是想要大家稱讚她。」

維尼想了一下。「妳說十六歲前，妳沒跟多少外人來往。什麼變了？」

我笑了。「我們裝了網路。」

我向維尼解釋我怎麼阻止媽媽時，我不確定為何省略了菲爾。我在聊天室提過花椰菜、火雞和馬鈴薯讓我想到楓糖漿混棉花糖，維尼第一個告訴我這些食物的味道都不是甜得要命。我描述吞下媽媽煮的食物後，詭異的苦味會留在舌頭和喉嚨，不管怎麼刷，刺痛感都不會消失，怎麼做都擺脫不掉那個味道——漱口水、口香糖、水、其他食物都不行。

菲爾說，真奇怪，妳吃醫院的食物都不會想吐，只有妳媽媽煮的菜會。

我記得那一刻的所有細節，彷彿保存在雪花球裡。我十六歲，坐在媽媽臥室的書桌前，她堅持我們把電腦放在那兒。當時是半夜，我只敢這個時間跟菲爾聊天。媽媽在幾公尺外的床上呼呼大睡。

我盯著電腦螢幕，手指僵在鍵盤上。我的病。我的母親。我是因為母親而得病的。

我從來沒想過這層關係。

我告訴菲爾，我得去睡了，謝謝你聽我說。親親。

我下線，但整晚沒睡，像尋寶一樣查看一個接一個的連結。太陽升起時，我終於找到了：一張褐色小瓶子的圖片，瓶蓋是白色，上頭寫著藍色字體。我收起洗好的衣服時，曾看過這個藥瓶一次。

我屏住氣，躡手躡腳走到媽媽的衣櫃，一次幾公分慢慢拉開她的襪子抽屜。同樣的褐色瓶子塞在抽屜後端，藍色字體寫著「吐根糖漿」。

我趕忙回到電腦前，掃視頁面尋找更多資訊。小孩或寵物意外吞下毒物時，會用吐根糖漿催吐。

我母親原來對我下毒。

我意識到胸口抽痛，手感覺不到握著的滑鼠，大腿下的椅子布料消失了。我驚恐得不敢繼續讀。

我的後頸突然感到炙熱憤怒的吐息。

我在椅子上猛然回頭，以為媽媽會聳立在我身後。我要說什麼？然而我在胡思亂想。她還躺在床上，鋪絨棉被隨著穩定的呼吸起伏。她多麼有自信，連睡夢中都不例外，晚上她都不會睡不著。我斗膽讀了很久，然後刪掉搜尋紀錄。

那天早上我爬上床時，完全不知道接下來要怎麼做。我知道媽媽在我的食物裡加吐根糖漿，但我還沒有意識到我沒有任何食物過敏或消化問題。幾乎又花了六個月，我才推論出我八成不需要餵食管。一點一點，我發現她告訴我的一切都是謊言：視力問題，染色體缺陷，全都是。

回到咖啡廳，維尼說，「讓我搞清楚：妳唯一的問題就是妳媽在妳的食物裡加吐根糖漿？」他聽起來頗失望。

「那還只是我有東西吃的時候。」我提醒他，「吐根糖漿可以解釋我的嘔吐，其餘症狀都來自營養不良。」

「可是妳裝了餵食管。」

「媽媽被捕後，我發現她每天只餵我所需卡路里量的一半。」

維尼低聲吹了口哨。「不好意思冒犯妳，但我得問」——他頓了一下——「妳怎麼會不知道？我可以懂小時候妳不了解，但等到都十五歲了，妳還是沒概念？」

維尼．金恩是個混帳，我希望能把噁心的咖啡倒在他大腿上。我以前就聽過這樣的意見：為什麼妳不從輪椅站起來？為什麼妳不自己煮飯？妳真的不知道妳在裝病嗎？比起問題，聽起來更像批評。

我瞇起眼睛看著維尼。「媽媽說的沒錯——我成天都不舒服，她端給我的食物我確實吃了就吐，我確實有很嚴重的頭痛和暈眩。我從來沒機會自己煮飯，因為我太虛弱，她又總是搶先一步。如果你的媽媽、你的醫生、你的鄰居都說你生病了，你怎麼會懷疑他們？痛真的都在，證據都在我的病例裡。」

我十歲前就裝了耳管和餵食管，牙齒蛀掉，剃了光頭。我需要坐輪椅。我對世上幾乎所有食物都過敏。我差點被診斷出癌症、腦部損傷、肺結核。我告訴維尼，我曾經差幾週就要裝心導管。我說的不完全屬實，其實媽媽才開口提議，醫生就拒絕了，但維尼現在不放過我說的每個字了。

我吸一口氣，繼續說，「我怎麼知道營養不良會造成頭髮掉落，難以呼吸？我怎麼可能知道耳管和所有過敏都是假的，都是我學會說話前母親就對我撒的謊？」我第一千次想起她的背叛，使眼眶充滿淚水，聽到我的音頻拉高。「還小的時候，你不會質疑某些事。她是你媽媽，他是你爸爸，你的名字叫維尼，這天是你的生日。你滿十五歲時，有問父母你的生日真的是那一天嗎？」

幾滴眼淚滑下我的臉頰。這完全不是我想呈現的冷靜形象，但這個版本的我更好，因為維尼對這個版本更感興趣。

他露出同情的表情，像剛往你身上扎針的護理師。「妳說的對，我很抱歉，我的問題很糟糕。這大概就像斯德哥爾摩症候群或邪教之類的吧——旁觀者不可能了解當局者的狀況。」

我沒說什麼，讓尷尬的沉默降臨。我想再吃一個瑪芬，多展露我的牙齒，但要是再吃一口，我覺得我可能會吐。

維尼清清喉嚨。「醫生呢？妳怪他們嗎？他們怎麼可能不知道？」

這部分我記得開庭時的說法。「醫生需要透過父母了解小孩的健康狀況，他們假定父母以孩子的福祉優先，說的都是實話。假如我的醫生幾個月後開始起疑，我們就會換新的醫生。我在全州各地看過十幾個醫生。」我用手指梳過頭髮。「媽媽會說我們要換醫生，因為原本的醫生不夠聰明，治不好我。」

維尼在位子上扭了一下。「所以妳怎麼阻止她？」

我其實是意外造成那一連串事件，讓媽媽遭到逮捕。我跟亞莉說媽媽虐待我，不是因為我認為她會報警，而是想讓她刮目相看。亞莉有男朋友——好幾個——她在大城市上學，主修圖像設計。我從小就對她著迷不已，只想吸引她的注意一次。

「我得採取行動。」我選擇這麼說，「但我太害怕，不敢一個人去做，於是我找了剛才提到的朋友，她幫我做了正確的決定。」

「有可能跟我說朋友的名字嗎？」

我搖搖頭。成為鎂光燈的焦點會讓亞莉樂不可支，但這是我的故事，不是她的。

「好吧。」

維尼和我聊起庭審。我告訴他的內容，他有追蹤新聞就該知道：戴維克沒有人願意替媽媽出庭作證。我過去的一位醫生出面說他懷疑「背地裡可能有鬼」。然而是我的證詞把她送進監獄。

隔天早上，《戴維克日報》的頭條高喊：法官說毒婦派蒂．華茲必須付出代價。記者說在我們郡的歷史上，陪審團的審議時間沒這麼短過。媽媽遭判重度虐童罪，判刑五年。除非我同意，她不能聯絡我。現在她入獄幾個月了，我們從沒這麼久沒說話。

我想要離開咖啡廳，遠離維尼．金恩。他只對怪胎玫瑰金有興趣。然而我還是回答他剩下的問題。維尼只是信差，我需要他公開我所知的事實。少了他，我沒有錢修復牙齒。我可以想像我閃亮潔白的笑容，陌生人會回應我的咧嘴笑，不用覺得難堪。

她說，我的小勇士。

「妳覺得妳媽為什麼變得這麼——抱歉我的用詞——起笑？她小時候出了什麼事嗎？」維尼現在問得很起勁。

我說，「我知道的不比你多。」

我從咖啡廳的窗戶往外看。屋頂掉下來一根冰柱，摔碎在人行道上。

維尼看著我，舌頭抵著牙齒發出吸吮聲。我知道他接著要問什麼，並暗中挑釁他：問吧。

「妳媽聽起來有點瘋狂。妳會可憐她嗎？」

我想尖叫說，每天都會。

可是大家聽到原諒的故事不會激動。他們想要一刀兩斷，想要誇張的故事，好讓他們自己的生活顯得正常。我開始懂了。

我從窗戶轉回頭，盯著維尼。我想像掉落的冰柱刺穿他其中一隻淺藍色眼睛，像眼珠烤肉串。

我撒謊說，「一點都不會。」

第五章　派蒂

我和玫瑰金站在我兒時住的房子門口，我的喉嚨哽著一聲哭喊。我從她手中接過亞當，讓她能在包包裡翻找家門的鑰匙。抱著小嬰兒，看他的小手指腳趾扭動，我終於平靜下來，記起為什麼我在這兒。

玫瑰金挫敗地嘆了口氣，往包包裡探得更深。我一邊等，一邊四處偷瞄。車庫右方就是樹林。小時候林子綿延數里，但我搬出去時，露天購物商場已經砍掉一半的樹。對街是湯普森家該死的房子。小時候，他們家兩個兒子總是在院子玩廢鐵，滿臉都是泥土，甚至一早起來就在玩。「跟野人一樣，」母親會咂咂舌，從我們家的窗戶看他們。

我對湯普森一家很感興趣，因為他們有一匹馬，但我沒看過馬離開圈欄。有一天，馬突然不見了，湯普森一家也是。沒有人知道他們去哪裡，但他們沒帶走任何廢物家當。現在院子長滿及膝的雜草，四散著備胎和速食包裝紙。我猜戴克維的流浪漢還是會光顧這兒。

我不敢相信畢巴迪夫婦從沒求人把對街房子整理乾淨。他們前廳窗戶看出去的風景真是慘不忍睹。

車庫後方是大衛、我爸和我一起建的池畔平台。我朝平台走了幾步。木板早已裂開，油漆剝落，平台中央巨大的洞依然空著。爸爸本來有遠大的計畫，要在地上裝泳池，但從來沒有完工。

玫瑰金終於從袋子掏出鑰匙，打開前門。她先從我手中接回亞當，才踏進門檻。「哈囉，小帥哥。」她笑著搖晃小嬰兒，摸他的臉頰，親吻他的額頭。她忘了她的母親，全心只關心他。

這一點需要修正。

我緊跟在後，發現正面迎來老家的客廳。深色木頭襯板仍蓋著牆面，鋼青色地毯磨得要換了。家具很少：兩張褐色的可調節躺椅，一張茶几，還有一台古老的電視。牆上空蕩蕩，沒有家庭照，沒有藝術品，什麼都沒有。比起小時候，這棟房子現在感覺更不歡迎人。

我問道，「妳在這裡住多久了？」玫瑰金示意我跟她沿走廊走去臥房。

「幾個月。照顧寶寶太忙了，我都還沒時間裝飾。」

我們經過我父母的臥房。房門關著，玫瑰金把門推開。

我首先注意到臥房的顏色，或者應該說缺乏顏色。什麼都是白的，從牆壁到床單到衣櫃，連角落的嬰兒床都是白色木頭做的。我本來敢打賭，她的牆上一定有粉色、紫色或海綠色，這些曾是她最喜歡的顏色。

她的床很整齊，雖然枕頭有一側扁下去，彷彿拔掉了填料。房內沒有亞當、我或任何人的照片，每樣家具表面都乾淨整齊，沒有特色。這間臥房讓我想到精神病房和修道院的綜合體。

我意識到玫瑰金在等我的反應，於是我點點頭。「很適合妳。」

她繼續前進，走進我兒時的臥房。「我想說妳可以睡這間。」

牆面漆成有海棉紋理的淡紫色，房內唯一的家具是一張不穩的單人床，鋪著簡單的白床單。我想期待女兒讓我睡主臥室並不合理，我現在住進她的家，我是客人——如果處理得當，我會是長期住客。

我順著她的視線往上看。天花板畫了一雙栩栩如生的眼睛。我驚呼一聲往後跳。湛藍的眼睛水汪汪，好像在生我的氣。

玫瑰金咯咯笑了。「畢巴迪夫婦的幽默感確實很怪。」

我很難相信畢巴迪夫婦會委託人畫這種「藝術品」。即使他們還年輕時，就認為晚上下西洋棋到十點很瘋狂了。這種夫妻會拿小孩的勞作裝飾房子，但畫這雙眼睛的人肯定很有才華。

我挪到門口附近也沒用，不管在房內何處，眼睛都看著我。我得把這雙眼睛塗掉，馬上。

「然後妳應該知道，這是第三間臥室。」玫瑰金走進走廊對面我哥哥的房間。我關上我的房門，急著想甩掉那雙眼睛。我瞥進大衛的房間，裡頭空無一物，只有幾個沒開的箱子。我腦中還記得畫滿塗鴉的桌子，塞進床墊下的皮面日記，床頭櫃上的摺疊刀伸出平刃刀片。我衝過房間，停在一家四口共用的浴室。

玫瑰金抱著亞當跟上來。「妳還好嗎？」

我鬆開緊抓洗臉台的手，在鏡中虛弱地朝她笑。「這棟房子有很多回憶。」

玫瑰金回以微笑。「我想我們可以重溫一些回憶，我也想多了解我的大家庭。」玫瑰金沒見過她的外祖父母，我父親過世快四十年，母親也辭世三十年了。

女兒離開浴室，搖晃著亞當，沿走廊走向廚房。我盯著鏡中我蒼白的臉色，絞盡腦汁。為什麼玫瑰金買下我父母的房子？或許她還在生我的氣，或許她恨死我，買房子純粹來挑釁我。假如是這樣，為什麼一開始要同意我跟她住？為什麼她不搬走——一筆勾銷，重新開始？

當然，就算她離開，我也會找到她。

我備感壓迫，趕忙跑出小浴室。我迅速穿過廚房——深色木櫥櫃和橄欖色流理台依舊沒變——回到客廳，準備在躺椅坐下。

「等一下。」玫瑰金打開通往地下室的門。「妳還沒去樓下。」

我的上半身僵住，雙腿變得像果凍一樣軟。小時候，地下室尚未裝潢，牆面地板都是水泥。我們本來打算在下面建第二個起居室，但後來變成了爸爸的小窩，他弄了工作站，備齊所有工具，外加一個棺木大小的冷凍櫃，存放所有他獵捕的鹿肉。七歲後我就沒下去過了，甚至連門把都不肯碰。即使我努力想忘記，一九六一年以來的每個十月三號，我都記得。

「沒關係。」我說，「改裝過了嗎？」

「沒有，不過我放了一台跑步機。歐寶先生給我的，他買了新的，把這台放在車道盡頭。有天我開車經過剛好看到，就去敲歐寶先生的門，問他要賣多少錢。他說，『孩子，妳要嗎？妳以前太辛苦了，免費送妳吧。』」

玫瑰金咧嘴一笑。我心頭湧起缺乏母性的衝動，想揍掉她臉上得意的笑。（你看？我誠實坦承我的缺點。）我不管下面是否準備了整桌的感恩節大餐——我不要下去地下室。

我在躺椅上坐好。「我晚點再去看，今天太累了。」

玫瑰金點點頭。「當然，我也不想害妳覺得難以招架。」

我的注意轉向電視機，心跳再次飆快。「妳沒有用電視看新聞吧？妳知道那些沒用的記者毀了我們的生活吧？」我沒打算讓聲音這麼尖銳，但我忍不住。「如果妳相信他們的謊話，我真不知道該怎麼辦。」

「媽，別激動。」玫瑰金耐心地說，「我沒裝有線電視，連看基本台的天線都沒有。我的電視機只是拿來看電影和網飛。」

我點點頭，不確定這些東西怎麼運作，還有我在獄中錯過多少。玫瑰金小時候，我只讓她看一些迪士尼電影和妙妙狗節目，我不希望蠢電視腐化她的頭腦。「對不起，一時要消化的東西太多，我想我睡個午覺好了。」

「那我去擠奶。」自從我們進屋，玫瑰金都沒有把亞當放下來。她懷裡抱著寶寶走過走廊，一邊唱兒歌「烘焙師傅啊，拍拍蛋糕，拍拍蛋糕」。

我朝她的背影叫道，「我不介意妳在外頭擠奶。」

她喊回來，「沒關係。」我父母的房門關上，接著我聽到門鎖極小聲地鎖上。

我發現她鎖門這件事很難不惹惱我，但我試著理解。或許擠母乳令她難堪，或許她還在適應當媽媽，或許她想要隱私。或許，或許，或許。

我一定睡著了，因為下回睜開眼時，玫瑰金坐在另一張躺椅上，輕晃亞當看著我。我嚇了一跳，想起臥室天花板上的眼睛。玫瑰金一直盯著我，於是我從椅子起身。「我開始準備晚餐吧？」

玫瑰金聳聳肩。「可以呀，我有做義式水餃湯的材料。」

她小時候，我也會做義式水餃湯——當然是給我吃，她吃了會不舒服。

我走進廚房，從冰箱拿出包裝好的義式水餃、義式香腸和香草奶油起司，在食品儲藏櫃搜刮出番茄湯、番茄丁和雞湯底。幾分鐘後，香腸在平底鍋上滋滋作響，所有湯頭都倒進我的老鍋子。服刑期間我懷念很多事，但不包括煮飯。不過煮飯有其好處：無腦的體力活需要足夠專心，使頭腦無法胡思亂想。

一小時後，我把奶油起司溶進湯底，煮好水餃和香腸。我用大湯匙把湯舀進碗裡，欣賞我身為自由公民完成的第一件工作。我知道這樣想很蠢，但我很驕傲。「晚餐好囉！」

玫瑰金來到桌旁，我們面對面坐下。我把她的碗推給她，然後拿起我的湯匙。我夢想出獄後的第一餐好幾個月了。在夢中，我細細品嘗每一口菜，享用每一口湯。但實際上，我的手拼命飛快把湯舀到嘴邊，咕嚕咕嚕大口吞下。

我從湯碗抬起頭，不好意思地說，「我猜我太餓了。」玫瑰金的碗仍裝滿湯。「怎麼了？妳不喜歡嗎？我做錯了嗎？」

玫瑰金搖搖頭。「我不餓，我去接妳之前很晚才吃中餐。妳生氣了嗎？」她聽起來真的很抱歉，所以我決定原諒她。

「當然沒有。湯會剩很多，妳明天可以吃一點。」

我舀了第二碗。短短六分鐘內，玫瑰金反覆撈起湯又倒回去六次。比較沒耐心的母親會叫她不要玩食物，但我向來很有耐心。

等我們（我）吃完晚餐，亞當在臥室開始哭了。「妳去陪他吧，」我說，「我來收拾。」

我把碗盤放進洗碗機，洗乾淨鍋子，同時聽女兒安撫我的孫子。她呢喃低語，小嬰兒靜了下來。我訝於女兒的母性本能，不過她成為少女後，我就不再認識她了。我必須不斷提醒自己，她現在是成年人了。然而她總有做不好的事，這時我就能出手幫忙。

玫瑰金抱著亞當回到廚房，臉緊湊著他的臉。他回以微笑，小小的手握住她的一根手指。我朝他扮醜臉，一面擦桌子。他還好小。

廚房整理好後，我們移駕到客廳，各自霸佔一張躺椅。玫瑰金把亞當放在腿上，抓起遙控器，滑過一串電影列表。我注意到她似乎沒有DVD——所有電影都在她的電視上。什麼時候變成這樣？

她停下動作，逗留在一部我沒聽過的電影。

我問道，「什麼是《飢餓遊戲》？」

玫瑰金盯著我，彷彿我來自別的星球。「反烏托邦世界的故事，十二個行政區每年要推舉一男一女，參加電視轉播的比賽，廝殺至死。」

我的手立刻摀住嘴巴。「聽起來好可怕。」

她聳聳肩，繼續往下滑。我很意外她選了《鐵達尼號》，這部片的主題太過成熟，但我沒作聲。我偷瞄另一張躺椅一眼。

「我來抱亞當一會兒吧？」我提議，「妳累壞了。」

玫瑰金打量小嬰兒一番，緊抱住他，然後交給我。

我將他擁入適合抱寶寶的臂彎，在他臉前搖晃亮綠色的撥浪鼓，他興奮地伸手拍打。我搔他的腳底，他朝我嘰哩咕嚕。我伸出舌頭，對他眨眼睛。我不會大聲宣傳我生來就是當媽媽的料。

我想問女兒好多問題：生產多辛苦，她怎麼應付新生寶寶，她工作開不開心。玫瑰金願意告訴我的事，我都想知道，但現在她看起來像撞上大石頭後的卡通威利狼。我默不作聲，專心看著懷中的小東西。

幾分鐘後，我發現我在數他的呼吸。不對，我在數他呼吸間的秒數。積習果然難改。

把玫瑰金帶回家的第一晚，我為她深深著迷。隨便給我一個小孩，要我看他睡覺，我會說我寧可看幾個老頭打十八洞高爾夫球。但如果是自己的小孩？問任何母親，她們都知道答案。

她的呼吸正常，直到突然出現異狀。時間開始遊蕩，每一秒都長如四秒。我的視線在她小小的頭骨上鑿出洞來。我大口吸氣，希望驅使她照做。我伸手抓住電話，都按下「一」了，她才再次呼吸。沉靜的哼聲放大如海潮般大聲。整整三十分鐘，搞不好一小時，我只能僵在原地盯著她，聽她裹起來的身子發出一聲又一聲的吸氣怒濤。

那天晚上我沒有闔眼，反而想起我們在醫院的時光。醫院總是有人知道怎麼做，永遠有人關照我的孩子，將她視如己出。

我把搖椅挪到搖籃旁，數起每次呼吸間的秒數。一個密西西比。

我逼自己在腦中慢慢唸這個州的名字，好好說完四個音節。頭腦是難搞的器官，可以把文字壓縮成一個聲音，像手風琴或出車禍那樣擠扁。兩個密西西比。

我要數幾個「密西西比」才找人求救？那個年代，大多數人沒有網路。我不敢離開房間去拿我的《懷孕知識百科》，那時這本書中我折起來的頁數比沒折的還多。爸媽都過世了，大衛和格蘭特也是。妳孤獨一人，我提醒自己，妳準備好了。三個密西西比。

妳永遠無法準備好看妳的寶寶停止呼吸。我決定五是合理的數字。我判斷我唸密西西比花的時間長於一秒，因此我可以告訴醫生她每次呼吸間隔八到十秒。四個密西西比。

妳不會想當那種媽媽，反應過度，電話打不停，護理師看到都翻白眼。然而玫瑰金的免疫系統幾乎無法運作，她的肝臟只有一小塊，難道不需要特別待遇嗎？五個密西西比。

我拿起電話。

小兒科醫生跟我說，玫瑰金要停止呼吸二十秒，才可能是呼吸暫停，短於二十秒只是「需要注意」。講得一副我數女兒沒有呼吸的秒數時，注意力還會放在別的地方。講得一副我糾結五秒變成二十秒、變成一分鐘、變成死亡時，還有辦法拿出洗好的碗盤，或洗一輪髒衣服。

接下來幾天，我什麼都沒做，只數玫瑰金呼吸之間的「密西西比」。最長一次是十五個。我數到九就把手放在電話上，從十個密西西比開始，每一秒我就按下醫生辦公室的電話號碼一碼，這樣數到二十電話就會打通。

帶她回家一週後，我數到十八，還是打了電話。「隔了二十秒，」我說，「我想帶她進來檢查。」隔天離開小兒科時，我帶走持續正壓呼吸器、藥物和一個計畫。一切都從這兒開始。

「媽？」玫瑰金打斷我的回憶。「妳在想什麼？妳臉上有種表情。」

我瞥向亞當，他又睡著了。我繼續搖晃椅子，然後說，「只是想到以前。」

玫瑰金打量我一番，但沒說什麼。我們把注意轉回電視，傑克和蘿絲在甲板下的三等艙跳吉格舞。

玫瑰金問道，「再跟我說一次，妳和格蘭特怎麼認識的？」

我在椅子上猛然轉身，差點忘了懷中的小嬰兒。「妳怎麼會問這個？」

她指向睡著的兒子。「現在我有自己的寶寶了。總有一天，我希望能跟他說他的外公外婆是誰。」

我想說，他的外公外婆是個一無所知的母親加上一個更糟糕的父親。

玫瑰金問過這個問題，但我總有辦法推託。我決定這次誠實以對。

「我在社區大學拿到護理師助理執照。有次我回學校，查詢從護理師助理晉升住院護理師的銜接課程，結果在餐廳碰到他。」

「當時妳幾歲？」

「三十四歲。」

那天我去完註冊處，前往餐廳吃中餐。迦勒汀社區大學的食物並不新鮮健康，但我就是懷舊，所以還是去了。我點了一盤莫札瑞拉起司條，付了錢。（別管上帝的獨子了——莫札瑞拉起司條才是上帝給人類最棒的禮物。）

當我吃到第二條，一個看起來二十幾歲的小子在同一張長椅坐下。他離我沒有很近，其實我覺得他選了完美的距離：沒有太近，不會侵犯我的空間，卻也沒有太遠，不至於無法交談。他不性感，但襯衫燙得平整，體型瘦高。

「嗨。」我比較像對著莫札瑞拉起司條說話，不是對金色平頭的男孩。

他轉過身來。「嗨？」

他的口氣像問句。從他說的第一個音節，我就該知道他不會挺身而出。

玫瑰金打斷我的回憶。「你們在一起多久？」

我說，「幾個月。」

「妳有考慮跟他結婚嗎？」

我笑到哽住。「老天，沒有。」

「為什麼？」她聽起來很認真，我知道我必須小心。

「因為我準備好要長大了，他沒有。」

我告訴女兒，格蘭特·史密斯太快成為我的男友，我說我就像所有被愛沖昏頭的女孩，忽略了很多跡象：放大的瞳孔，大量的流汗，我默默靠近時他把東西塞到沙發座墊下。我很久沒交男友，距離上回做愛也隔了尷尬的好幾個月（好吧，好幾年）。跟她父親——這個小我十二歲的男人——在一起，我從未聽到婚禮鐘聲響起，但我以為能跟他殺殺時間，等更適合的人出現。他至少能有條理地連續講好幾個句子，聽起來不像蠢蛋。我從沒說我們是靈魂伴侶。

那時我已考慮要生小孩，想個不停。不是跟他生，而是為了我生。我花了無數的夜晚想像小小的腳趾，以及小女孩的名字。有時我認為就是睡在他身旁太常夢到寶寶，我才詛咒了自己。否則怎麼解釋我吃避孕藥還是懷孕？

告訴他之前，我思索了我的窘境好一陣子。這究竟算窘境嗎？我想要小孩好久了，現在肚子裡突然有了新生命。或許我們能組成快樂的家庭，或許他會挺身走上本壘，打出全壘打。（我已用盡我知道的運動譬喻。）或許他需要小孩來整頓他的人生。

最好是啦。

她的父親跟大部份年輕人一樣驚恐不已。他不想要小孩，他眼前還有遠大的人生。他不敢相信我「做了這種事」。他變得疑神疑鬼，暴躁易怒。我告訴玫瑰金，後來很難判斷到底是格蘭特還是他吸的冰毒在說話。我不能讓寶寶進入他的世界，我得一個人來。

我本來希望我們能像影集《脫線家族》，但我失敗了。不過說真的：劇中的父親麥克·布雷迪是個累贅。我就能養大孩子，畢竟我不也養大了自己？結果我也很好呀。我跟他分手，開始找獨棟屋。

玫瑰金又開口問，「然後他吸毒過量過世？」

「我聽說是。」

「所以妳不確定？」

「我確定。」我怒目瞪著女兒。「我只是說當時我們沒聯絡了，社區有人告訴我。」

「誰？」

我不耐地說，「我不記得了。」

「他埋在哪裡？」

「老天爺啊，我怎麼會知道？」

玫瑰金說，「我以為妳可能有聽說。」她在跟我回嘴。

「對不起，這麼說可能很殘酷，」我說，「但格蘭特不想當妳的父親。」

「還用妳說。」玫瑰金的口氣滿是苦澀。

電影放起片尾名單，我們看名字一一滑過。我關掉電視，房間陷入沉默。玫瑰金打呵欠，身穿寬鬆運動衫的身子伸懶腰。

她從我手中接過亞當，讓他蜷縮在胸口。她張嘴要說話，可是她的手機在我們面前的茶几上大聲震動，阻止了她。我傾身想看誰打來，但我還沒瞄到，她就抓走手機。玫瑰金瞥向螢幕，臉上瞬間血色全無，雙手開始顫抖。我一時擔心她會摔掉亞當。

「妳可以抱他一下嗎？」她喃喃說，把小嬰兒塞進我懷裡。她抓緊在響的手機，快步走過走廊。幾秒後，她的臥室房門用力甩上，門鎖鎖緊。

我坐回椅子上，重新晃起亞當，思索我剛看到的狀況。

有人想跟我女兒說話。

真正的問題是，為什麼她不想跟對方談？

第六章　玫瑰金

訪談結束後，我拿起裝著所有過夜用品的購物紙袋，離開咖啡廳。我回到廂型車上，把亞莉在湖景區的住址輸入手機地圖。

我沿著西方大道往北開，在富勒頓大道右轉，沿路思考我跟維尼說的謊話。我當然可憐媽媽。在我的公寓，我不只一晚望著右邊的躺椅，希望她坐在那兒。以前她會在我的背上畫字母，替我編假髮。我們不用踏出家門，她就能憑空創造瘋狂的假期。她的擁抱會擠出我肺部的空氣。她為我奮戰。雖然她罪惡深重，我知道她多麼愛我。

然而沒有人想聽虐童犯也有值得原諒的特質。我開始理解人需要替彼此分類：好或壞，沒有過渡地帶，即使大部分的人都屬於中間這個類別。只要聽過我們的故事，大家都認為媽媽很邪惡。判決那晚，陪審團一定睡得很好，想像他們是我的白馬王子。可是他們奪走我的母親，有時我很開心，有時我覺得像少了一個重要器官。

我一面沉思，一面在貝爾芒大道找停車位。我不想整個週末都花在可憐派蒂。先前碰到紅綠燈時，我查了斯德哥爾摩症候群是什麼。維尼錯了——我不是俘虜，我也不信任媽媽，她對我做的一切都不可接受。我鎖上廂型車，走向亞莉的公寓。我的口袋震動起來。

菲爾：妳今天有什麼有趣的計畫嗎？

我：沒有，就是工作。

菲爾：我也是整天都困在位子上。

我頓了一下。我以為菲爾是滑雪場的教練？至少他這麼說的。

我：新工作？

菲爾：喔對，他們每週會叫我做內勤工作一兩次。

鑰匙保管箱釘在籬笆上，我從中拿出備用鑰匙，依照亞莉的指示，自己進了大樓。我爬上三層嘎吱作響的樓梯，在公寓門口喘個不停。喘不過氣——我記得兒時的狀況。很快我就會頭暈，模糊的蜘蛛會爬進視野，如果止不住，我就會昏倒。我會失去意識躺在骯髒的地毯上，直到有人找到我。要是亞莉或惠妮還要幾小時才回來呢？我可能陷入昏迷，就得送醫急救，他們會給我扎很粗的針，還可能做我不需要的手術。我敲敲木頭門框，試圖讓我想到的事別變成詛咒。我聽到喘氣聲，才發現是我在大口呼氣。

我靠著門等待。模糊的蜘蛛沒有出現，我沒有頭暈。

我說，「別再搞怪了。」我打開公寓上鎖的門，沒有人在家。

亞莉和惠妮的裝潢幾乎成功掩飾便宜的家具和陳舊的電器用品。色彩繽紛打轉的畫作掛在沙發上方，另一面牆上靠著巨大的白色畫布，紅色顏料噴上「當真」兩個字，不過字上下顛倒。我看不懂，因而感覺更酷。我在藍色沙發坐下，掏出手機傳簡訊給亞莉。

我：我從《閒聊雜誌》的採訪回來了，什麼時候見面都可以。

我現在才告訴亞莉訪談的事。我一半是擔心她會想跟去，另一半是想把消息留到我要吸引她注意的時候。

三十秒後，我的手機響了，是亞莉打來。我試著回想上次她打來是何時。

她沒有打招呼，直接說，「什麼採訪？」

我說，「嗨，亞莉。」

「《閒聊雜誌》訪問妳？」她喊道，大聲到附近所有人都聽得見。我猜想她跟誰在一起。

「記者還請我超好吃的瑪芬和榛果巧克力拿鐵。」我試著穩住聲音。

「我全部都想聽。我十分鐘後就到家。」

我們掛掉電話。

八分鐘後，我聽到鑰匙打開門鎖。亞莉高瘦的身形出現，金髮綁成招牌高馬尾。她大步走進門，一邊肩膀掛著背包，身穿名牌的健身服飾，她在運動用品店兼差，可以用六折價購買。她把包包丟在地上，坐在我對面的沙發。有時候我不敢相信她有多不像史東太太。以前我母親不注意時，亞莉會偷塞糖果給我。

亞莉抓住我的膝蓋。自從我跟她講媽媽的事，她就沒這麼做過了。我忍住衝動，沒有伸手梳她的馬尾。

她要求道，「一五一十告訴我。」

接下來一小時，我費心仔細描述訪談的細節。亞莉全神貫注聽我說的每個字。我決定原諒她過去幾個月忽視我。我感覺得到她的關切——她甚至把手機關成靜音。

講完後她說，「對妳來說一定很難吧。」她扭著馬尾，陷入沉思。「妳願意勇敢站出來，我好驕傲。」她捏捏我的膝蓋。真希望我穿的是短褲——當天早上我剃過腿毛，肌膚滑嫩像絲綢。我回想起十個月前，我在史東太太的浴室第一次用剃毛膏。

我抿著嘴朝她微笑，雖然心底我在咧嘴大笑。我借用維尼的話說，「我受夠當受害者了。」

「雜誌什麼時候出刊？」亞莉跳下沙發，走進廚房。「妳要喝冰沙嗎？」

我沒喝過冰沙。「當然好。我猜一兩個月後吧。」

亞莉看來很失望。

我撒謊說，「不過接下來他們要幫我拍照。」維尼說得很明白，他們會用雜誌社現有的照片。「不會露出我的臉，」我補充，「可能拍側臉之類的吧。」

亞莉點點頭。「妳不需要更多人追著妳跑了。」

「也不用讓全國的人看到我多醜。」

亞莉沒說什麼。她把半袋冷凍草莓、一根香蕉、十塊冰塊和一點牛奶加進果汁機。我用手機記下筆記，這樣回家也能試試這個食譜。她一邊忙，金色長馬尾上下晃動，我幻想剪掉她的頭髮，黏在我自己頭上。

她端著兩杯粉色冰沙回到沙發，交給我一杯。「妳長得不醜，」她說，「妳的臉很有特色，就是妳的。」

我盯著亞莉，心想有沒有人說過她的臉「很有特色」。八成沒有，否則她就不會覺得這是稱讚了。我嘆了口氣，吸一口冰沙，意外發現喝起來清爽又綿密。

她問道，「妳什麼時候要去拍照？」

「下個禮拜左右，維尼說攝影師會打電話給我。」今天第二次，我讚嘆謊言竟能輕易從口中流出。假如我不小心，可能會養成習慣。

「我可以跟妳去嗎？」

亞莉看來好興奮，好積極。她從來沒這樣朝我燦笑，彷彿我有什麼能給她。想到要讓她失望，我的肚子不禁揪起來。

「我不確定耶，亞莉。」我遲疑道，「現場人越多，我覺得我會越尷尬。」

「喔，拜託。」她說，「我可以提供妝髮的建議，妳的照片才不會看起來像陌生人。我是說，妳會想看起來像自己。」

有時我會想，除了身為同鄉，亞莉和我是否不再有共通點了。我們小的時候多麼契合呀：用屋裡的古怪東西搭雲霄飛車軌道，假裝客廳地毯是岩漿，用亞莉的口袋小狗玩具舉辦狗狗選美比賽。小孩子的友情總是容易多了。

她在等我回答，而且不接受不這個答案。我可以晚點再掰理由說他們取消了。我說，「妳真的想去的話。」

「耶！」亞莉拍拍手。「喔，我的天呀，好興奮喔。《閒聊雜誌》耶！」

我笑了，用冰沙杯遮住牙齒。亞莉幫我這麼多忙，我欠她的。

亞莉扯扯馬尾尖端不存在的分岔。「我媽最近怎麼樣？」

我發現我至少一個月沒去史東太太家了，我發誓回戴維克馬上去看她。她協助我走過很多。

「她很想妳。」我說，「妳應該多回家。」

「為什麼？」她對她在檢查的那根頭髮說，「現在她有妳，沒時間理我了。」

我震驚了好一會兒——亞莉從沒說過這樣的話。

我反駁道，「沒這回事。」

「妳媽去坐牢前，她每天都會打電話給我。」亞莉瞥向我，聳聳肩。「我是說，沒什麼大不了，我懂。」

我不知道該說什麼。「妳應該回家去看她。」

亞莉說，「我會。」

躲避視線，低垂著頭：我開始學會判讀肢體語言了。我不是在場唯一的騙子。

那天稍晚，我和亞莉到酒吧跟她的朋友會合。路上亞莉跟我說她認識酒吧的保鑣，因此我雖然才十八歲，要進去也沒問題。果不其然，保鑣忙著跟她調情，沒有檢查我們的證件。我們走進去。地板黏黏的，群眾很吵，酒保都面無表情。

我很緊張，因為路上我們看到四輛白車——不好的跡象。而且我下計程車時踩到一條裂縫。

我們在門邊圍成一小圈，輪流被推來擠去。亞莉介紹我給大家認識：三個男生和兩個女生，其中一個是惠妮。「我小時候的朋友玫瑰金，她要登上《閒聊雜誌》的封面喔。」她的話跟事實天差地遠——我的兩頁訪談只會登在雜誌最後面——但我沒有糾正她。他們全都轉頭看我，我的心撲通撲通跳。我微微揮手，記得不要笑。

五個人都直盯我的方向，所以我猜亞莉跟他們提過我。他們各自啜飲飲料——啤酒，除了惠妮喝蔓越莓伏特加。沒有人要告訴我他們的名字嗎？

惠妮發現我盯著她的飲料。「妳想喝一口嗎？」她把杯子交給我。

我喝了一小口，努力不要揪起臉。蔓越莓汁還可以，但酒難喝死了，簡直像清潔劑。不過我還是做到了：我喝了第一口酒。我再一個月就十九歲了。我把飲料還給她。

亞莉拍拍其中一個男生的肩膀。他身穿運動外套，左側胸口繡著麋鹿圖案。「你可以幫玫瑰金點飲料嗎？蔓越莓伏特加。」

麋鹿男聞言走開。亞莉一臉滿意，轉回來面對大家。「我可以陪她去給雜誌拍照喔。」她把馬尾甩過肩膀。

兩個女生露出的眼神宛如聖誕節到了。

惠妮說，「好酷喔。」

另一個女生同意道，「太厲害了。」她臉上都是雀斑。

亞莉點點頭。「我們比較小的時候，玫瑰金會讓我幫她化妝。」她轉向我笑了。「妳還記得我那一大盒化妝組嗎？妳總是想畫閃亮亮的紫色眼影。」

我回以微笑，點點頭。如果亞莉提議，我還是會讓她幫我化妝，至少現在我不用擔心媽媽看到亞莉的傑作後，硬要擦乾淨我的臉。

麋鹿男擠過人群，交給我塑膠杯裝的紅色飲料。我轉過身，打開錢包問他，「多少錢？」

他喊道，「什麼？」

我稍微大聲重複一次，「多少錢？」

他說，「五塊。」

我找到錢包，交給他一張五元鈔票。他沒說什麼收下來。

麋鹿男繞過我們的小圈圈，回到亞莉和另一個男生中間，他們讓開空出位子給他。我羨慕這群人自在的相處模式，彼此的身體和動作如此契合。他們把這份友情視為理所當然，在他們眼中，這只是普通的週五晚上。

我灌下蔓越莓伏特加，害我頭暈眼花。那晚我沒再喝別的——我體驗到的頭暈簡直是一輩子的份了。

隨著夜越來越深，我看亞莉和她的朋友喝得微醺，然後喝醉。他們越醉，講話也越語無倫次。

亞莉問大家，「你們覺得我能請攝影師替我照相嗎？」

「當然。」雀斑女搖晃著身子說，「妳這麼漂亮。」

惠妮同意道，「而且很上相。」

亞莉跟男生們解釋，「以防有天我需要試鏡照。」

麋鹿男說，「妳是主修平面設計的。」

「或許我可以兼職當演員。」亞莉誇張地伸起雙臂，每個人都笑了。從亞莉口中說出來，感覺不會遙不可及。我抿起嘴巴朝她笑，她眨眨眼，馬尾挑逗地擺動。

我想上廁所四十五分鐘了，但我忍著，害怕錯過什麼：有趣的笑話、其中一個男生或亞莉的讚美。但我再也忍不住了。我對雀斑女說，「我馬上回來。」她忙著揉亂其中一個男生的頭髮，沒有回話。

我擠過人群，來到女廁，發現一長排女生在排隊。我走到隊尾，心想男廁為什麼空無一人。我前面三個女生咯咯笑，躡手躡腳溜向男廁，自以為神不知鬼不覺。她們擺明違反規定，難道不怕惹上麻煩嗎？

她們一起進入唯一的廁間，我猜想她們是否在彼此面前尿尿。等她們出來，我已經來到女生的隊伍前端。我鎖上廁所門，一邊尿尿，一邊在鏡子中檢查我的臉。目前為止，今晚順利得不可思議。沒有人注意我，也沒有人問我失禮的問題。或許亞莉會讓我再跟他們出去，我只要注意他們的暗示就好。

我慢慢朝他們走回去。麋鹿男伸手臂環著亞莉，在她耳邊說悄悄話。亞莉咯咯笑，與他十指相交，但繼續跟其他人聊天。雀斑女一直偷瞄麋鹿男。我打賭她暗戀他，但他喜歡亞莉。比起媽媽叫我做的社會科考題，我更得意能解開這個謎題。

我想像我和菲爾在酒吧裡，又或許是布雷肯里奇的一棟小屋。滑雪板一天後，我們精疲力盡，癱坐在溫暖火爐旁的巨大褐色皮沙發。他會二話不說伸出手臂環著我，我的肩膀就像他身體的延伸。我會跟他十指相交，他會吻我的額頭。又有人照顧我了。

亞莉不知道菲爾的存在，我刻意瞞著她。她會覺得線上男友很怪。她會問，妳怎麼確定這個傢伙表裡如一？或者為什麼妳不找真的男朋友？講得活像眼前有一堆男生排隊要追求我們。

我回到小圈圈，但他們都聚精會神在聽亞莉說話，沒注意到我回來了。

「她好可憐。」亞莉大叫蓋過群眾的吼聲。「她真的過得很辛苦。」

雀斑女笑著喊，「她媽媽現在不是在坐牢嗎？」

亞莉炫耀說，「我打電話報警的喔。」

我的臉頰發燙，雙手顫抖。我握緊拳頭，正打算轉身，免得他們看到我，但惠妮叫道，「玫瑰金，妳回來啦！」稍早我會以為她看到我很興奮，但現在我知道她在跟其他人打暗號，別再講我的事。

他們要不太醉沒有發現，不然就是不在乎我眼眶濕了。我用手背擦擦眼淚，看著亞莉，等她用唇語微微說抱歉，或再對我眨眼。但她忙著對麋鹿男笑，沒有理會我。

亞莉不想當我最好的朋友。她只想要幾分鐘的名氣，看她的名字或臉出現在雜誌上，說她曾經住在一個大怪胎隔壁。我什麼都不是，只是她和朋友沒東西聊時搬出來的笑點。亞莉．史東背叛了我，就像那位我最信任的人。

媽媽悄聲說，我就跟妳說，那個小八婆心裡從來沒想過要對妳好。

我嘶聲說，閉嘴。

麋鹿男講了一句玩笑話，亞莉仰頭笑了。我看她生氣勃勃的金馬尾垂散在背後，幻想不用剪刀，赤手把馬尾從她頭上扯下來。現在她只剩一顆光頭，在酒吧跑來跑去，哭著求救。可是沒有人會幫迷人的亞莉．史東，因為大家都忙著笑她——笑到彎腰，眼淚流下臉頰，捧腹彷彿肚子痛。她會多麼難堪，感到多麼孤單啊。她會在房間角落找到我，跪倒在地，緊握著手，露出哀求的眼神。我會打呵欠說，抱歉，妳就是有點可憐。

我站在邪惡的小圈圈中，看馬尾像擺錘來回擺盪。我數著秒，等待雙手能抓住馬尾的時機。

可是在這兒和亞莉對峙，對我有什麼好處？她有一群朋友替她撐腰，支持她保護她。就算我對她大吼大叫，等我怒氣沖沖走掉，他們馬上會捧腹大笑，有什麼意義？況且今晚不住亞莉的公寓，我還能睡哪裡？

今晚不是教訓人的時候。我和亞莉當朋友很久了，我至少能給她機會，讓她酒醒後向我道歉。我欠她的——不對，我不欠她什麼——但我會再給她一次機會。

她和她的馬尾不會分家。現在不會。

但我需要對人更小心，我太容易相信人了。媽媽騙了我，亞莉也是。我不能再任人宰割，不能再對菲爾那種人唯命是從。

我可以來看亞莉，為什麼不能去看他？很快我就會拿到訪談的錢，我不需要等他邀我。菲爾很害羞，永遠不會主動出擊。我可以搭客運，就不用自己開車橫越全國。我傳了一封簡訊給他。

我：真希望我們今晚在一起。

我在這群朋友間下定決心。接下來一年內，我要去拜訪我的男友，得到我的初吻。我早該去看螢幕另一端到底是誰了。

麋鹿男去吧檯點更多酒，亞莉終於越過小圈圈，對上我的視線。她吹來一個飛吻，不知該說她是無知還是殘酷，或者兩者都是。我露出牙齒朝她笑。現在該讓她看看玫瑰金醜陋的一面了。

第七章　派蒂

出獄後第一晚，我在單人床上翻來覆去，天花板上的眼睛看著我。我聽亞當在隔壁房間刺耳尖叫。每當他停止哭泣，我都深信我聽到臥室門外傳來甩動皮帶的聲音。我塞住耳朵，斥責自己如此沒用。我入獄五年，除了起初一個月左右的適應期，每晚我都呼呼大睡。即使後來有些女囚發現我的罪名，我也從未整晚醒著，不曾嚴重擔心我的安危。

我傾向認為我在獄中過得輕鬆，不是因為我的體型，而是我的魅力。不管在牢中與否，重點都是要結交掌權的人。一旦我把獄卒和典獄長掌握在指掌之間，其他囚犯就自然歸隊了。她們開始認為我不只是快活到討人厭的吉祥物翻版，我變得有用了。

早上六點，又一陣哭喊打斷我的沉思。我忘了寶寶的哭聲有多銳利。

我父母以前的臥房門打開，寶寶的嘶叫聲蓋過玫瑰金的腳步。哭聲遠了一些——廚房或客廳。我把雙腿晃下床墊，坐起身。我需要遠離這對水汪汪的藍眼睛。

我走到客廳，看到玫瑰金拿奶瓶餵亞當。

我說，「早安。」

我注意到通往地下室的門開著，趕忙過去關上。

她瞥了我一眼。她的頭髮四處亂翹，雙眼下的黑眼圈非常明顯。「早安。他整晚害妳睡不著嗎？對不起。」

這三個簡單的字在我耳中迴盪。所以她可以為哭泣的兒子道歉，卻不肯為送我去坐牢道歉。

「我睡得跟死了一樣。」我歡快地說，「妳吃了嗎？我來煮蛋。」

我走進廚房，打開收音機。當我聽到電台播放警察合唱團的歌〈妳的每次呼吸〉，我調高音量，露出笑容。我從冰箱拿出一盒蛋。

玫瑰金把空奶瓶放在廚房桌上，開始替亞當拍背。「沒關係，我吃穀麥棒或吐司就好。」

「吐司？這樣吃不飽吧。」

玫瑰金聳聳肩。「我早餐不習慣多吃。」她繼續拍小嬰兒。

我反駁說，「至少吃一顆蛋吧。」我不該意外她不喜歡我煮的飯。

她吼道，「不是每個人都吃得跟妳一樣多。」

我有些受傷，便閉上嘴巴。我把兩塊麵包放進烤麵包機，從盒子拿出三顆蛋。我打開火爐，藍色火焰劈啪作響。

即使小時候，我的身材也處在體積過大的邊緣。我的身體先長得方正，才變得圓滑。想到以前大家描述我的詞彙，我不禁揪起臉。粗壯、骨架大、厚實，在在直接提醒我長得像男孩，沒有半點女孩子樣。我佔掉太多空間，我會吃完褐色紙袋裝的午餐。吉米·巴奈特曾開玩笑說，「妳連餐巾紙都吃了嗎？」沒有人因為我的體重霸凌我，但他們理所當然的態度可說更糟。大家都知道派蒂很魁武，就像大家都知道地球繞著太陽轉，知道除非接下來二十四小時準備狂跑廁所，否則不要在骯髒道格餐廳點辣熱狗。

想像十歲的我去洋裝穀倉賣場，店員卻說洋裝「不適合妳」。我勉強尖聲說，「一件都不行嗎？」我瞥向各種顏色款式的數百種造型洋裝。店員揪起的臉足以回答我了。沒有嬌小身材，就很難當小女孩。

我曾夢想鍛鍊體態，執行喝甜椒汁的瘋狂減肥法，雇用教練在我用跑步機時朝我大叫，像實境節目一樣。可是我得餵玫瑰金，教她唸書，帶她去看醫生，剩餘時間大口吞下奧利奧餅乾和健怡可樂容易多了。直到進了監獄，我才意識到我多強大，我的身體多有用。我佔據越多空間，就越少人對我頤指氣使。

我炒了蛋，替玫瑰金的吐司抹上奶油，把受傷的情緒塞到一旁。我瞥了女兒一眼，她現在緊盯著手機。「妳在看什麼？」

她說，「IG。」

我的沉默露了餡。

她補充道，「這是一個社群媒體平台。」

「像臉書？」我希望我的問題不荒謬。

「嗯，不過更好。」

我不想知道臉書與ＩＧ比較的細節，於是我轉向真正想知道的話題。「昨天晚上誰打來呀？」

玫瑰金宛如殭屍的表情變得銳利。「沒什麼啦。」

「看起來不像沒什麼，」我輕鬆地說，「妳感覺像看到鬼。」

玫瑰金沒說話。我們隔著廚房盯著彼此，我等她退讓，卻意外發現她沒打算。

我猜道，「是亞當的父親嗎？」

玫瑰金遲疑了一下，然後緩緩點頭。「他突然想復合，明明過去九個月都不想跟我有任何瓜葛。我叫他少來煩我。」

「你們的關係出了什麼問題？」我保持語氣溫柔。

「他發現我懷孕就跑了。」玫瑰金的聲音顫抖，但她倔強地抬起下巴。「我寧可一個人來，也不要跟不可靠的人一起。」

我無法反駁她的邏輯。

玫瑰金看來快哭了，於是我轉換話題。「今天妳的行程如何？」

她說，「我要工作。」

「需要我照顧亞當嗎？」我抹去口氣中任何的期待。

玫瑰金從頭到腳打量我。「自從我上星期回去工作，都是史東太太照顧他。」

這倒是新消息。有一次玫瑰金來訪視時，說她沒怎麼跟瑪莉．史東說話了。開庭以來，我就沒見過這位舊鄰居和好友了。

我把吐司放在玫瑰金面前。「妳會送他過去，還是瑪莉來接他？」

「她會來接他。她到的時候，妳可能不在場比較好。」

「為什麼？」

「妳不再是她最喜歡的人了。」玫瑰金得意地笑。

「喔，這樣呀。」我揮揮手，不把女兒的評論當一回事。「瑪莉和我需要好好敘舊，釐清一些事。」

玫瑰金看來一臉懷疑。她把盤子推開，有一片吐司沒吃。

我提議，「妳去沖澡，我來照顧亞當吧？」

「太棒了。」早上起床後，這是女兒對我說過最好的話了。我幾乎能感到她如釋重負，我們都知道獨自養育孩子多難。我看她望著他，眼神滿溢對兒子的愛。她稍稍遲疑一下，就把亞當交給我。我的計畫開始奏效了。

玫瑰金在身後關上浴室門，轉開蓮蓬頭。我考量一下水槽裡的髒碗盤，決定晚一點再來處理。天知道她會允許我跟外孫玩多久？

我將亞當肚子朝下放在客廳地毯上。他試著抬頭，頭部左右搖擺。我拍手稱讚他和他越來越強壯的脖子，他朝我吐舌頭。不要臉的小頑皮。

現在坐在地上，我能看到廚房角落有一張破舊的塑膠嬰兒餐椅。亞當還太小，短時間內用不到。我猜想玫瑰金是否又從鄰居那兒撿來的。我母親以前把我的木製餐椅放在同一個角落。

亞當用黃褐色的大眼看我，我朝他胡言亂語。他的下唇顫動，接著他張嘴嚎啕大哭。我抱起他，抓了他的帽子和一條厚毛毯，趕忙跑出側門，來到我父母的後院。我至少可以給玫瑰金二十分鐘的平靜。

小寶寶開始哭，我使出所有的老招數。我大幅度甩動手臂，左右搖晃他。我把奶嘴塞進他嘴裡。我試著再替他拍背。通通沒用，亞當依然繼續尖叫。

我問小寶寶，「誰在你的麥片裡大便啦？」他不覺得好笑。

一會兒後，我讓他安穩下來。他沒有完全安靜，但嚎啕大哭至少收斂成嗚咽。他昨天好放鬆，害我以為他是好帶的寶寶。我繼續前後搖他。

後院非常需要照料。以往父親會把草剪得像他的平頭，看不到一根雜草。現在草長得太長，有些地方枯萎了，簡直像鬼屋周遭。老橡樹厚重的枝幹上仍掛著我們自製的鞦韆，但紅色座椅已褪成粉色。我小時候爸爸做了鞦韆，他測試十幾次，才允許我和大衛上去玩玩。

側門猛然打開，玫瑰金衝出來，身上裹著毛巾，頭髮濕淋淋。她尖叫道，「妳對他做了什麼？」她的眼睛掃視後院，直到落在我懷裡的亞當。

「我們一直都在外面。」我平靜地說，「亞當開始哭鬧，我不希望妳洗澡還要擔心。他剛剛靜下來。」

玫瑰金不斷大叫，「我以為妳走了！」她的眼睛睜得老大，像嚇壞的馬兒。我甚至有點以為她會開始口吐白沫。

我噓了她一聲，希望她別那麼歇斯底里。聽到玫瑰金的尖嚎，亞當又哭了起來。出乎意料之外，玫瑰金也跟著哭了。她從我手中扯過小嬰兒，緊緊抱著，我都擔心她會壓傷他。

我震驚地說，「我只是想幫忙。」她總該知道如果我想偷她的寶寶，我的手腳會更俐落。華茲家的人沒別的長才，就是很細心。

玫瑰金踩著赤腳轉身，懷裡抱著寶寶，大步走回屋子。她快步逃離時，尖銳的肩胛骨從浴巾上凸出來。她的骨頭令我想起年輕的玫瑰金——生病的玫瑰金。她在身後用力甩上門，院子又靜了下來。

惹她生氣我有點愧疚，但接著我意識到我有所發現。自從昨天接到我，玫瑰金就展露自命不凡的態度，一種坐牢前她沒有的自信。她明知我恨死這裡，卻還是帶我回到這棟房子。她想攻擊我的要害？沒關係，每個人都有弱點。

現在我知道她的弱點是什麼了。

我走回側門，進到屋內，躡手躡腳走過走廊。玫瑰金的臥房門關著。我貼著門，豎直耳朵努力聽。

玫瑰金在房內踱步，腳踩在木頭地板上嘎吱作響。她用微弱的噓聲安撫亞當，他靜了下來。她悄聲說話，我聽不見前半段。

「——快了。我保證。」她的聲音哽咽。「對不起。」

什麼快了——要發生什麼事？她一定有計畫。她要在這棟房子恐嚇我嗎？趕我出去，害我無家可歸？對我動粗？她不夠強壯，無法壓制我，我也不能想像她訴諸暴力，但我猜什麼都有可能吧。

我在門口又聽了一分鐘，但玫瑰金沒再說話。臥室地板不再嘎吱叫，於是我躡手躡腳退回走廊，來到客廳。我在我的躺椅坐好，陷入沉思。我出獄時向玫瑰金釋出善意，準備重新開始，結果這是她的回應？她不但拒絕為她的行為負責，還自認要教訓我一番。比較柔弱的女人大概就會夾著尾巴逃走了吧，但我不會在女兒最需要我的時候拋下她。在那堆怒火和權謀之下隱藏的，只是一個需要母親的女人。暫且讓她以為她佔上風吧，我們姓華茲的這一家子裡，她不是唯一會想計謀的人。

我說過了，現在我知道她的弱點：亞當。

我等著女兒重新出現。

半小時後，主臥室的房門鎖打開，玫瑰金走進廚房，把一瓶母奶放進冷凍庫，又從冷藏庫拿出兩瓶。她在水槽洗淨擠奶工具，裝進背包。

她跟我一樣走到客廳，悄聲說，「對不起。」她身穿卡其褲和寶藍色上衣，胸口繡了小小的工具世界商場標誌，背著擠奶包。她放下嬰兒背巾，亞當已經坐在裡頭。「我反應過度了。」

「新手媽媽很辛苦。」我擠出真誠的聲音。

玫瑰金沒說什麼。

「小乖，我會幫妳。」

我上下打量她，尋找線索。即使她穿著長袖長褲，我也看得出來她瘦了，先前在後院，她裹著浴巾看來瘦骨如柴。我回想獄中最後一年，她每週來訪時，體型似乎很正常，後來她肚子開始隆起，接著只有越來越胖。當然有些母親餵奶期間會迅速瘦掉孕期增加的重量，但我沒料到玫瑰金的新身體跟舊的這麼像。她十六歲後就沒這麼瘦了。

我養大的這個少女身上可見銳利的手肘和膝蓋，像駝背的骷髏。她長到一百五十二公分就不再長高，對自己的身體極為在意。當年我試圖說服她瘦才新潮，我告訴她數百萬名女孩都渴望她的身材，但她的身體總令她難堪。她的胸部平得像車壓死的動物，更是幫倒忙。她卡在小孩的身體裡。

那時她的食物過敏還沒好，餵食管還沒拆。那時她瘦得像骷髏是有原因的：她生病了。現在她很健康，至少她跟我這麼說。

門鈴響了。我立刻起身，但玫瑰金跑過我身旁，把門拉開一些。瑪莉．史東溫暖的聲音飄進屋內。

「孩子，妳好嗎？妳有好好睡覺嗎？」我懷念瑪莉的擔心，她現在臉上必然掛著真正的關懷。她曾為我展現這樣的善心。當她知道我那天照顧玫瑰金很辛苦，就會帶一盤布朗尼或一壺冰紅茶過來，陪我坐著聊上好幾個小時。

玫瑰金喃喃說，「我還好。」

我拿起嬰兒背巾，走到門口。「小亞當很活潑。」我硬把門擠開一些。

五年過去，瑪莉．史東完全沒變：樸實的媽媽髮型，單調但可信的臉龐，整身穿得太粉紅。上天保佑。

看到我，瑪莉的眼睛凸出來，下巴掉到地上。有時候她真是老梗。

「哈囉，瑪莉。」我親切地說，「好久不見。」

我傾身想擁抱她，但她縮著退開。

她盯著玫瑰金，撫摸別在襯衫上的萊茵石蝴蝶胸針。「誰提議的？」

玫瑰金避開瑪莉的視線。「我。媽媽沒地方去了。」

瑪莉瞇起眼睛。「我知道她可以去哪兒。」

毫無疑問，心如羔羊的瑪莉．史東沒說過這麼衝的話。顯然日久不是永遠都能生情。

「瑪莉，我好想妳。」我感性地說，「我不在的時候總是想到妳。」

瑪莉抓住門框，臉色泛紫，指節發白。要把門甩得多用力，才能截斷手上一根指頭？她抓過我手中的背巾，往裡頭瞄了一眼，彷彿我可能把亞當整個吞了當早餐。再來一頂黑色尖帽我就要變成巫婆了。

瑪莉轉向玫瑰金。「妳下班後過來我家吧？我們可以敘敘舊。」玫瑰金的肩膀聳到耳朵下，眼睛低垂看著地板。這個順從的女兒幾乎讓我懷念半小時前在後院朝我尖叫的瘋子。

「可以的話我也想加入，」我插嘴道，「我和妳也很需要敘舊。」

「我家不歡迎妳，」瑪莉說，「永遠免談。」

她緊握嬰兒背巾，快步走過車道上車。我想可以安心假定我不再是社區裡的親善楷模了。

我走出屋外，迎來陰鬱起霧的早晨。瑪莉把亞當放進後座座椅，扣上安全帶。我的目光瞄到對街的動靜。三個陰影站在空屋烏黑的窗前看著我，他們發現我注意到，卻也沒有移動。其中一人盤起雙手，我也照做，雖然手臂上的汗毛都豎起來了。我瞥向車道，瑪莉走了。我瞇起眼看向空屋時，陰影也消失了。我搖搖頭，回到屋內，在身後鎖上門。

女兒打量我，靜靜等著。

「媒體真的搞砸了這個小鎮。」我聳聳肩。

玫瑰金提醒我，「妳別這麼愉快，大家或許會原諒妳。」

「寶貝女兒，當妳為莫須有的罪名坐牢五年，出獄就得彌補失去的時光。」我說，「我不要假裝成別人了。」

玫瑰金的下巴緊繃一秒，接著擺出笑容。或許她這招能騙過瑪莉．史東，但她無法在親生母親面前掩藏怒火。

「我得去工作了，」她說，「我大概六點會回家。」

玫瑰金在身後甩上門，走向與主屋分離的車庫，我從客廳窗戶看車庫門打開。她把廂型車倒出車道，接著卻坐在原地一會兒，看我盯著她。她的嘴唇輕蔑地翹起，露出我在她臉上曾看過一次的表情。

那次是二〇一二年八月二十二日：她出庭作證的日子。

那個星期三，法庭熱極了。旁聽席擠滿了人，戴維克大部分的居民都到場，來管我們家的閒事。不少記者也來了，他們就是忍不住想在報導中再加一些腥羶的謊話。我的律師是不適任的公設律師，坐在藥用大麻配藥室的櫃台可能還自在一點。他穿著寬大的西裝，用手搧風，坐立不安。我見到他那一天，就知道我沒救了。

檢察官剛質詢完玫瑰金以前的小兒科醫生，這位蠢醫生宣稱我在看診時表現得「很可疑」。真可笑，十年前他從來沒對我的行為說什麼，也沒把他聲稱的可疑行徑呈報給上級主管或州政府的兒童保護服務機構。如果問我，檢察官只證實這名重要證人是大蠢蛋，滿口胡言想成為鎂光燈焦點。醫生回到他的位子。

檢察官抬起下巴，挺著肩膀，看起來就像追尋正義的英雄。他瞥了一眼桌上的筆記，轉而面向法官。「庭上，現在我想傳喚玫瑰金·華茲出庭作證。」

我的肚子揪了起來。我的律師說過玫瑰金會替檢方作證，但這天來到之前，我一直希望她會拒絕。我轉身瞄向女兒，她一如往常坐在旁聽席，夾在亞莉和瑪莉·史東之間。我遭到逮捕之後，玫瑰金在史東家的連棟屋住了六個月，我不能聯絡她。

亞莉的手臂環著玫瑰金的肩膀。這個小騙子——亞莉擔心好友的伎倆可能騙過記者，但我知道她只想要十五分鐘的名聲。開庭之前，她對玫瑰金毫不在乎。

玫瑰金站起來，瘦骨嶙峋的肩膀撐起開襟毛衣的袖子。她睜大眼睛，身體微晃，彷彿要昏倒了。她的皮膚比平常還蒼白，看起來比十八歲小多了。

我的女兒嚇壞了。

坐下來，我想跟她說，我們當作沒這回事吧。我會開車載妳回家，送妳上床，一起編織遙遠國度的公主和魔法故事。

玫瑰金顫抖著往前走一步，一步接一步，直到近得我可以伸手碰到她。我必須阻止她，我不能讓她逼自己承受更多痛苦。

我悄聲說，「妳不用這麼做。」

玫瑰金轉向我。她的眼神悲傷，哀求我帶她回家。

「華茲小姐，」長得像海象的蘇利文法官吼道，「妳再試圖跟證人溝通，我就要判妳藐視法庭。」

聽到法官的聲音，玫瑰金轉過身，繼續拖著腳走向證人席。法庭內所有人都瞎了嗎？沒有人看得出來我的小女兒多痛恨待在這兒嗎？他們總該發現她是被迫作證吧。

玫瑰金在證人席坐下，舉起右手，發誓會說實話。檢察官請她向陪審團說出名字。

她喃喃說，「玫瑰金．華茲。」陪審團往前傾，伸長脖子想聽清楚。

檢察官說，「請大聲一點。」

她清清喉嚨，重複一次，「玫瑰金．華茲。」

檢察官問，「妳和被告的關係是？」

玫瑰金說，「她是我媽媽。」她的視線下垂，雙手緊抓椅子扶手。

「妳和媽媽兩個人住在克萊蒙特街一五二二號，對嗎？」

玫瑰金點頭。

「可以請妳出聲確認嗎？」

玫瑰金說，「對。」

「沒有爸爸？沒有兄弟姊妹？」

我抓住自己椅子的扶手。這個蠢蛋要逼我女兒重溫兒時每個該死的時刻——每個缺席的家人，每次感染，每回錯過的校外教學。我曾試著保護她不被自己的劣勢打倒，在我們家，我們專注於正向的力量。這些小丑想用她的悲傷淹死她。

檢察官問，「妳可以描述幼稚園至今的就學狀況嗎？」

玫瑰金開始緊張地說明她如何從上小學轉為在家自學。她舉起顫抖的手，撫平一撮凌亂的頭髮。我心想她是否月事來了，月中的這個時間沒錯。我還沒教她怎麼用衛生棉條，我還有好多事沒教她，她還沒準備好獨自面對世界。

檢察官繼續下去。「我想問妳飲食相關的幾個問題。」

玫瑰金沒有自己做過三明治或摺衣服。我打掃她的房間，幫她鋪床，載她去她需要去的地方。我偶爾試著鼓勵她獨立，建議留她在圖書館幾小時，或讓她一個人在候診室等著看醫生，但她總是要我陪。「留下來，」她會哀求並抓住我的手，我就留下來了。或許我應該更嚴厲督促她。她十八歲，沒有駕照，沒有朋友，沒有能力應付殘酷的世界。她坐在那兒，像落葉般顫抖，全都因為我。我應該更堅持，應該拒絕她，應該少溺愛她。但那些年間，她需要我，我同樣需要她。

檢察官問，「她允許妳交朋友嗎？」

這輩子我被拋棄過好多次。對我的家人、對玫瑰金的父親來說，我不夠好。這時我突然得到這位依賴我的小天使，我們在一起越久，她就越愛我。她能幫我把洋裝背後的拉鍊拉到頂，我的笑話不管多糟糕她都會笑。她從不嫌棄我講的故事，從不叫我別管她。有些晚上，等我們上完當天的自學課程，我會走去我的臥房或廚房，給她一點隱私，但她總是會來找我。

玫瑰金感覺好遠，表情恍惚。

檢察官重複他的問題。「華茲小姐，她允許妳交朋友嗎？」

她回答，「不行。」她避著所有人的視線，尤其是我。「同齡的小孩當中，我只能跟鄰居亞莉．史東說話——而且我母親幾乎全程監督。」

檢察官問，「她為什麼要妳遠離其他小孩？」

玫瑰金把手塞到腿下，手臂僵直。她渾身發抖，明顯冷極了。瑪莉懶得幫她多帶一件毛衣，代理母親做得還真好啊。

「她說我有染色體缺陷，她擔心我的免疫系統無法抵抗他們身上的細菌。」

檢察官指出，「但現在我們知道妳沒得這種病。」他們一定演練過這個橋段。

「對。」玫瑰金不甘願地說，「那只是藉口，她希望我們時時刻刻在一起。」

「妳認為為什麼？」

玫瑰金喃喃自語，勉強讓大家聽見。「她說她想給我她沒能體驗的童年。」

我的臉一路燒到耳尖，肚子揪了起來。

「她的童年是什麼樣子？」

玫瑰金睜大眼睛看著檢察官，尋找她總是向我索求的贊同。「她不太提，但我知道她父母都對她不好。她爸爸還會施暴，我猜她遺傳到他吧。」

我在褲子上抹抹汗濕的手。陪審團好奇地看我，其中一位甚至露出憐憫的表情。我盯著桌子，假裝檢查木頭紋理。

我得替爸爸說句話。他得了創傷後壓力症候群，但那個年代，創傷後壓力症候群根本不被當成一回事，更別說療法了。如果要我猜，我認為比起他跟酒精的奮鬥，二戰的突出部戰役根本不算什麼。他從來沒對我母親動過手腳，但他對大衛和我倒是從不手軟。全美國在六〇年代都瀕臨爆炸，我們家也不例外。

爸爸在家採用精準的軍事管理，總是要喊「是，長官」，從來不能休息。我沒骨氣的母親是他的副手，她沒親手打過我們，但我開始懼怕「等妳父親回家就知道了」這句威脅，幾乎等同於懼怕後續無可避免的拳打腳踢。直到今天，我還是無法直視皮帶，別說戴了，光是看到那東西，我背上的傷疤就發癢。

玫瑰金端詳檢察官，皺起眉頭在思索什麼。我在腦中懇求她，別說他們劇本中接下來要說的話。

她往後靠著椅背，做了決定。她靜靜對大腿說，「有一次我在廚房找到她，她哭著說父母從來不愛她。」

我的喉嚨哽住。我這輩子都試著保持開朗，但玫瑰金提到的那天早上，我就是做不到。當十歲的女兒發現我扶著水槽哭，我向她傾訴一切。我滑到磁磚地上，癱靠著櫥櫃，啜泣說我的父母不愛我。畢業典禮、親師座談會、學校的才藝表演，爸爸從來沒參加過。他會說，反正妳又不會贏。我母親坐在他身旁，以沉默表達默許。

那天在廚房地上，玫瑰金把臉湊到我的肩上。她說，我比世界上所有人加起來都愛妳。她的愛協助我重新站起來，讓我能把早餐端上桌，洗完碗盤。

我知道我犯過不少糟糕的錯，但我絕不會把她最討厭自己的一面洩漏給所有她認識的人。

回到法庭，檢察官直搗黃龍。「我們可以說，派蒂・華茲塑造有害的環境，不適合小孩成長嗎？」

玫瑰金點頭。「她不肯放我一個人。」

短短兩分鐘內，我第二次感到被人賞了一巴掌。不肯放我一個人？我連去廁所玫瑰金都要跟。她做什麼都要徵求我的意見：她的衣服，她的髮型，她的芭比娃娃名字。不到一年前，她還想睡在我床上，現在她居然膽敢表現得像我纏得她喘不過氣？假如我們之間有不健康的依存關係，也一定是互相的。沒錯，外人會覺得我們的關係很怪，但我們哪在乎外人的看法？我曾經信任她，她跟我同一國。

玫瑰金繼續說，「媽媽會打斷我，直接跟我的醫生說話。」妳請我幫妳說——妳在陌生人面前會害羞緊張。

「媽媽每天替我挑選衣服，直到我十七歲。」妳覺得自己沒辦法搭配。

「媽媽會先咬碎她認為我能吃的食物，才讓我吃。」妳說食物如果先磨碎，妳可能就不會吐。

我腦中閃過一段又一段的回憶，大部分的時候我們不都在笑嗎？她不是懇求我多抱她，多說故事，多稱讚她嗎？更多，更多，更多。我曾拒絕嗎？我曾向鄰居、老師或醫生說她的壞話嗎？我曾在週五晚上拋下她，去約會或見朋友嗎？我曾要她給我空間，說我想要一個人睡，想要晚起，想要洗泡泡澡，不想等她吵著要喝更多蘋果汁嗎？

玫瑰金的下巴顫抖。「我知道她控制慾很強，但我不知道她給我吃的藥會害我吐個不停，直到我的牙齒開始蛀爛。她害我挨餓，給我下毒」——她的聲音發抖——「她毀了我整個童年。」她把玩毛衣袖口，用食指和中指摩擦布料。這是她從小以來自我安撫的方法，她還是幼童時也會撫摸毛毯的邊緣。當我記起她仍多麼年幼天真，我的怒火開始消退。

我再怎麼辯駁都行，但其實我只能怪罪自己。假如我看緊女兒，她就不會站上證人席，指證她的親生母親。我希望我能倒帶到六個月前，重新來過。或許我們可以去做家庭諮商。

檢察官說，「華茲小姐，謝謝妳。」他轉向法官。「庭上，沒有問題了。」

「很好。」法官說，「休庭一小時用午餐。」

法警走向證人台。玫瑰金的手指絞在一起，她仔細掃視法庭，對上我的視線。

我笑著用唇語對她說，我愛妳。

她的臉沉了下去。她瞥向正在收東西的陪審團，接著靠近麥克風。她開口時，聲音響亮又有自信。「我母親應該被關進牢裡。」

法警趕忙把玫瑰金帶下證人台。我身後的旁聽席一片譁然。

我咬緊牙關，忍住衝動沒從我目瞪口呆的律師身上扯下領帶，塞進女兒嘴裡。幾個月來，我一直以為是陰影中的他們在操弄她：亞莉．史東、警察、檢察官、記者。我以為她是別人的喉舌，像乖女孩模仿她該說的話。可是她站在上頭，滔滔不絕吐露我們生活的私密細節，完全出自她的意願。即使我奉獻一輩子照顧她，她仍想看到我在牢裡不得好死。遭到她背叛的震驚像兩千瓦電流竄過全身，我很肯定我的心臟隨時可能停止。

妳怎麼能這樣？我看著她心想，妳不只是我的女兒——妳是我最好的朋友，妳是我的一切。

玫瑰金轉向我，彷彿我把話說了出來。我們的視線再次相交，在她眼中，我看到悔意，想懇求原諒。這時我懂了：總有一天，她會回到我身邊。她當然要為背叛我付出代價，但我們能克服這道難關。

開庭那天以及往後的許多年，我的女兒都迷失了。然而到頭來，我說對了：世上所有邪惡的人都無法分開我們，她想辦法回到我身邊了。

這回呀，親愛的女兒，我保證不會讓妳走了。

第八章 玫瑰金

二〇一四年八月

我坐在工具世界商場休息室的搖晃塑膠桌旁吃午餐。今天我做了柯布沙拉，我的廚藝不可能得獎，但至少都吃得下肚。一年半前《閒聊雜誌》刊出我的訪談，維尼宣稱他想從我的角度講述事件，但在他最終的文章中，我感覺仍像受害者。我是八卦雜誌靠近後面賺人眼淚的兩頁故事。我家有六本當期雜誌。

我的人生沒有如期轉變。沒有迪士尼的白馬王子來敲我的門，我的鄰居依舊愛管閒事，工作還是很無聊。

我的同事布蘭達坐在桌子對面，她幾個月前剛生小孩，時不時就在休息室擠母乳。她用毯子蓋住胸部，但機器實在太吵，我幾乎無法思考。每次我看到布蘭達，她都問我跟菲爾說要去拜訪他了沒。幾個月前，我不小心告訴她我有線上男友。

「所以，」布蘭達說，「妳問菲爾了嗎？」

「還沒。」我希望對話趕快結束。

「玫瑰金，妳現在正值二十幾歲的黃金年華！有天妳會三十五歲，像我一樣有兩個小孩。相信我，孩子，到時候妳會想要有些冒險回憶，幫妳熬過每一天。妳要怎麼樣才肯問他？」

我不自在地聳聳肩。布蘭達和我不是朋友。

她歪頭看了我一分鐘。「這樣吧，」她終於說，「如果妳現在傳簡訊給他，我就給妳五塊錢。」

我想像我的新牙齒，每一點錢都有幫助。我拿出手機。

我：你的木屋夏天是什麼樣子？

菲爾：現在外頭很多野生動物！前幾天我看到一頭黑熊和她的寶寶，還有幾隻狐狸

我：你的房子在山裡吧？

菲爾：對，離普拉特峽谷不遠。我的木屋很小，但我很喜歡

我：你是說你阿姨和姨丈的木屋？

菲爾：對。他們太常出外旅遊，我猜房子感覺就像我的

我：好酷喔，你自己的山間小屋！

菲爾：很了不起沒錯……

我的機會來了。我吸了一口氣。布蘭達看我顧左右而言他，便從包包掏出錢包。我在膽小退縮前迅速發出簡訊。

我：我何不親自過去看看？:-)

我把簡訊給布蘭達看，她笑了幾聲，交給我一張五元鈔票。他幾乎馬上回覆。

菲爾：我不確定耶，凱蒂……

我沒有給菲爾我的本名。認識菲爾時，我對網路還不太了解，但我知道不應該把本名告訴網路上認識的陌生人。等到我準備向他說實話時，我和媽媽已經上報，出現在「毒婦派蒂．華茲罪有應得；為玫瑰金聲張正義」的頭條下。我不希望菲爾找到我，我祈禱科羅拉多州的報紙不會報導這麼遠的事件。總有一天我會告訴他事實。

我：可是你說我們很快就能見面，你答應我了

菲爾：我知道，寶貝，我只是不想破壞我們的關係

我們現在是什麼關係？我二十歲了，距離初吻仍遙遙無期。我丟掉喝完的果汁，把午餐盒放回置物櫃，癱坐在黑色假皮沙發上，閉上眼睛。

布蘭達愧疚地問，「這麼糟喔？」

我點點頭，沒張開眼睛。亞莉會怎麼做？她或許不是多好的朋友，但她面對男生向來無往不利。我想了一下。亞莉很會下最後通牒。要是他不做這個，我就跟他玩完了，我聽她說過這句話不下一次。可是亞莉又酷又漂亮，還有那頭頭髮，她說這種話沒問題。我不是亞莉，不過她的招數或許有點道理。

我查看壁鐘，我的午休快結束了。我從沙發撐起身，朝布蘭達揮揮手，離開休息室，走回一號收銀台。今天店裡客人稀少，我有充分時間思考菲爾的問題。

我站在收銀台尾端的貨架旁，等候客人。這是史考特的新規矩——他說我們需要看起來更好客。我看客人瀏覽擺放電玩遊戲的走道，清一色都是青少年，只有一名穿著整齊的四十多歲男子。我多走幾步，檢查放DVD的走道：一如往常空無一人。

我再次仔細瞥向擺放電玩的走道。一名四十多歲男子盯著我，但一發現我注意到他，他就撇開頭。八成是隔壁鎮的人，過來想看一眼鎮上的怪胎。我要自己別妄下結論。我最近態度不好——我甚至沒祝福上一位客人有美好的一天。

我專心整理我的貨架，擺好雜誌和口香糖。一分鐘後，我回頭偷看。男子又在看我，我轉頭時他嚇得跳起來。這回他沿著走道走得離我更遠，拿起一個電玩遊戲，又放回原位。

男子一般身高，一頭金褐色頭髮，一手插在褲子口袋。他打量四周，彷彿從沒來過電器用品店。他看起來像會歸還遺失的錢包，對太太惡作劇，比自己的小孩還喜歡打水仗。像電視影集裡的爸爸，不是愛管我閒事的普通傢伙。

我走回我的收銀台，至少我能讓他更難盯著我。我掃視每台收銀機，確保史考特沒躲在哪裡。我檢查手機。沒有簡訊。

我把手機放回收銀台的儲物格，接著嚇了一跳，因為男子來到我的貨架前，查看我剛整理好的商品。這傢伙是外星人嗎？他拿著一包口香糖，彷彿捧著貴重物品。我沒招呼他，但他一直偷瞄我。我受夠了。

我問道，「您需要什麼嗎？」我刻意用上不好客的聲音，希望他聽得出來我很不悅。

他一鬆手，口香糖掉到地上。他撿起來放回架上，然後走過來，把一瓶健怡百事可樂放在收銀台滾帶上。

「就這樣嗎？」

他點頭，清清喉嚨，盯著我的名牌，身子扭來扭去。

他說，「玫瑰金。」

我點點頭，逐漸失去耐心，心臟開始狂跳。我準備好面對更多羞辱——不像對亞莉、布蘭登和其他人，我不會放過他。

他頓了一下，好像在考慮什麼。他的臉色慘白。「我是比利．葛拉斯彼。」他強調他的名字，朝我伸出手。

我困惑地看他。

他眯起眼，收回手。他說，「比利．葛拉斯彼。」他唸自己名字的方式宛如在說通往秘密洞穴的密碼。比利．葛拉斯彼似乎期望我認識他。我皺起眉頭，掃了健怡百事可樂的條碼，好化解尷尬。

我問，「付現還是刷卡？」

比利．葛拉斯彼拿出信用卡，刷過讀卡機。他嘆了口氣，「妳不知道我是誰。」

我搖搖頭，轉向發票列印機，很慶幸有事可做。我交給他發票。「你需要袋子嗎？」

比利．葛拉斯彼說，「不用，謝謝。」幾位客人經過，他的臉頰變得紅如番茄。「聽我說，我們可以到外面講一下話嗎？」

這時我的好奇轉為警戒。

「抱歉，」我說，「我還在上班。」我盤起雙手。男子感覺不構成威脅，那為什麼他的舉止這麼詭異？

比利．葛拉斯彼看來還想多說，但最後只挫敗地垂下肩膀。「好吧，我了解。」我看他慢步走向大門，他回頭瞄我一眼，就消失了。

我替另一位客人結帳，同時絞盡腦汁思索我是否該記得叫比利・葛拉斯彼的人。我很肯定我沒聽過他。

客人離開後，玻璃門再次滑開，比利・葛拉斯彼大步穿過大門，朝我走來。

我還沒打斷他，他就哀求道，「只要給我五分鐘的時間就好——」

「你是要我叫主管嗎？」我試著用上勇敢的聲音。

比利・葛拉斯彼舉起雙臂投降，開始語無倫次地說，「我不想這樣做，不過好吧。我要說的是，我相當肯定，我是妳父親。」

我的下巴掉了下來。所有攔住我的瘋子當中，沒有人這麼誇張。

我抬高聲量。「你覺得你在開玩笑嗎？」

比利・葛拉斯彼尷尬極了。「妳母親是派蒂・華茲吧？」住在戴維克方圓五十公里內、讀過報紙的人都知道。

我咬牙說，「我出生前爸爸就過世了。」

「妳二十歲吧？一九九四年二月左右出生？」

我警覺地盯著比利，試圖回想報導有沒有提過我的生日。大部分的報導我都背下來了——我頗確定沒提過。不過他上網就查得到了。

「你該走了，不然我要叫保全了。」我的聲音聽起來尖銳又可悲。

他問，「妳怎麼知道妳爸爸過世了？」

「請你離開。」我不再看他。

比利．葛拉斯彼把手探進卡其褲後口袋，拿出一張對折的照片。他攤開照片，撫平舉起來給我看，戳戳裡頭的人。「妳看？」他把照片交給我。

健壯的警衛羅伯已注意到我們，並試著判斷他是否需要介入。我正準備叫羅伯，這時卻在照片中看到媽媽的臉。

她年輕二十歲，朝年輕的比利．葛拉斯彼露出微笑。

羅伯在我身後說，「玫瑰金，都還好嗎？」

我悄聲說，「你哪來這張照片？」

「我說的是實話。」比利．葛拉斯彼哀傷地說，「現在妳願意跟我談了嗎？」

我掃視店面。有人會注意到我不在嗎？我查看手錶，對警衛說，「我很好，羅伯。」然後我告訴比利．葛拉斯彼，「五分鐘。」我跟他走出店外。

我們站在人行道邊，我雙臂緊抱著胸口說，「你想要幹嘛？」

他看起來很驚訝。「我沒想要幹嘛，只是覺得這麼做才對。」他斜眼瞥我一眼。「或許我錯了。」

「我媽媽坐牢前有很多朋友。」我說，「這張照片只證明你們年輕的時候認識。」我發現我還抓著照片，便試著還他。

比利說，「妳仔細看。」

我檢查照片。他們躺在床上，頭枕著枕頭，兩人都裸著上身，好險照片切在胸口以上。媽媽的短髮亂糟糟，比利伸長手臂照下這張照片。

我反駁說，「可是我爸爸叫格蘭特．史密斯。」

比利問道，「他怎麼死的？」

「吸毒過量。」我覺得想吐。我渴望感到額頭抵著冰涼的浴室磁磚，雖然通常這時我嘴邊會掛著綠色的口水。我的胃又翻騰一次。

比利嘆了口氣。「妳媽媽騙了妳。」

哪個比較可能：陌生人假扮成我父親，還是母親騙了我——不是第一次了。該死。

她說，*妳想做什麼，就要做好*。

比利繼續說，「拋下妳我也覺得很糟，但我以為妳不會有事，我不知道派蒂是那種人。幾個月前我去看牙醫，看到一本舊的《閒聊雜誌》，裡頭有妳的訪談。」他尷尬地說，「我發現妳以為我死了。我試著用電話簿找妳，或搜尋妳的電子郵件信箱，但一直碰壁。」

我頭暈目眩，又問了一次，「你想要幹嘛？」我要哭還是尖叫嗎？我的身體感覺由內往外翻，我用力捏了拇指和食指之間的肉。

「我不知道，」比利扭著身體，「我只是覺得很愧疚。」

我盯著他。我早該知道今天運氣不好——早上我在路中央看到一台計算機。

他說，「我想確定妳沒事。」他從頭到腳打量我，彷彿隔著我的制服上衣，他也能找到證據，顯示我經歷的一切。他的視線停在我的牙齒上，我發現我大張著嘴。

我說，「確定我沒事？」我的腦袋成了旋轉木馬，我從來不能搭的旋轉木馬——媽媽覺得會害我想吐。溜滑梯、盪鞦韆和基本上每一項有趣的兒時娛樂都是。

我眨眨眼忍住眼淚，雙手抽痛。「你拋下我二十年，現在你就這樣冒出來，想知道我好不好？」

比利揪起臉，但我才起頭而已。同樣的事怎麼一直發生？首先母親背叛我，接著是亞莉，現在換這個人——他顯然是我父親。外加菲爾一直躲我。我學不乖嗎？我要一直讓別人踐踏我嗎？

「你拋棄我們。」我叫道，「這一輩子，我只想跟其他小孩一樣有爸爸。你丟下我們自生自滅，媽媽總是擔心錢。我當然不好。如果你留下來，我糟糕的人生就不會發生。」

我的喉嚨發疼，就像努力不要哭一樣。然而我說太多，現在止不住眼淚了。我坐在人行道邊，把臉埋進手臂。我的上衣聞起來像媽媽的香水：洗澡小舖的香草豆口味。今天早上我在公寓噴了一圈，假裝她還在。

比利蹲在我身旁，默默不語。幾分鐘後，我的肩膀不再顫抖。我想像臉上的睫毛膏淚痕，我看起來一定很糟。我不想面對他。

「我很抱歉妳過得這麼坎坷，」他的聲音發抖，「都是我的錯。」他聽起來很真誠。

我抬起頭端詳比利。他的黃褐色眼睛和小鼻子跟我一樣，我們的頭髮都是深金色，他的雙腿抵著路邊，像彈跳桿伸縮，動作跟我緊張時一樣。

我說，「你真的是我爸爸？」

比利點點頭。他遲疑一下，伸出一邊手臂環住我的肩膀。他聞起來像木香鬍後水跟麥當勞。「我讀完報導後不知道該怎麼辦。我想或許不該打擾妳，妳經歷這麼多，不需要承受這顆震撼彈。可是後來我想，或許妳想認識妳的父親，或至少知道我還活著。我一直做惡夢，於是我從印第安那州我住的地方開車下來。如果我的決定錯了，我很抱歉。」比利收回我肩上的手臂，咬著嘴唇，我緊張時也會這樣。我們有太多相似之處，無法忽視。

我說，「我有好多問題。」我們會一起過感恩節嗎？他會試著跟我「父女交心」嗎？他會期望我支持他最喜歡的球隊嗎？

有人敲敲工具世界商場的玻璃。史考特站在前廳，雙手插腰怒目瞪著我。比利扶我站起來。

「妳幾點下班？」

我說，「五點。」我回想比利給我的半個擁抱，並期待起下一個。

「我們可以去吃晚餐嗎？五點約在蒂娜咖啡廳如何？妳想問什麼我都會回答。」他說，「我想開始彌補妳。」

我想起多少聖誕節早晨我希望壁爐上掛著第三支襪子。我聽見自己說，「約在蒂娜咖啡廳沒問題。」

比利開心地笑了。「好呀，蘿絲，待會兒見。」

我朝他揮手，看他橫越停車場，鑽進一台紅色凱美瑞。只要媽媽聽得見，沒有人叫我蘿絲，她會要別人別縮短我的名字。

其實媽媽想寶寶名字時，第一個也是想到代表玫瑰的「蘿絲」。她說她向來喜歡「戴上玫瑰色眼鏡樂觀處事」這個說法，即使沒有父親和大家族，她仍希望她的小女兒對未來無比樂觀。但媽媽覺得替派蒂・華茲的女兒取名「蘿絲」太普通了，不過「玫瑰金」的話——這個顏色不是很完美嗎？有天晚上，她高興地笑著對我說，「這讓我想到羞紅的臉頰，或淡粉色的夕陽，大家都忍不住喜歡這個名字的小女生。」

我慢慢走回工具世界商場，站在一號收銀台，聽史考特訓斥我該用自己的時間處理私事。假如比利是我爸爸，就表示我出生以來他都活著。父親缺席我的成長過程，純粹因為媽媽向我撒謊。我跟她問過多少次爸爸的事？她多少次不當一回事，說他很卑鄙？謝天謝地，一名客人靠近，打斷了史考特的教訓。我虛弱地朝她微笑，替她的新相機結帳。媽媽對我隱瞞他的存在。

她想把我占為己有。如果比利也在，她不可能順利對我下毒，也永遠不可能害我挨餓。比利會出手干預，保護我。

媽媽對我犯下的所有罪行中，這項最嚴重。

後來工作的四小時緩緩流過。那天店裡生意冷清，我幾乎沒什麼客人，只有在沃許雜貨店工作的麥金泰爾先生，我出生以來就認識他。我向他保證孫子會喜歡他手中的「樂高小城：臥底密探」電玩。他拖著腳離開前，第一百萬次跟我說他希望週日在教堂看到我——我這樣的人正需要耶穌的教誨。我也第一百萬次忽視他，揮手與他道別。

整個下午，我不斷回顧我對比利發飆的場景，感到窘迫不已。沒錯，他做了一些惡劣的決定，但我至少應該先聽他說。四點五十五分，我從休息室拿了外套和包包，塞到收銀台下。我一面等五點來臨，一面掏出手機，傳簡訊給亞莉。我得跟誰講這件事。

我：妳絕對不會相信今天發生什麼事……

我：我發現我爸爸還活著！

亞莉：哇，太狂了！

酒吧那晚以來，亞莉和我沒有多聊。我告訴她拍照取消時，她有些失望，但我的訪談刊出後她就釋懷了。隔天，她和一群朋友跟我用視訊聊天。

她從來沒有為她背著我說的話道歉，顯然她要不是不知道我聽見了，就是醉到根本不記得她說過。我還是有點氣她，但決定給她機會彌補。我不想因為朋友犯錯一次就把她踢到一旁，況且我沒有其他朋友取代她。

我：我們要去蒂娜咖啡廳聊聊。我好緊張

亞莉：祝妳好運

目前為止，她彌補的態度不怎麼樣。

我手機上的時間跳到下午五點。我穿上外套，跟羅伯揮揮手，快步離開。

我在網路上花了多少時間搜尋格蘭特．史密斯？只要不是在拼湊我的就醫紀錄，或跟菲爾聊天，我都試著尋找我的惡質爸爸。可是世上太多格蘭特．史密斯，我在伊利諾州中部找不到我出生那年有同名的人過世。熬夜數週又不停碰壁後，我放棄了。

我把廂型車停在蒂娜咖啡廳，塗上一點唇蜜。我瞥見紅色凱美瑞停在隔壁幾個車位。我走進咖啡廳，比利坐在後方角落，他笑著揮手，我也朝他揮手，並在卡其褲上抹抹手掌。我希望這頓晚餐順利。

他說，「謝謝妳來。」我坐在他對面。「我有點擔心妳不會出現。」

「很抱歉先前對你大叫。」我說，「我這輩子碰過一些人對我不太好。」

比利不安地扭動。

我補充道，「但不是你的錯。」

他呼了一口氣，提議道，「我們從頭來過吧？」他在桌上敲敲手指。他沒有完全展露出他多緊張。我注意到他左手的金戒指。

我指著戒指說，「你結婚了？」

比利點點頭。「我太太叫金姆。」

我試著想像金姆。我決定她身材纖細，留一頭漂亮的紅髮。她一點都不會像我的母親。

我問道，「你跟金姆喜歡做什麼？」我想像他們一起踏上偉大的冒險——狩獵旅行、爬聖母峰之類的。

「我家後院有一個小菜園，種番茄、小黃瓜、洋蔥。我還會自己醃蔬果。」比利頓了一下。「其實我週末大多時間都在開車接送小孩去打籃球或上游泳課。」

我眨眨眼。「你有小孩？」

比利點頭。「三個。蘇菲十三歲，小比利十一歲，安娜六歲。」

我意識到他們是我同父異母的手足。我一直想要弟弟或妹妹，現在我有機會了。我們可以在聖誕假期去溜冰，或夏天去附近的游泳池，或在週六下午看午場電影。

我問，「你在印第安納州的工作是？」

「工作過量。」比利擠出一聲笑。「我賣人壽保險。」

我們靜了一會兒。他的生活已經好迷人，好充實。他還有空間多接納一個小孩嗎？我該問嗎？

他說，「派蒂跟妳說我過世了？」

我點點頭。「她說你吸毒過量，說你有毒癮。」

比利盯著大腿。

我問道，「你有嗎？」

他抬起頭，嚇了一跳。「我做什麼都不會過量——可能只有吃生日蛋糕除外吧。」他又擠出一聲尷尬的咯咯笑。冷笑話害我們都揪起臉，但我更喜歡他了。我猜測這是否算「老爸笑話」。

「所以你從來不吸毒？」我討厭我的聲音聽起來充滿希望。

他嚴肅地搖頭。「除了大學偶爾吸吸大麻。」

我相信他。比利．葛拉斯彼的臉乾淨溜溜，簡直像橡膠鴨。他是大家景仰的父親，不會欺騙他應該關心的人。

服務生經過，幫我們點餐。我點了檸檬水和總匯三明治，他也一樣——肯定是好跡象。服務生走開，尷尬的沉默再次降臨。比利清清喉嚨，但沒說什麼。

我問道，「你怎麼認識我媽媽的？」

「我在迦勒汀大學修了幾門課。這間小社區大學離我家大概三十分鐘，我想說提前部署，等我隔年進普渡大學念學士，就能轉幾個學分過去。我在學生餐廳碰到派蒂，她迷人又愛調情，不怕主動出擊。她一直邀我跟她去看電影，第三次我答應了。」

他頓了一下，彷彿試著回答我沒問的問題：為什麼？

「她有趣到不行，」他說，「我喜歡和她在一起。」

服務生端來檸檬水，比利和我同時探向糖包，又是好跡象。我露出微笑，用吸管攪拌杯子裡的糖。這個人感覺友善又普通。或許我不需要母親，或許一直以來我只需要父親。我示意他繼續說。

比利喝了一大口檸檬水。「派蒂很有趣，但當時我不想交女朋友。我二十二歲，在老家附近打零工幾年後，終於要上大學了。沒什麼能阻擋我拿到學位。」他盯著我。「我爸十八歲就搞大我媽的肚子，於是他們做了該做的決定：結婚成家，再也沒有離開我們的小鎮，在同一間醫院出生過世，從來沒見識過世界，沒有任何遠大的抱負。在他們眼中，快樂是無聊的目標。或許說無聊不對，是不切實際吧。」

比利折起吸管包裝紙，他不斷扭動的樣子看起來像小孩。「我尊重父母的決定，真的，可是我不想要那樣的人生。所以派蒂跟我說她懷孕時……」

他躊躇起來，就著杯子喝了幾秒，接著靠上椅背，彷彿故事說完了。但我需要聽剩下的部分。

我重複道，「當她跟你說她懷孕時……」

他呻吟道，「我們需要翻這些舊帳嗎？我跟妳說我很抱歉了。」我必須小心，我不希望他改變心意，不打算認識我了。「我只是想試著從你的角度理解這件事。」

比利咬咬嘴唇。「我根本不知道她懷孕。她說她有吃避孕藥，成功率九成九——我記得我有查。」他揉揉眼睛。「她說這表示寶寶是命中註定。她給我台階下的時候，我意識到她策劃了整件事。我被耍了。」比利用滑稽的口氣說出最後一句話，試圖化解嚴肅的氣氛，但他一瞬間咬緊牙關，眼睛也沒有笑。媽媽總說這叫「假笑」，我從腦中趕走她的影像。

服務生說，「兩份總匯三明治。」她放下盤子。「還需要什麼嗎？」

我搖搖頭，抓起一根薯條。我問他，「後來怎麼了？」

比利咬了一口他的三明治，嘆了口氣。「派蒂說我只要付贍養費，就不用跟她或寶寶有任何瓜葛，我想都沒想就答應了。我的人生差點給硬生生奪走——普渡大學，墜入愛河，準備好再生小孩。每個月我都寄一張支票給她，直到妳滿十八歲。」

媽媽告訴我純白信封裝的支票是外公給的，她說是他留給我們的遺產。我心想，她嘴裡說出來的話到底有沒有一句可信。比利犯了一些錯，但至少他很誠實。

「她懷了孩子真的很興奮。我以為她會是很棒的母親，提供父母雙方的愛綽綽有餘。」他的肩膀垮下來，他看著我。「蘿絲，我希望妳知道我多抱歉。」

我的父親不想要我，所以他走了，就這麼簡單。然而現在我坐在他對面，他拋棄我的事實不那麼重要了。他曾經是個蠢孩子，但現在他來了。他不斷向我道歉，這輩子沒有人為我這麼做過。

我越過桌子碰碰他的手，露出笑容。「沒關係。」

他回以微笑，如釋重負。「我希望改天邀妳來吃晚餐，見見金姆和孩子。妳覺得如何？開車要五小時，但我可以補助妳油錢。我們可以準備一些有趣的餐點，妳有什麼很想試的食物嗎？」

我不敢相信他開車五小時來見我。我抓緊桌子，無法掩飾我有多興奮。我要有普通的家庭了。今天是人生下一個階段的開端——更好的階段。我在腦中嘗試說「爸爸」這個字。

「我很樂意。」我說，「我沒吃過起司漢堡。呃，我是說我吃過速食店的，但沒吃過自家做的。」

比利裝得一臉驚恐。「簡直是罪過啊。」

接著他咧嘴一笑，舉手叫服務生。「我們交換電話號碼吧，再來約大家都有空的時間。」他把手機交給我，我輸入我的名字和號碼。他伸手想拿我的手機輸入，但我沒放手，自己輸入他的資訊。我不希望他看到我通訊錄裡的號碼很少。

服務生拿來帳單，比利掏出信用卡。我伸手去拿錢包，但他揮手阻止我。他說，「我請客。」

我問，「你確定？」他點點頭。我忍不住開心地笑，差點忘記遮住嘴巴。這感覺像電視影集的劇情，爸爸替全家的餐點付錢後，所有小孩說，「爸，謝謝你請吃晚餐！」

我說，「謝謝你請吃晚餐。」

比利陪我走到車旁，我又笑了。他就像《小美人魚》結尾不再對愛麗兒那麼嚴苛的川頓國王。我得確保他知道我原諒他了，他是好人。

「我很久沒有一天這麼開心了，謝謝你。」我側眼瞄他，最後說，「我希望你知道我沒有生你的氣，謝謝你這麼誠實。」

比利看著我一會兒，喃喃說，「我很高興我們有機會重來。」

我忍不住伸手抱他，這回抱得更緊。我輕嗅一下，再聞一次這股爸爸的氣味。

他退開來，抓住我的肩膀，手掌汗濕但強壯。近距離看，我可以看到他額頭上的皺紋，眼中的壓力。「我們很快再聊，好嗎？」

我點點頭，鑽進我的車，再揮一次手。「下次見——爸爸！」我等著看他如何反應。

我叫他的名字時，他踉蹌一下，但接著轉身向我揮手，飛快一笑，才坐進他的凱美瑞。我看他的車開出停車場離開。我抓著方向盤，雙手顫抖，忍不住像傻瓜咧嘴笑。她會說，好假喔。我皺起眉頭。

我拿起手機，再發一封簡訊。

我：我去了，我見到他了！他是世上最好的人，我不能奢求更好的爸爸。我很快就要去印第安納州拜訪他！！！

亞莉：耶

我在手機上打開新的備忘錄，列下我在蒂娜咖啡廳忘記問的問題。我想要知道爸爸的一切。我得分幾次問，或許一天一封簡訊吧。

我不能冒險把他嚇跑。

第九章　派蒂

有天早上醒來，我決定今天要回歸社會。戴維克的善良百姓過著沒有派蒂的生活太久了，需要有人替他們乏味的生活增色。瑪莉或許還沒準備原諒我，但其他人會。況且我都出獄兩週了，至今還沒離開家。下週四是感恩節，去一趟雜貨店正是我復活的完美舞台。

我的社交日曆也許很空，但我在其他方面有所進展。我開始做自由2.0的工作，著手裝潢房子，也依約寫信給我的舊牢友艾莉西亞。玫瑰金甚至讓我跟亞當單獨在家一次，雖然只有二十分鐘。我還是不知道她在盤算什麼。

有時候，我得提醒自己要發揮耐心。

我進到淋浴間，發現我的雙腿跟奇異籽寵物一樣毛茸茸，不禁呻吟一聲。有人覺得剃毛很舒壓，但我不是。打理全身非常累人，要刮腳毛，刮腋毛，比基尼除毛，挽面修眉，剪指甲，塗指甲油，染頭髮，剪頭髮，每天洗澡。我的喉嚨上不幸有一片柔毛，所以還得拔脖子毛。等我做完這一套，差不多又要重新來過一次了。有時我想接納心底的嬉皮，當個不在乎全身長滿毛的女人。但大多時候，我都希望我不長毛。

洗完澡，我站在衣櫥前，考慮幾個選項。我選了最喜歡的上衣，上頭的紫色字體印著說早起不是我的菜還不夠。其實我很愛早起，過去十年，我每天都五點半起床。不過很多人無法忍受早起，我最好配合一下他們的水準。

屋內一片安靜，只有嗡嗡響的背景音。玫瑰金幾小時前去上班了，順路把亞當帶去瑪莉家。每天早上她出門後，我開始嘗試轉她的臥房門把，但房門永遠鎖著。今天我試著拿髮夾撬鎖，卻弄斷了髮夾。我的好奇從小癢變成疹子。我想進去那間房間。

我把這個計畫暫放一旁，裹上厚重的冬季外套。我決定步行二十分鐘去沃許雜貨店，其實沒車我也沒啥選擇。我踏進室外，給強勁的冷天嚇了一跳。

戴維克大部分的人都把十一月到四月視為表現英勇耐力的時節。我吸了口氣，鼻內毛髮感覺都黏住了。沿路的車道空著，客廳窗簾拉起，連每棟房子看起來都好冷。我站在我們家車道盡頭，瞇眼望向湯普森家的老房子，尋找生命跡象。或許我可以進去飛快瞄一眼，確保沒有人在看我。

我小步過街，來到廢地邊緣。我遲疑一會兒，然後叫自己別傻了。我大步走過院子，繞過一堆堆垃圾。冷風呻吟，我把外套拉得更緊。我在通往門廊的兩道階梯前停下來，判斷這麼做到底好不好。周遭空氣停滯，突然靜下來，只有遠方傳來嘎吱聲。聲音來自屋內嗎？

我踩上搖晃的第一階，木板馬上裂開脫落，帶著我往下跌。我驚聲尖叫，揮動手臂，試著維持平衡。我轉身逃離院子，越過馬路，回到我家門前的人行道。我站了一會兒，雙手抵著膝蓋喘氣，主要是因為受驚，不是疲累。我怒目瞪著房子，房子也瞪回來。

了解了。

我大步走過人行道，試圖裝得比實際勇敢許多。我經過時，路旁房子的窗簾會拉開，憔悴的臉往外盯著我，我走過後，他們的視線仍緊黏著我的後腦。沒有人來我們家，或承認我存在。有個老太婆看到我就推著手推車橫越馬路。

我走過每一戶都會彎腰撿起報紙，丟進過大的垃圾桶。我不介意盡一己之力，守護鄰居不要讀這些垃圾。新聞都在騙人，聳人聽聞，我們不能用錢或注意力鼓勵他們。搬進玫瑰金家第一天，我就確認她沒有訂報紙。

戴維克的人口現在老了，只有幾個小孩替代病弱瀕死的老人。這座小鎮沒有希望，沒有精力，沒有野心，只有一排排逐漸頹敗的房子，搭配逐漸頹敗的屋主。一個接一個，我們都會倒下。

一扇窗戶打開，飛出來一袋垃圾，炸開在我前方三公尺的草地上。雖然看不到是誰丟的垃圾，我仍向窗口投以嚴苛的眼神，繼續往前走。

我決定今天要保持積極正面，於是我試著只注意我曾經喜愛這座城鎮的地方。一九七〇年代起，戴維克的人口穩定維持在四千人。二十年前，大家會注意到新來的居民，通常也歡迎他們。當美國其餘地區的居民懼怕看到沒有標記的白色廂型車，戴維克的父母卻不用擔心孩子的安危。大部分的大人都知道每個騎腳踏車經過的孩子名字，需要告狀時，也知道是哪家的孩子。

我搬進連棟屋可算大事——我在戴維克舊區長大，在新區算是新面孔。鄰居很高興我取代了甘澤一家，這個社區強調團結，甘澤家卻自成一局，從不參加鎮上的復活節撿蛋活動，也不替有難的家庭做晚餐。況且他們的貓但丁惹惱了社區的狗。我摸著孕肚，在心中記下大家對我的期待。我向來都是好鄰居。

等我自己有需要時，我的社區參與有了回報。要不是鄰居送來砂鍋菜，替我打氣，我不確定我怎麼撐過玫瑰金的童年。總是有人撫摸我的背，同情般陪我嘆氣，在醫生不聽的時候陪我腦力激盪。

現在我站在沃許雜貨店門口。我抬起頭，挺直肩膀，沉重地走進門，忽視越來越糾結的胃。我推著推車走過第一條走道，拿起清單上列的東西。沒有人注意我。謝天謝地我也認不出大部分人的臉。我肚子裡的結稍微鬆開。

我靠近熟食櫃台，年邁的鮑伯・麥金泰爾在操作切肉機。鮑伯不會傷人，我決定從他開始。

我對他的背說，「嗨呀，鮑伯。」嗨呀？連我都覺得有點過頭。

鮑伯轉過頭，臉上掛著咧嘴笑容，直到他看見我。他稀疏的眉毛間皺了起來。他說，「我聽說妳出獄了。」

「你聽說的沒錯。」我說，「我在為家人準備感恩節晚餐。」

他盤起雙臂說，「妳現在跟玫瑰金住在一起？」

「當然。你的家人最近如何？葛瑞絲還好嗎？」

「她很好。」鮑伯說，「妳要買什麼嗎？」

「一磅蜂蜜火腿。做三明治用，」我補充道，「我已經買好火雞了。」我拍拍綁在前方兒童座椅的二十一磅火雞。無論如何，我都要餵胖女兒。

鮑伯低聲說，「我是看到這蠢火雞了沒錯。」他從展示窗拿出火腿，轉身回到切肉機。

我差點笑出來。如果戴維克居民能對我吐出最糟的侮辱就這樣，我應該沒問題。

我對鮑伯的背說，「你最近在拼什麼拼圖？」鮑伯是拼圖迷。

他不甘願地回答，「一千片的太陽系拼圖。」

我忍住玩文字遊戲的衝動，沒有稱讚他的能力傲視地球。鮑伯現在不想跟人哈拉。

他交給我一袋切好的火腿。

我說，「嗯，回家真好。」

鮑伯哼了一聲。「祝妳有美好的一天。」

我揮手跟他道別，繼續前進。以第一步來說還不錯，就小步小步來吧。

我逼自己在店裡閒晃。我注意到一些不友善的眼神，聽到很多人偷偷悄聲說話，但我繼續把商品放進袋子，假裝都沒發現。我跟他們一樣有權利在這兒。

我想找填料時，看到一名店員蹲在地上補貨。我拍拍他的肩膀說，「不好意思。」接著我意識到他是誰，愣了一下。「喬許．柏洛。」我盤起雙臂。

他抬起頭，老鼠般的眼睛掃過我的臉，試圖想起我是誰。

喬許．柏洛：當年的小男孩現在成了年輕人。我曾希望他考砸大學入學考試，頭頂提早禿頭，一輩子只能跟貓咪為伍。多年來，我一直忍著沒去調查他，看他長大變成哪種神經病。

他問道，「妳需要什麼嗎？」他裝得很有禮貌，裝得不記得我。

我說，「你記得我女兒嗎？」

他抓抓長滿痘疤的臉。「抱歉，我不記得了。我們以前是同學嗎？」

「她因為你休學。」我壓低聲音，他必須傾身才聽得見。

喬許．柏洛瞇起眼，一臉困惑。我早該知道他長大會是蠢蛋。

我挫敗地嘆氣。「告訴我填料在哪兒就好。」

「九號走道。」他笑著說，很高興能回答我。「祝妳有美好的一天。」

我翻了個白眼，推著推車走向九號走道。

玫瑰金一年級的三月某天下午，我難得讓自己休息幾小時。我記得快完成填字遊戲時，我接到學校行政中心的電話，請我去學校一趟，因為玫瑰金「沒事但狀況不太好。」過去兩年，學校打給我數十次，並逐漸用起這個說法。我想要怒吼，狀況不太好不叫沒事。

我趕到學校，發現玫瑰金大口喘氣，滿臉淚水。她手裡抓著沾滿泥土的假髮，拳頭扭著骯髒的金色髮絲，露出剃光的頭頂。她把假髮緊抓在胸口，哭喊著，「媽咪，好痛。」我注意到有人替她膝蓋上的擦傷貼了OK繃，早上沒有這些傷口。

「寶貝，哪裡好痛？」我把她拉過來。我的問題很多餘，只是拖延戰術。其實她哪裡都痛：她的胸口，她的肺，她的胃，她的頭。一個地方的痛楚緩解，就會灌到另一個地方，加強火力。痛永遠不會消失，只有輕重程度會變。女兒總是處於極端狀態，害我筋疲力盡。

玫瑰金搖搖頭，拒絕回答。學校職員請我坐下面談，但我忽視他們。我如玫瑰金兒時般抱著她，帶她回到破舊的廂型車。我替她繫好後座安全帶，插上車鑰匙。開車回家路上，我看著後視鏡，大多時間視線都聚焦在後方。我的小女兒靜靜盯著窗外。

我開進車庫，關掉引擎，頭靠著椅子一分鐘。我閉上眼睛，想像我寫完拼字遊戲，帶女兒去公園，看她頭朝下從滑梯溜下來，在一旁歡呼。

「小乖，為什麼妳的假髮髒了？」我問題一出口，就感到肚子一沉。我已經知道答案了。

玫瑰金在我身後開始悄聲說，「下課的時候，喬許．柏洛說我的頭髮是假的，還扯掉我的假髮來證明。他和其他男生把假髮丟來丟去，我抓不到，假髮就掉在地上。我試著去撿，可是喬許推我，我也倒在地上。他們一起把泥土塞進我嘴裡，說要搭配我的牙齒。」她的臉頰流下一滴眼淚。「媽咪，什麼是口水病？」

喬許．柏洛和他的爪牙霸凌玫瑰金好幾個月了，在她的衣服上倒番茄醬，把死蟲子放進她的背包，叫她難聽的綽號，促使其他學生跟著叫。這是他們第一次真的傷害她。那天跟往後每一天，我都希望那些男孩遭遇一千次悽慘的橫死。對我來說，喬許才七歲一點都不重要。

我曾試著教女兒保護自己，但她渾身是病，容易成為箭靶。我對這方面沒什麼概念——我在學校是風雲人物，成績名列前茅，很小就學會自貶的藝術。玫瑰金太敏感，無法笑看任何事。

我鬆開握緊的拳頭。「孩子，妳的頭髮很漂亮。而且妳沒有口水病，喬許．柏洛才有口水病。」（很明顯當下不該教她這個，但凡人孰能無過。）

小時候，我父親強調足智多謀勝過一切。如果處理不了，聽別人說他的問題也沒有意義。我可以解決女兒的問題，我迫不及待想幫忙。「從今以後，妳想跟媽咪待在家嗎？如果媽咪當妳的新老師呢？」

玫瑰金遲疑了一下。上星期，她提到她很愛她的老師，她也很常聊到班上一個女孩。或許目前她們是朋友，但多久以後女孩也會背叛她？

做出改變會讓我們的生活容易許多。我可以在候診室永無止盡等待時擠進課程，我可以把看醫生變成找樂子的機會，而不是她懼怕的事。只要每個月支票繼續寄來，我們就做得到。

玫瑰金拿下透明鏡框眼鏡，用翠迪鳥上衣擦一擦。這個動作總讓我會心一笑——小孩做出如此睿智老成的舉動。我喜歡這副眼鏡。少了眼鏡，她的眼睛看來像豆子，彷彿沒有鏡框固定，眼睛會從她臉上逃跑。

我再問一次，「妳覺得呢？」

她戴好眼鏡，看著我。「我們還有下課時間嗎？」

我的心膨脹起來。我想像她過去兩年下課時間的樣子，想像她的同學跑來跑去玩紅綠燈或鬼抓人，她站在一旁，比同學還喘。

我抬起下巴，厚著臉皮說，「孩子，當然可以。我們一天下課休息兩次，怎麼樣？」

玫瑰金點點頭，解開安全帶。我希望她已淡忘喬許．柏洛和他的爪牙。超人媽媽再次拯救世界。

回到雜貨店，我拿了清單上最後幾樣東西，走向收銀台。一個櫃台開著，四個人在排隊，年輕店員緩緩掃描罐裝食品條碼。我排到隊伍末端。

我前面站著一個非常高大的男子，身形如旗桿細瘦。就我所知，戴維克只有一個人將近一百九十五公分。彷彿聽到我的思緒，男子轉過身，我對上湯姆．畢恩的臉。

他很驚訝看到我，幾乎像我很驚訝看到他沒留鬍子。

我脫口而出，「你刮掉鬍子了。」

湯姆俯瞰我，調整眼鏡。他說，「我聽說他們放妳出來了。」

「我似乎成了鎮上的熱門話題。」他的語氣令我放鬆。「看你沒穿手術服真奇怪。」

湯姆和我一起在迦勒汀大學上完護理師助理執照課程。他是我最親的朋友，我們會在他的公寓待到很晚，明明應該互考對方如何控制感染，到頭來卻都在胡鬧。後來他拿到護理師執照，我們在當地醫院偶爾會同時值班。當時我以為湯姆暗戀我，但我一直把他當兄弟。現在他已婚，有兩個小孩了。

「少說廢話了。」他朝我戳戳手指。「妳可能騙過女兒，讓她原諒妳，但我們其他人記憶很好。」

「整件事就是誤會大了。」我說，「我犯了一些錯，但我也付出代價了。玫瑰金和我現在關係非常好。」嚴格來講並沒有，但湯姆．畢恩不需要知道。

湯姆咬牙說，「我替妳擔保，我幫妳研究她的症狀，建議療法，讓妳靠在我的肩膀上哭。」湯姆露出慌恐不安的表情，降低音量。「妳知道我們對她可憐的身體造成多大傷害？她完全健康的身體？我們發了誓——」

「她幾乎沒辦法走路，我不會叫那完全健康。」我直直看進湯姆·畢恩的雙眼，突然迫切想贏回我的老友。我試著放軟語氣。「我以為我們可以放下過去。」

湯姆盯著我。這段期間，店員才替一個客人結完帳。我後面排了另一台推車。

「唉呀，唉呀，唉呀。」

我轉過頭，看到尚恩·沃許。我幾乎不認識這個大塊頭，但五年前他倒對媒體說了一堆我的壞話。湯姆朝尚恩點點頭。

「派蒂認為我們都應該放下過去。」湯姆的音量剛好讓附近的人都聽得見。我縮起身子。

「放下過去，是嗎？」尚恩搔搔鬍子。他放開推車，往前走幾步。

他在等我回答，於是我說，「對。」尚恩又靠近一步，我希望他能退開。排在我們前面的客人都一面假裝查看收銀台旁的貨架，一面等著看好戲。

「我們十七歲就認識了。」湯姆對我說，「或許那才是我們該放下的過去。」

尚恩就著隨行杯喝了一口咖啡。「我認為整個小鎮都想忘記妳曾經是我們的一員。」

我真該拿出包包裡的白蓋子小棕瓶，滴幾滴進去他的飲料。

我低聲說，「湯姆，別不講理。」

湯姆朝我靠近一步。「講理？」他哽咽著說，「妳讓自己女兒挨餓，還敢這麼說？」

他朝尚恩挑起眉毛。湯姆在做秀，但我認出他語氣中的痛，我知道他多難過。如果只有我們兩人，我會用力抱住他，像他第一次執照考試失敗那天，說服他再考一次。現在當著尚恩．沃許和其他客人面前，如果我抱他，他可能會賞我一巴掌。

「別跟我們談什麼講理。」尚恩又往前一步，近得伸手就碰得到我。「妳現在如果要講理，就立刻離開這家店，否則我要親自趕妳走了。」

不遠處有人開始拍手。我的臉頰發燙。「可是——」我指向裝滿食物的推車。

「我哥哥不用做妳的生意。」尚恩指向大門。他哥哥比爾．沃許是雜貨店老闆。「去別的地方買菜吧。」

湯姆和尚恩在我左右圍成半圓，我唯一的出路只有走向店門口。風把室外光禿的樹枝吹得前傾，探向我。

我替戴維克每位居民想像一棵樹，纖長的木手臂把他們舉得越來越高，越來越高。當每個湯姆、尚恩、甚至小提米都懸在空中十五公尺，樹會同時一起鬆手。我是樹的指揮。每個人都摔到地上，不像玫瑰花瓣，他們會頭頂、後頸、脊椎直接著地，他們的屍體是我染紅的地毯，我會在他們臉上擦鞋。

我抬高下巴，握緊拳頭，堅持了一秒。我試著對上湯姆的視線，懇求憐憫，但他不肯看我了。他的表情彷彿剛踩到一坨狗屎。

他們不給我別的選擇。我低下頭，拖著腳走向大門，把裝滿的推車留在原地。我想到家裡空蕩蕩的冰箱，還有湯姆・畢恩含淚的眼睛。
我走出大門。
身後群眾大聲鼓掌。

第十章　玫瑰金

二〇一四年十一月

我上路四小時，開車沿七十四號州際公路往東，再轉上六十九號州際公路往北。今天是大日子：我要去見爸爸的家人，在印第安納州過夜。過去四個月，我和他經常傳簡訊，也講了幾通電話。我們聊天時，我只要聽就夠了；爸爸健談到可以維持兩人份的對話。我跟他提過一次，他坦承隨著年紀增長，他開始到哪兒都跟陌生人閒聊，不管是排隊結帳，還是開車停在收費站。

我在社群媒體上加他、金姆和兩個大的孩子為好友，我希望他們一家人還沒見到我，就能慢慢喜歡上我。爸爸和金姆不常貼文，但孩子在網路上很活躍，尤其是十三歲的蘇菲。她的每則動態更新我都按讚。她的貼文很多，內容非常隨機。

我的第二根腳趾比拇指長。小時候，有人說這代表我是天才。當時我就知道，這只代表我的腳很醜。

我現在就能預言：我推測最後會是癌症帶我走。我的四名祖父母死於乳癌、喉癌、皮膚癌和／或攝護腺癌。唯一的問題只是我會敗給哪種癌，最後一種不太可能。

我猜大家會說蘇菲「很有個性」。

今年夏天很長，但現在進入十一月，天氣涼了下來。母親入獄兩年了。我跟爸爸越親，我就越氣她。他如此和善有愛心，她卻瞞著不讓我認識他。一直以來，我以為她最關心我。即使替檢方作證時，我都不確定我做了正確的決定——純粹是史東太太和警察說我該做，我就照做了，但從頭到尾我都不斷質疑自己。可是記者說的沒錯：她是怪物，她是毒婦。我母親自私自利，愛自己勝過任何人。

今年八月爸爸走進工具世界商場以來，我就從生活中抹去媽媽所有的痕跡。我研究能不能改姓，雖然「玫瑰金．葛拉斯彼」感覺很難唸。我與史東太太保持距離，因為她會令我想起媽媽的回憶。我不再用媽媽愚蠢的用詞——不說「聖誕節的眼神」或「小狗跳」。每次要做決定，我不再猜想她會怎麼做。我受夠當她的受氣包，受夠她整個人了。現在我有新的家庭，我希望他們別害我分崩離析。

我太醉心於與爸爸重逢，只得暫緩拜訪菲爾的計畫。開車五小時去費爾菲德比去科羅拉多州重要多了。我可以——也願意——兩者兼顧，但目前菲爾必須再等一下。我告訴他爸爸的事，他很支持我，態度也很甜蜜。菲爾了解我愛他，但無法像以往那麼有空，我必須彌補跟爸爸錯過的時間。

最後一小時的車程一閃而過，我發現我比預期提早抵達整潔的近郊。這座小鎮像是高級版的戴維克——房子比較大，草皮比較綠，連狗兒看起來都比較開心。我開進雪曼街三〇五號的車道。我那彷彿從電視影集走出來的爸爸，住在影集會出現的房子，多麼匹配呀。兩層樓的磚造房子牢固又保養得宜，卻不引人眼目。房子外觀顯示葛拉斯彼一家家境小康，並不有錢。我等不及進去了。

我從廂型車後座拿了裝過夜用品的褐色紙袋，走上車道。爸爸打開前門。

他說，「歡迎！」

我緊緊抱住爸爸，很慶幸他聞起來仍像木香鬍後水和麥當勞。

「進來，進來。」爸爸帶我進屋。一名女子在玄關等我們，我猜她將近四十歲，但人工曬黑的膚色讓她顯得更老。我張開雙臂要擁抱金姆，但她伸出一隻手，手指上都是壓克力指甲。她做了法式美甲，一根指甲有缺口。她跟我想的不一樣。

「我是金姆。」她看著我說，「很高興認識妳。」

我跟她握手，閉著嘴笑。「我也很高興認識妳。」明天離開前再嘗試抱她吧。

爸爸眨眨眼說，「我帶妳參觀一圈吧。」他把我的紙袋放在玄關牆邊。

我們先穿過客廳。兩張破舊的米白色沙發和電視占掉大半空間，其中一張沙發旁放了一疊厚毛毯。牆上從地面到天花板掛滿裱框的黑白家庭照——去六旗樂園郊遊，初領聖餐，生日派對，小孩在灑水器之間亂跑，小孩在冰淇淋車前面排隊，小孩舉著掉的第一顆牙齒。照片都在大喊，看看我們，看看我們去了多少地方，做了多少事，我們多可愛。我看到自己錯過多少，胸口不禁一緊。

我們走到廚房。冰箱上滿是一個繁忙家庭的證據：字母磁鐵固定住成績單、產前派對邀請函和待辦清單，幾張聖誕卡黏在冰箱側面。我回想起母親遭到逮捕前，戴維克所有的鄰居都會寄聖誕卡給我們，媽媽讓我把卡片黏在客廳和廚房之間的門框上。我搖搖頭，甩掉這段記憶。

爸爸帶我去看餐廳，裡頭有一張六人座餐桌。瓷器櫃擺在一面牆邊，裝滿美好時光公司的瓷人偶和其他易碎的收藏品。櫃子旁散落一組樂高。金姆默默跟在我們後頭，我感到她的視線落在我的後腦，趁我看不見她時仔細打量我。我努力專注聽爸爸介紹。

我們走過一條走廊，爸爸指出樓下浴室的位置。我們回到樓梯，我注意到樓梯下方有一道小門。

我探向門把問道，「這是什麼？」

爸爸說，「我們的節慶儲藏櫃。」他示意我打開門。「放過節用的裝飾、包裝紙之類，沒有人會進去。」

我低下頭，走進沒裝潢的小房間。裡頭塞滿花環、聖誕襪、復活節彩蛋籃、一大組縫紉設備、萬聖節服裝和其他東西。儲藏櫃很悶，沒什麼特別，但我喜歡這種親密的感覺，彷彿外露的絕緣包材裡藏了秘密。

爸爸示意我跟他走。他打開客廳通往後院的玻璃滑門，我踏上陽台，迎來微寒的傍晚。天色剛開始轉黑。

葛拉斯彼家的後院一角有鞦韆，另一角有彈簧床，陽台上放了幾張椅子和一個烤爐。爸爸在烤爐前暫停，握住爐蓋把手。等我不再四處張望，聚精會神看他時，他誇張地掀起蓋子。

他說，「妳看！」烤架上放著十幾塊牛肉餅。

他記得。我眨眼忍住眼淚。

「來吧，」他說，「我來教妳。」他從陽台椅子拿起圍裙——可愛的刺繡字體寫著煮飯換親親——綁在腰上，打開烤爐的火。

「首先，我們替肉餅撒上大蒜和洋蔥鹽。」他一邊動作一邊解釋，「然後再加一點伍斯特醬。」肉還是生的，但我已經開始流口水。

「漢堡肉在烤的時候，絕對不能壓。」爸爸說，「否則會把肉汁都擠出去。肉餅只要翻面一次就好，每一面大概烤三分鐘。最後再烤麵包塗奶油。」

我沒有出聲，但我很興奮能平凡地在後院跟爸爸烤肉。等漢堡肉和麵包烤好，我和爸爸把一盤盤食物端進屋內，放在廚房流理台上。「讓漢堡肉放幾分鐘，我先介紹孩子跟妳見面吧。」我還沒問，他就補充道，「好讓肉汁重新分流到肉餅裡。」

我跟他走到玄關的樓梯。

「孩子，」爸爸往上叫，「下來見見蘿絲。」

我做好準備，急著想見他們。有人大步跑下樓梯，兩個人緩緩跟在後頭。

我先見到六歲的安娜。她咧嘴對我笑，露出兩顆缺的門牙。好跡象。爸爸扶著她的肩膀。

他有點緊張地說，「安娜，這是蘿絲。」

我蹲下來，安娜同時往前走，我們緊緊抱在一起。「妳的頭髮聞起來好香。」安娜悄聲說，手指捲起我的一縷頭髮。我想像我們倆在沙灘堆沙堡，我在公園推她盪鞦韆，她邀我參加茶會。

爸爸說，「蘿絲，他是小比利。」十一歲的細瘦男孩雙手插在口袋裡，沒有對上我的視線。他看起來坐立難安，但我猜這個年紀的男生都一樣。他朝我微微揮手，又把手插回口袋。

爸爸繼續說，「然後她是蘇菲。」十三歲的女孩站在樓梯中段，雙臂抱胸。她長了一點青春痘，戴著牙套。我跟她同年時，要是能裝牙套我什麼都願意做吧。

我閉著嘴對她笑。她回以微笑，接著從正面窗口瞥向馬路。「妳開廂型車？」她聽起來覺得不怎麼樣——還有點不禮貌。

我本來期望我的新手足和繼母張開雙臂歡迎我，我以為他們跟我一樣，也很興奮能見到我。目前為止除了安娜，每個人都顯得興致缺缺。

「蘇菲，」金姆從廚房叫道，「幫我把晚餐端上桌。」

蘇菲不發一語，從我旁邊小步跑走。我努力忘記惡劣的感受；我們還有整晚可以扭轉第一印象。

爸爸說，「孩子，我們坐下吧？」他的孩子包括我，我是他的孩子之一。我開心地笑了，並假裝檢查指甲，他才不會注意到我多可悲，不過是成為他們一員就這麼高興。

我問道，「我可以幫什麼忙嗎？」

他搖搖頭。

我們再次回到餐廳，桌上擺滿了配菜和調味料。

安娜、小比利和我在桌旁坐下。

「那是媽咪的位子。」安娜指向我選的椅子。我趕忙跳起來，揪起臉。

小比利翻了個白眼。「安娜，沒關係啦。」

爸爸說，「不要對妹妹翻白眼。」

小比利嘆了口氣，從口袋拿出一包金魚餅乾。他一口吃了十個，像沒有自制力的幼童。

爸爸嘟囔說，「把零食收起來，不然都吃不下飯了。」

小比利把餅乾放回口袋。

我問他們，「我應該坐哪裡？」

安娜拍拍她旁邊的位子。我坐下來，她又開始玩我的頭髮。我都忘記有人寵感覺多好了。

金姆端著那盤漢堡肉進來，蘇菲緊跟在後，端著麵包。爸爸替每個人的杯子倒牛奶。等我們都在桌旁坐好，爸爸開始帶禱。金姆低頭閉上眼睛，但孩子們都盯著漢堡。我決定低下頭，但睜著眼睛，以防錯過什麼。不過什麼都沒發生，孩子們只是坐著等待。

爸爸禱告完，摩擦雙手。「好啦，蘿絲。今天晚上有五種起司可選：美式起司、切達起司、傑克乾酪、瑞士乳酪和波羅伏洛起司。醬料有黃色或第戎芥末醬，還有番茄醬、美乃滋和烤肉醬。配菜則有番茄、萵苣和紅洋蔥。世界在妳的指掌之下，瘋狂嘗試吧。」

我不知道從何開始，該選什麼。我看金姆替安娜做了一個漢堡，才幫自己弄。小比利都吃完半個了，我才拿起上下兩片麵包。我讚嘆他能飛快嚥下食物，並希望他會吃第二個，我才能依樣畫葫蘆。我小心切開一顆番茄，拔下一片萵苣葉。

爸爸問道，「蘿絲，妳有來過印第安納州嗎？」

我說，「沒有，這是第一次。」大家以為我看不到的時候，都不斷偷瞄我。我假裝沒發現，把紅洋蔥疊在番茄上。

「哇，那歡迎妳囉。」爸爸說，「我們都很高興妳大老遠過來。」

他們在尷尬的沉默中吃了幾分鐘。我猜想他們吃飯是否都這麼安靜，還是我害他們不自在。

金姆開口了。「路上還好嗎？沿路應該沒什麼好看的吧？」

「還可以，」我說，「很多玉米田。不過我第一次開車上路旅行，所以蠻好玩的。我買了多力多滋，還玩了字母遊戲。」

「真好。」金姆回話的同時，小比利喃喃說，「妳自己玩？」

我在麵包上擠了番茄醬和芥末醬，用刀子均勻抹開。我也把每樣食材排好，彷彿我的漢堡可能登上美食雜誌封面。

小比利不可置信地盯著我，低聲說，「妳就吃了吧。」

爸爸說，「別煩蘿絲。」他一臉期待看著我。

我清清喉嚨，拿起漢堡，深深吸入燒烤肉餅的香味。我張大嘴巴，把漢堡塞進去，確保每種食材我都能咬到一點。我相信第一口最重要，之後漢堡就不再像藝術，比較像燃料了。

我用牙齒含住麵包，用力咬下去，讓混在一起的食材在口中打滾：香濃的芥末醬，清脆的萵苣，還有多汁的鹹肉餅。漢堡美味極了。他們如此費心，就為了我。

我發出滿意的聲響，甚至微微甩頭表達我多愉快。爸爸朝金姆微笑。看了我一分鐘後，他們又恢復吃自己盤裡的食物。我們一起安靜吃飯。

蘇菲直白地說，「所以妳媽媽在坐牢？」

爸爸斥責道，「蘇菲。」他轉向金姆尋求支援，但她看著我，等我回答。

我清清喉嚨。「大概兩年了。」

小比利說，「妳一定很恨她吧？」他直盯著他的媽媽，當金姆沒有阻止他，他又加上一句，「如果妳說的都是事實的話。」

爸爸怒斥道，「吃飯的時候不適合談這個。」他語中帶著怒意，先前斥責蘇菲時可沒有。

蘇菲瞥了小比利一眼，兩人都不理會我們的父親。我替爸爸感到難過，更替自己難過。我咬住嘴唇。

金姆壓低聲調開口了。「他們只是想多了解玫瑰金。」

「我一直不懂，」蘇菲說，「為什麼妳不好好吃飯或刷牙就行了。安娜一年前就會自己刷牙了。」

我忍住沒讓下巴掉下來，只是瞪著蘇菲，不確定話題怎麼會急轉直下。媽媽總說要讓惡霸嘗嘗惡果。沒錯，我確實想把蘇菲的漢堡砸到她臉上，但我不是決定不想跟我的母親一樣嗎？況且我如果對他們的孩子不好，爸爸和金姆絕不會讓我成為他們的一員。或許有妹妹的意思就是你六成的時候都想把食物砸在她臉上。

安娜咧嘴笑著給我看她的牙齒。「我也會用牙線。對吧，媽咪？」

「沒錯，寶貝女兒。」金姆臉上緊繃的情緒化為憐憫。「蘿絲，我們聽說妳小時候的事都很遺憾。」

我微微一笑。「謝謝，金姆。」我希望他們能讀懂暗示，了解我不想討論過去。我已經穩定康復快三年了，可是大家仍比較喜歡孱弱的我，而非現在的健康少女。我需要趕快轉移話題。

我向小比利露出最溫柔的笑容。「我一直想要有個弟弟。」

蘇菲對她的盤子喃喃說，「同父異母的弟弟。」

我的臉頰漲紅。爸爸再次轉向金姆，期望她說點什麼，但她只喝了一大口牛奶。

「還有妹妹。」我補上，猜測蘇菲或許覺得被冷落了。

小比利糾正我，「同父異母的妹妹。」

我贏不了這兩個傢伙，他們就像灰姑娘邪惡的兩個繼姊。

「夠了。」爸爸朝小比利吼道，「你長大想變成這樣嗎？霸凌比你弱小的人？」

小比利垂下眼。

爸爸愧疚地瞧了我一眼，然後轉向蘇菲。「今天練習如何？」

蘇菲花十分鐘解釋她的籃球教練要球隊做的新練習。我一點都聽不懂，但很慶幸至少有一會兒，葛拉斯彼家五個人不會都盯著我。我試著裝出興趣，一邊吃完漢堡。我想像中的晚餐不是這樣。

我得再試一次——或許運動是切入點。我希望我對體育更在行。

「你們有看倫敦奧運嗎？」蘇菲講完後，我問道，「我很喜歡加布・道格拉斯，尤其是她在高低槓的表演。」

小比利翻了個白眼。「那都兩年前了。」

爸爸對兒子投以嚴厲的目光。「蘿絲在二〇一二年夏天很忙，要在刑事法庭出庭擔任明星證人。她不像你，沒有閒時間整天穿著睡衣亂晃。」

小比利盯著他的盤子，沒說什麼。金姆朝爸爸露出懇求的眼神，但他忽視她。看他修理小比利，我有點過意不去，但我心中也充滿喜悅，因為他選擇袒護我，而不是他的兒子。況且小比利自己活該惹上麻煩，他就是個死小孩。

金姆轉向我。「我們都很喜歡看體操隊比賽，加布・道格拉斯也是我們最喜歡的選手。」我猜她準備扮演和事佬，只要緩解丈夫和兒子劍拔弩張的情勢都好。我們繼續安靜吃飯。

小比利吃完第二個漢堡時，我想我也可以拿第二個了。金姆問起蘇菲隊友的腳踝傷勢，還有她這個週末的比賽是否會先發上場。我往前傾。

我喃喃說，「可以拿麵包給我嗎……爸爸？」

金姆猛然轉向我，蘇菲也停止說話，她們的視線隔著桌子相交。爸爸假裝沒注意到，遞給我盤子。

我用讚美打破沉默——這招對我母親總是有效。「金姆，你們的房子好漂亮。」我說，「我很喜歡這種溫馨的感覺，每個房間都有全家人的照片。」

金姆生硬地對我微笑，爸爸撫著她的手。

「我們很幸運能有這三個孩子。」金姆朝她的小孩點點頭，「他們不是小天使，但我認為我們算幸運了。」

安娜開心地笑，小比利翻了個白眼，蘇菲揪起臉。

爸爸伸出手臂摟著金姆，臉亮了起來。「我們本來想再生一個，但——」

「爸，」蘇菲尷尬地呻吟，「很噁心耶。」

安娜拉拉我的手臂，興奮地說，「我們要睡帳篷。」

我困惑地四處張望。

「明年夏天我們要去黃石公園，」爸爸解釋，「去露營。」

全家人提到旅行都開心多了，大家急著說話，不停打斷彼此。

蘇菲說，「我們要租獨木舟。」

安娜宣布，「還要烤棉花糖。」

「我可以負責生營火，」小比利補充道，「我們還要去釣魚。對吧，爸爸？」他仔細盯著我們的父親，表情真誠又充滿希望。我發現他可能不是死小孩，他也許只是希望得到父親認同，又不知道怎麼跟失散多年的姊姊互動。

爸爸點點頭，咧嘴一笑，惡劣的情緒一掃而空。

我問道，「你們什麼時候要去這趟大旅行呀？」

金姆稍微放鬆說，「七月四日國慶日的連假。」她朝興奮的孩子微笑，她笑起來很漂亮。「我們好多年沒去露營了，上回都是安娜出生前了。」

安娜問道，「我在妳肚子裡的時候？」

金姆說，「更久以前。」

安娜一臉困惑，但沒說什麼。

蘇菲又開口了。「安娜認為她在媽媽肚子裡看過我和比利。」大家都笑了起來。「她說裡面還有玩具反斗城。」

安娜抗議道，「我才沒說過。」

大家異口同聲說，「妳絕對有說。」他們現在互相笑鬧，聽起來快樂多了。這才是我想要的家庭。

爸爸說，「我要教這些傢伙怎麼在營火上烤鬆餅。」他跟孩子一樣興致勃勃。我想像自己夜裡坐在圓木上，夾在蘇菲和小比利之間，講述我想得到最可怕的鬼故事。我們會徹夜不睡，邊吃邊笑。爸爸會讓我負責烤漢堡肉。

我脫口而出，「我想跟你們一起去。」

金姆飛快看了我兩眼，連爸爸都一時語塞。蘇菲和小比利看著他們的父母。

安娜拍手叫道，「蘿絲可以來嗎？我在車上想坐她旁邊！」

爸爸虛弱地朝安娜笑。「再說吧，寶貝女兒。」他轉向我。「我們晚點再談，好嗎？」

我點點頭。看來是不行。可惡——我搞砸了嗎？我的心撲通跳。我不該這樣毛遂自薦，可是他們把這趟旅行描述得好有趣。我可以想像明年夏天我不是獨自在戴維克家裡，窩在沙發上看可悲的電影，而是蜷縮在帳篷裡的睡袋，弟妹在我身旁靜靜打呼。十歲想看迪士尼冰上世界表演以來，我沒有如此迫切想要過什麼。

金姆開始收拾桌面。「安娜，妳要不要帶蘿絲去客廳，給她看我們的DVD？我們讓她挑今天晚上看的電影吧？」

安娜牽著我的手到客廳，給我看她的迪士尼電影收藏。我的手指劃過過去兩年我不厭其煩看過的影片：《彼得潘》、《花木蘭》、《小飛象》。我抽出架上最後一部片。

安娜苦悶地說，「我討厭那部片。」

我驚訝地問，「為什麼？」

她看著腳。「學校女生說我的耳朵像小飛象。」

我的心揪了一下。

我蹲下來與她同高。「妳知道嗎？小飛象最後會飛，他是最酷的大象。」

安娜抬頭瞥向我，一臉懷疑。

我把她的頭髮撥到耳後。她的耳朵大，但沒有她擔心的那麼大。她看著我，等我說話。我該怎麼辦？要她愛她的缺點，同時我自己卻省下每一分錢，好除掉我的缺陷？

我問道，「妳最喜歡哪一部迪士尼電影？」

她馬上說，「《冰雪奇緣》。」

我驚呼一聲。「我也是！我們看這一部吧，我替妳編頭髮。」

安娜搖搖頭，讓頭髮再次蓋住耳朵。「我不喜歡辮子。」

不對，妳不喜歡綁辮子會露出耳朵。我知道所有可用的伎倆。

「喔，別這樣，妳看起來會跟安娜和艾莎一模一樣！」我說，「這樣吧，如果妳討厭辮子，我們可以馬上拆掉，不過先看妳喜不喜歡吧？」

安娜想了一下，然後點點頭。「好。」

其餘的家人收拾餐桌時，我拚了命替安娜編頭髮，甚至紮進一條紫色緞帶。我用我的假髮練習過無數次，但我從來沒編過真人的頭髮，現在我知道所有的練習都是為了這一刻。編好後，辮子完美極了。安娜跑去浴室照鏡子看自己，我屏氣等待，幾秒後她衝回客廳，緊緊抱住我。我咧嘴一笑，臉頰貼著她的頭頂，沉浸在讓另一個人開心的簡單喜悅中。

等餐廳整理乾淨，葛拉斯彼一家聚在沙發上，一起看《冰雪奇緣》。安娜說我坐到爸爸的位子，但爸爸說沒關係，他今晚想試新的位子。我開心地笑，感謝他把我納為家中的一份子。

小比利和蘇菲不像安娜跟我這麼喜歡這部片，他們從頭到尾都在滑手機。安娜扯著嗓子跟著大唱「放開手」時，蘇菲嘆了口氣。我覺得她很可愛，她一直玩她的辮子。

看完電影，金姆要孩子準備上床睡覺，然後帶我上樓。她向我簡要介紹二樓：主臥室和浴室，蘇菲和安娜的房間，小比利的房間，以及我要睡的客房。

客房的牆漆成粉黃色，裡頭有一張加大雙人床，牆底畫著鏤空圖案的小鴨。金姆注意到我的視線。

「這間本來是嬰兒房。」她從箱子替我多拿一條被子。「我們還沒時間重新粉刷。天哪，安娜已經六歲了嗎？現在換我尷尬了。」她擠出一聲笑。我揮揮手，跟她說我很喜歡。

她把被子鋪在床尾。「免得妳覺得冷。」

一陣痛楚席捲全身。我好懷念母親的照顧。

金姆指向我和小比利臥房之間的浴室。「如果妳需要梳洗，藥櫃裡有洗面乳、牙膏和其他東西。」

安娜跑進房間，跳上客房的床。「我想跟蘿絲一起睡！」

「妳應該要上床了。」金姆斥責她。「妳明天會看到蘿絲。現在我們要讓她休息，她今天開了很久的車。」

安娜嘟起嘴。「可是——」

「沒有可是，沒有但是，沒有是不是。」金姆指著門口，「別再拖了。」

安娜跟之前蘇菲一樣嘆氣，大步走回房間。

金姆跟在安娜後頭，準備在身後關上我的房門。「如果有需要再跟我說。」

我抓住金姆的手，捏了一下。「謝謝妳做的一切。」我對上她的眼睛，讓她知道我是認真的。

「好好睡。」她回捏我的手。

金姆走進主臥室，在身後拉上門，留下一道縫隙。我到浴室洗臉，想起我們家老舊的連棟屋。我們只有一間浴室，葛拉斯彼家有三間，每間都比我們的好。我一直以為害我跟媽媽這麼窮，假如她不用花所有時間照顧我，帶我去看醫生，或許她就能保住工作。可是我完全錯了。媽媽利用我向爸爸和鄰居揩油，只有某個月可能付不出房貸時，她才會去接一些小案子——當清潔工、居家照護員、記帳員。她選擇讓我們勉強度日。

我刷完牙，關上水龍頭，聽到金姆和爸爸的房間傳來低語。我走到他們房門口往內瞄，他們都在浴室，門關著。我躡手躡腳走進房內，鼓起勇氣盡可能靠近浴室門，豎直耳朵聽。

「你不能指望他們表現得像她是最好的朋友。」金姆說，「她根本是陌生人！她還不請自來想加入我們的家族旅行？那是怎麼回事？」

「我懂，寶貝。」爸爸說，「我知道這個轉變很大，但我不知道該怎麼辦。她沒有其他人能依靠了。」

「她沒有朋友嗎？」金姆問，「叫她跟朋友去旅行。」

他們沉默了一陣子。

「我會跟她談。」爸爸說，「但我不能放著她不管。」

浴室門開始打開。我嚇了一跳，盡快倒退離開臥室，跑回客房。我的心感覺要直接從胸口跳出來。他們繼續用同樣的音量談話，但我聽不見剩餘的內容。

我靜靜關上我的門，爬上舒適的大床。我蓋著棉被，伸展雙臂雙腿成海星形狀。我只睡過單人床。或許等我存夠錢修復牙齒，我會再存錢買一張加大雙人床放在我家。

出乎意料，我沒那麼生氣。沒錯，金姆沒有立刻喜歡上我，但爸爸有。他邀我來，讓我待在他家，現在他又當妻子的面袒護我。我們已經建立起無法斬斷的羈絆。我得努力贏得金姆、蘇菲和小比利的歡心，如同我對爸爸和安娜所做的。我需要一個故事，一個不動如山的理由，來解釋為何明年夏天我得去露營旅行。只要交心一星期，他們就會知道我跟他們一樣，完全不是外人。我聽葛拉斯彼夫婦準備就寢。我盯著天花板，開始思考。

隔天早上我要上路前，我和爸爸到附近社區散步。我隔天要上班，必須趕回去。

我們在舒適的沉默中走了一會兒。我還在想昨晚偷聽到的事，我得想辦法提到露營旅行，再給他一次機會邀請我。我的新家人將創造許多回憶，三十年後我們一起能緬懷。我們的第一次家族旅行——我得在場。

我們繞過街角，爸爸的房子出現在眼前。

我問道，「我們什麼時候能再見面？」

「我們會盡快安排。」爸爸說，「現在妳知道到哪兒找我了。」他眨眨眼，我對他微笑。總有一天，我能自信滿滿地咧嘴笑，展現我整齊潔白的牙齒。

「蘿絲，」他繼續說，「妳都沒跟我提過妳的朋友，他們都住在戴維克嗎？」

全部？「呃，我最好的朋友是亞莉，她在芝加哥念書。」我說，「不過最近我們處得不太好。」

「為什麼？」

我說，「我不知道。」我試著記下這個社區的一切——老人拖著腳撿起報紙，小孩在街上溜滑板，遛狗的主人努力控制七隻狗。「我們對一些事情看法不一。」

爸爸問道，「妳認識她多久了？」

「從小就認識了。」我說，「她是我在戴維克的鄰居，後來才去芝加哥。」

爸爸說，「妳們的友誼可以維持這麼久，聽起來很穩固。」我聳聳肩。「也許妳應該坐下來，跟她坦白聊聊。」他說，「這種朋友沒有妳想像的常見。」

我點點頭。「好，我會試試看。」

爸爸看來很滿意。

我轉向他。「你覺得金姆喜歡我嗎？」

他裝得很驚訝。「當然，妳怎麼會問？」

我的機會來了。「我，呃，昨晚不小心聽到你們說話，她不希望我去露營旅行。」我盯著他，但他避開我的視線。

「蘿絲，」他碰碰我的肩膀，「別想太多了。我們倆花了好幾個月互相認識，但其他家人昨天才見到妳。他們有很多事需要消化，但我很確定他們都愛妳。」

我的嘴唇扯出一抹微笑。「我也愛他們。」

他還是沒邀請我，我意識到他不會開口問了。

果然跟迪士尼冰上世界的表演一樣。

十歲時，我在沃許雜貨店看到迪士尼冰上世界表演的海報。我哀求媽媽好幾週，請她帶我去芝加哥看表演。我向她保證，我會坐輪椅，我不會戴假髮，妳說什麼我都會做。我想像實際跟愛麗兒見面，買一支跟亞莉一樣的旋轉發光魔杖，或許還能跟其他小孩說話。

最後媽媽妥協了。我們挑了日期——二〇〇四年五月十日——她買了票，或至少跟我說她買了。為了感謝她帶我去，我早已打算買禮物送她，我要買茶壺太太的鑰匙圈掛她的車鑰匙。整整六個月，每天我都倒數要看表演的日子。

五月十日早上，我們需要出發前往芝加哥一小時前，我開始嘔吐，停不下來。我試圖隱瞞媽媽，但她逮到我埋頭抱著馬桶。小乖，我很抱歉，她說，我們下次再去吧。

我們從來沒去。

我和爸爸繼續走，快來到我停在車道的廂型車。我得去這趟旅行，沒有得到承諾，我不能離開印第安納州。我瘋狂絞盡腦汁。我想起昨天晚餐時金姆憐憫的表情——她真正站在我這邊的唯一時刻。或許葛拉斯彼一家跟大家一樣，比較喜歡以前的我。

媽媽說，不入虎穴焉得虎子。

我停下來，他也跟著停下來。「可是，」我說，「我生病了。」

爸爸歪頭試圖理解。

我深吸一口氣。我的說詞飛快從嘴中滾出，感覺就像事實。「過去幾個月，我出現夜間盜汗、發燒之類的症狀。起初我沒有多想，但後來我想以防萬一，我應該去看醫生。於是我去了醫院，醫生想採檢體，從我的手臂下方切了一個淋巴結拿去檢測。兩天前，醫生打電話告知我結果。我得了何杰金氏淋巴瘤。」

我的眼眶湧上淚水。一瞬間，我想像我真的病了，我幾乎能感到夜間盜汗和發燒，可以看到醫生告知我消息時抿成細線的嘴巴。

爸爸結巴一陣，臉上血色全無。我真不想騙他。「那……這……天哪，這實在，怎麼——這麼糟糕。蘿絲，我好抱歉。」他將我擁進懷裡，我如釋重負地打顫。被人擁抱，回家般的感覺，多麼安心呀。

他問道，「第幾期了？」

「第三期。」我把他抓得更緊。

母親對疾病如百科全書的知識終於派上用場。她曾堅持我有何杰金氏淋巴瘤患者的所有症狀，要醫生替我採檢體，結果當然是陰性。

「我兩星期後開始化療。」我說，「但天知道有沒有用？所以我才那麼想去露營旅行。對不起，我知道我不該不請自來，但我從來沒跟家人去度假，這個週末來拜訪你是我第一次到外州旅行。我還有好多事想做，過去我沒機會嘗試多少事，嗯，你也知道為什麼。」

爸爸把我抱得更緊，拍拍我的頭髮。我可以跟他永遠站在人行道上。

「我只是想跟你們去一次。」我悄聲說，淚水沾濕臉龐。「要是我沒……？」

爸爸噓聲要我別說了。「嘿，妳不會有事，好嗎？看著我。」他抬起我的下巴，讓我們對上眼。「我們會想辦法，我們一起。」

我閉上眼睛，讓他抱著我搖晃。一起，一起，永遠在一起，一起到永遠。我咧嘴一笑，抽抽鼻子。我得開始研究登山鞋了。

我們站在那兒，直到我感到有人在看我。我張開眼睛，瞥向葛拉斯彼家的房子。金姆站在門廊上，看著我們。

她朝我們喊道，「都還好嗎？」

不只還好，金姆，一切都棒透了。

第十一章　派蒂

下午四點整，感恩節晚餐上桌了。我把最後一道菜放在廚房桌上，退後一步，檢視我的傑作。我的頭髮可能沾了地瓜，但我腦中仍浮現「勝利」這個詞。

桌子中央放著一隻烤火雞，周圍擺放五六個盤子，裝滿填料、馬鈴薯泥、甜地瓜、燉花椰菜、蔓越莓醬，以及烤奶油南瓜。蘋果派和切斯派都做好放在冰箱。我全部親手做，沒有燒焦任何一道菜。廚房亂成一團，但我可以待會兒再煩心。我準備了一桌盛宴，我對女兒的愛在桌上一覽無遺。

我擺正在廉價百貨買的布餐巾，點亮祈願蠟燭。我忙著準備這頓飯，好幾個小時都沒去想湯姆臉上痛苦的表情，還有我離開沃許雜貨店時背後憤怒的拍手聲。後來我必須搭公車到兩個鎮外的雜貨店買食材。過去一週，我在腦中重複播放這段丟臉的經驗。我得找一個新的湯姆，在醫院和新的護理師打好關係。光想到再也不跟他說話，我的雙腿就不住打顫。

我朝客廳喊道，「晚餐好了。」玫瑰金在客廳對亞當唱「划船歌」。

她懷抱著亞當，和我一塊兒來到桌邊。她吻吻他兩邊臉頰，把他放進搖籃。當她看清楚滿桌的佳餚，眼睛都凸出來了。她笑著說，「妳超越自己了。」

我揮手不以為意，雖然我們都知道這是大事。入獄前烹飪就不是我的強項，我通常都煮特價的家庭號冷凍食品，反正玫瑰金永遠不能吃。

她伸手要舀馬鈴薯泥，但我阻止她。「開動前，」我說，「我想我們應該各自說說我們感恩的事。妳先吧。」

好吧，我確實想多聽一點吹捧。

玫瑰金想了一下。「我很感恩有亞當，」她開心笑著說，「他會改變我的人生。」

亞當？

亞當準備了她眼前這桌完美的佳餚嗎？亞當有提議幫她付一半的租金嗎？他只會大便，還有拒絕睡過夜。

當生命的奇蹟是別人的奇蹟，就沒那麼好玩了。

我瞥向搖籃裡的小嬰兒。他踢踢雙腿，朝我得意地笑，彷彿要提醒我他是多麼可愛的小妖精。

我緊緊捏住玫瑰金的手。「他已經做到了。」

玫瑰金問，「那妳呢？」

「我很感恩有妳，」我對上她的眼，「妳和第二次機會。」

她看著我一會兒，不自在地撇開頭。

我打破沉默說，「開動吧。」

我們各自把盤子裝滿桌上熱騰騰的食物。我先朝火雞下手。我最擔心這道菜，不過火雞肉完美極了：風味四溢，一點都不乾。我把食物塞進嘴裡，差點忘記吃每一口之間要呼吸。站著工作一整天後，我餓壞了。

我問道，「妳明天休假吧？」我用叉子撈起更多填料。

玫瑰金搖搖頭，轉著湯匙劃過馬鈴薯泥。「明天是黑色星期五，我要加班，六點就要到。」

「早上六點？」我喊道，「哪個腦袋正常的人那麼早會想買電視？感恩節隔天那麼早起床出門，這種人一定色胺酸攝取不足。」

玫瑰金聳聳肩。

「不然妳把亞當留在家吧？」我提議，「妳就不用更早起載他去瑪莉家。」

玫瑰金考慮我的提案。「好吧，」幾秒後她說，「妳確定妳不介意的話。」

我興奮地拍手。她第一次同意讓我們獨處較長的時間，能陪伴小亞當一整天，充滿無限的可能。

等我吃完兩盤，我再也無法忽視玫瑰金的盤子還是滿的。「小乖，妳沒怎麼吃。妳覺得都還好吃嗎？」她不敢汙辱我的傑作。

玫瑰金點點頭，吃了一口馬鈴薯。「全都很好吃。」

「妳不能一直長時間工作，餵寶寶喝母奶，卻吃這麼少。妳得維持體力。」我說，「就算不是為了自己，至少為了亞當。」我怒目瞪著女兒，「說好了喔？」

「好啦，好啦。」玫瑰金舉雙手投降，擔心地瞥向小嬰兒。「我保證。」

得到滿意的答案，我點頭起身，打開冷凍櫃門，尋找香草冰淇淋。我想讓冰淇淋軟一點，才能完美匹配我的派。我找遍每一層，卻看不到冰淇淋的盒子。

我轉向玫瑰金問，「妳吃了冰淇淋嗎？」

她盯著叉子上的一塊火雞肉。「我放到地下室的冷凍庫了，」她說，「我得挪出空間放母乳。」

我雙手插腰。她知道我討厭地下室，而且樓上的冷凍櫃明明還有很多空間。

「可以麻煩妳去拿嗎？」搬進來後，我從來沒有下去過。

玫瑰金皺起眉頭。「我很樂意，可是我答應某人要吃完這盤食物。」她指向快滿出來的盤子，把那塊火雞肉塞進嘴裡。「我有很多事要做。」她嚼了幾口，甜甜地笑了。有人還沒搞懂這個家誰掌權。

我咬緊牙，走出房間。她目送我離開。

我打開通往地下室的門，看到閃亮的白色冷凍櫃在樓梯右側。我可以跑下去，找到冰淇淋，馬上回來。

我小心翼翼往下踏一階。想想亞當。第二階。想想玫瑰金。第三階。亞當。第四階。玫瑰金。第七階。爸爸。第九階。媽媽。第十階。他。我口乾舌燥，膝蓋發顫。我滑坐在階梯上，大口喘氣。我瞥向屋椽，我哥哥大衛吊掛在一端。

我還沒從學校回家，爸爸和救護人員就把大衛帶走了。有時我會忘了我不在場，但想像十七歲的哥哥獨自吊在那兒太多次，跟親眼看到他自殺沒有兩樣。其實我最後一次見到大衛是那天早上在餐桌旁，我不認為我們有互相道別，我就衝出門去趕校車了。那年我七歲。

他用了爸爸的皮帶，把我們打到頭破血流幾百次的那條。自此以後，爸爸再也沒用那條皮帶——或任何皮帶——打過我。

玫瑰金在桌旁叫道，「妳找到了嗎？」

我從階梯撐起身子，重新站起來。我的雙腿打顫。我從冷凍櫃拿出冰淇淋，爬上樓梯。我沒有回到廚房，反而走向浴室，在身後鎖上門。我把冰淇淋擱在洗臉台，坐在馬桶上，頭埋進膝蓋間。等我的脈搏恢復正常，我在洗臉槽開水潑潑臉，看水珠滴下我的鼻子和臉頰。

幾分鐘後，我控制住自己，準備好面對她了。我回到走廊。出於習慣，我試著開玫瑰金的臥室門，一時忘記她在屋內，可能聽到我的動作。一如往常，房門鎖著。我依然完全摸不清是為什麼，現在該來解開這個謎題了。

幾天前，我試圖從她的窗戶強行進入臥房，但窗戶也上鎖了，而且窗子又重又舊，動也不動。我在冷冽的室外大口喘氣，雙手抵著膝蓋，想起有視線偷窺的空屋。我回頭一瞄，湯普森家窗口的窗簾動了一下。我的脊髓竄過一絲寒意。

即使家裡只有我，我永遠不是獨自一人。

當我回到餐桌，我很高興玫瑰金的盤子幾乎沒有食物了。她吃掉最後一口火雞。我從冰箱拿出派，跟冰淇淋一起放在桌上。

玫瑰金呻吟一聲笑了。「還有甜點喔。」她對於逼我經歷噩夢絲毫沒有悔意——不管是我受審時，還是剛才。

我要自己放鬆。「感恩節晚餐怎麼可以沒有派？」我譏笑一聲，「小鬼，今天我要給妳正港的體驗。」我在盤子上各放一塊切斯派和蘋果派，上頭加上一球冰淇淋。

「我吃一點妳的就好。」她從我的盤子挑起一點切斯派，放進嘴裡。我把盤子往她推一些，以免她還想吃。我看著女兒，或許她準備好要談了。

我盡可能擠出最若無其事的聲音。「我說呀，」我開口說，「妳到底為什麼買了我父母的老房子？」

玫瑰金抬起頭，一臉驚訝——或至少裝得很像。「我說過了：當作給妳的驚喜，幫助妳放下。」

「但我跟妳說過爸爸虐待我們。」我試著不要咬牙，「更別說我哥哥在地下室自殺。

妳覺得逼我重溫這些回憶是好事？」

玫瑰金歪頭打量我。「妳不覺得應該別再讓死掉的爸爸掌控妳的人生了嗎？」

「他沒有掌控我的人生。」我開口反駁，這才意識到她在做什麼。她逼我防備，在我家的餐桌上再次審問我。應該接受審問的人是她，不是我。

「那為什麼妳還怕這棟房子？」玫瑰金繼續說，「妳爸爸已經過世幾十年，不會從牆壁後面跳出來打妳。」

該換個策略了。我轉轉手中的叉子，凝視亞當。他醒了，從搖籃看著我。「妳知道嗎？」我輕鬆地說，「兩個月大的寶寶通常都能認出母親的聲音和臉。妳有注意到妳說話時，亞當不會轉頭嗎？」

玫瑰金揪起臉，彷彿有人刺中她的心臟。「才沒有。」

我聳聳肩。「他似乎沒有很黏妳。」我讓亞當的手指抓住我的手。

玫瑰金臉上寫滿恐慌。她從搖籃撈起亞當，緊緊抱著，在他臉上尋找線索。「他是好寶寶。」與其說講給我聽，她更像說給自己聽。

「沒錯。」我同意，「妳不在的時候，他完全不會哭。」

她猛然抬頭盯著我，我暖暖地朝她笑，她咬住嘴唇——恐懼又加上懷疑。我幾乎可以看到她腦中的齒輪轉動。她在思考我是否撒謊，我對亞當的判斷是否正確。或許這段對話會讓她意識到她需要專注照顧她的家人，而不是推開我們，或許她會開始多擔心未來，而不是過去。

我們靜靜吃完甜點。我問玫瑰金要不要再吃一口，但她搖頭拒絕了。她晃著亞當，目不轉睛看著他的臉。

我的盤子才清空，玫瑰金就站起來，把亞當交給我。「妳去妳的椅子休息吧。」她拍拍我的背。「我整理的時候，妳可以幫忙看著亞當嗎？」

「當然。」我抱著小嬰兒，拖著腳走到我的躺椅。

這還差不多。我也不想要女兒懷疑她的為母能力，但我不要在自家遭到恐嚇或小看。一旦玫瑰金乖乖聽話，我就會重振她的自信。我需要確保她放下，不再幼稚地想報復我。

一小時後，玫瑰金跟我一起癱躺在另一張躺椅上，宣布說，「都整理乾淨了。」她轉向我。「我很久沒過這麼棒的感恩節了。」

「我也是。」我笑了，想起過去五年的感恩節都是吃冷凍乾澀的火雞和稀稀的馬鈴薯泥，用餐廳的托盤和塑膠餐具。每回我想到雜貨店的慘事，我就會重播她的讚美。我決定原諒女兒先前對我的不當待遇。

玫瑰金打開電視，我等到確定她不是在看新聞，便睡著了。

玫瑰金拍拍我的手臂叫醒我。「我們要去睡覺了，」她悄聲說，「媽，晚安。」

她抱著亞當走過走廊。「你準備好要睡覺了嗎？」她問他，「你會夢到小狗嗎？還是小貓？」她在身後關上門，開始唱歌給他聽。

我慵懶地緩緩伸懶腰，從椅子撐起身，一面打呵欠，一面漫步穿過廚房，準備上床。我打開冰箱，十幾個裝食物的塑膠容器整齊疊好，流理台和餐桌也一塵不染，玫瑰金徹底清乾淨了我留下的混亂。我瞥見一個裝滿培根油渣的塑膠封口袋忘在冰箱上，我拿起袋子，走出側門，回想起填料多麼美味。

照明亮了起來。我走進酷寒的夜晚，打開垃圾桶，把那袋油渣丟進去。我正要蓋上蓋子，卻注意到黑色垃圾袋下有一些散落的食物。我嘖了幾聲——如果垃圾袋有洞，玫瑰金應該知道不能讓垃圾掉出來。先別管獵食的浣熊了，垃圾清理員也有嚴格的規矩，所有東西都要裝在袋子裡。

我從垃圾桶掏出袋子，以為裡面的垃圾會灑得到處都是，然而垃圾袋的形狀沒有變。我把袋子舉到眼前，檢查裂痕，卻沒找到。我仔細看進垃圾桶，裡頭有火雞肉、馬鈴薯泥、甜地瓜、燉花椰菜、蔓越莓醬，以及烤奶油南瓜——大概一盤的份量。我回想起我從浴室回來時玫瑰金的空盤子。

唉呀，可沒想到呢？女兒有事瞞著我，顯然是飲食失調症。我視而不見好久了，但事實不斷賞我巴掌。她逐漸消瘦的身形，把穀麥棒當飯吃，藏起她丟掉的食物：我不能再否認了。

這麼多年來，我一直告訴大家她生病了。

看看到頭來誰說對了。

第十二章 玫瑰金

二〇一五年一月

我打量一盒盒的中國菜。亞莉和惠妮已經拿起筷子吃了，我從沒試過用過筷子，可不要在她們面前第一次嘗試。

我朝她們之間的空氣說，「有叉子嗎？」

亞莉手都沒停，惠妮繼續滑手機，同時喃喃說，「冰箱右邊的抽屜。」

等我回來，她們開始討論今晚的計畫，研究螢幕上冒出來的選項。

亞莉說，「珍娜想去掛斷酒吧。」

「或去凱西酒吧玩酒瓶抽鈔票吧。」惠妮提議，「有些籃球隊員也會去。」

「泰勒和其他男生要去柯克伍酒吧。」亞莉從無杯腳玻璃杯喝了一口粉紅酒。我查看酒瓶標籤——莎特酒莊的金芬黛微甜粉紅酒——並在心中記下我二十一歲生日要買這瓶酒。剩不到一個月了。

我的口袋震動，我掏出手機，咬了一口蒙古烤牛肉。肉僅微溫，但依然美味，既鹹又甜，我近來發現這是我最喜歡的口味組合。

爸爸：安娜一直提她的耳洞，她說學校的女生都愛她的耳環

我去印第安納州在爸爸家過夜已經兩個月了，之後我見過葛拉斯彼一家幾次。上回去拜訪時，我說服爸爸和金姆讓安娜打耳洞，我想可愛的耳環或許能讓她自在一些。爸爸哼哼啊啊拖延一陣後終於同意，於是金姆、安娜和我擠進他們的車，開到大賣場，找到連鎖飾品店，請他們幫她打一對耳洞，謝謝。我和安娜悉心分析了粉色和紫色耳環的優缺點，最終她選了粉紅色。技師拿出耳洞槍時，安娜左手用力抓住金姆的手，右手抓住我的手。不過她沒有哭，甚至幾乎沒發抖。事後她興奮極了。

爸爸：時隔一年，她第一次讓金姆幫她綁馬尾

爸爸：非常謝謝妳，蘿絲

我笑了，很驕傲難得能解決問題，終於有所歸屬。我在學校永遠格格不入，但因為有我，安娜不會跟我一樣。

我：很高興能幫上忙

我：還有我順利到亞莉家了，她跟你問好

趁亞莉不注意，我照了一張她的照片傳給他。

爸爸：也幫我跟她問好。週末別玩太瘋，好嗎？注意安全

自從我跟他說我罹癌後，他變得更加體貼，還提議陪我一起去化療。我當然婉拒了，並解釋史東太太如果不能帶我去會難過得要死。之後幾次爸爸和我見面時，不管在他家或我這邊的蒂娜咖啡廳，他都很訝異我看起來多健康。我提醒他不是每個人化療都會掉頭髮，我跟他說我反胃又疲倦，沒有食慾。為了證明，有次週日我和葛拉斯彼一家在橄欖園餐廳吃晚餐時，我只吃了兩口微不足道的麵包棒。他們一臉同情看我，但仍然沒有人提到露營旅行。吃甜點時我主動提起，爸爸拍拍我的背，說我離醫療資源那麼遠不太好。

我可沒想到這一點。

我依然堅持旅行前化療早就做完了，我告訴他們醫生說我今年夏天可以出遊。現在為了展現身體健康，我來找亞莉過夜。如果我已經可以跟朋友共度週末，六個月後爸爸

和金姆就得讓我一起去。公路旅行的遊戲、觀星、爸爸在營火旁伸手臂摟著我——這趟假期會是我這輩子最棒的兩週。

惠妮說，「我受夠柯克伍酒吧了。」

亞莉嘟嘴說，「我想見泰勒嘛。」

我問道，「泰勒是誰？」

亞莉驚訝地猛然轉頭，彷彿她忘了我在。她八成真的忘了。

「我在交往的男生。」亞莉把金色長馬尾從肩上甩開，轉向惠妮。「我們去柯克伍酒吧，妳欠我一次。」

惠妮沒有抗議。我觀察過她和亞莉的友情，看來她總是為了無形的好處不斷回報亞莉。

惠妮嘆了口氣，開始收拾中國菜。「好吧，那我要借妳的新皮外套。」

我跟著亞莉到她的臥房，她開始在化妝台的鏡子前化妝，我盤腿坐在她床上。我問道，「柯克伍是哪種酒吧？」

「運動酒吧。」

「所以我不應該打扮？」

「我們永遠會打扮，但妳不一定要。」她頓了一下，手裡拿著口紅，端詳我一番，又繼續化妝。

「妳怎麼決定口紅的顏色？」

「看妳的膚色，」亞莉說，「冷色系讓牙齒看起來比較白。」

我記下稍後要研究「冷色系」。對的口紅會讓我未來的牙齒看起來更好看。

亞莉問道，「妳有假證件嗎？」

她真的很蠢。有，亞莉，一年前我第一次跟妳出去喝酒，之後再也沒喝過，成天都在賣電玩遊戲給青少年。我當然有假證件。

我說，「沒有。」

亞莉說，「喔喔。」她聽起來像綜藝節目《命運輪盤》的觀眾看到參賽者答錯不用動腦的簡單問題。「柯克伍酒吧要二十一歲才能入場。」

我盯著她。「妳有假證件嗎？」

她咬住嘴唇。「我滿二十一歲後，就賣給長得像我的同事了。」

我問道，「我們要怎麼辦？」

「什麼叫『我們』？妳又不是沒來過，妳知道芝加哥的酒吧都要二十一歲才能入場。」

「泰勒不能在別的地方跟我們見面嗎？」

亞莉目瞪口呆看著我，好像我建議泰勒在鏟雪機前跳華爾滋。「我這個週末沒有邀妳來，妳自己跑來的。」

我的下巴掉了下來。

惠妮大搖大擺走進房間，宣布說，「卡門也要去柯克伍酒吧。」她看到我的表情，停了下來。「苦瓜臉小姐怎麼了？」

亞莉毫無悔意地說，「玫瑰金還不滿二十一歲，她不會來。」

她畫好口紅，再轉向我。「我的數位錄影機是滿的，妳想看什麼都行。有個造型改造節目妳可能有興趣。」

惠妮傻笑幾聲，我紅了臉。

亞莉繼續說，「明天我們來辦女孩美容日吧，怎麼樣？」我討厭她屈尊俯就的口氣，討厭她該死的一切。

惠妮說，「我們有面膜。」

亞莉補充道，「我幾個禮拜前就想替眉毛染色和蜜蠟除毛了。」她瞥了我的額頭一眼。「我們也可以幫妳除毛。」

她們互看一眼，稍微整理頭髮、上衣和唇彩，接著快步走出房門。她們又笑又叫，直到我聽不見她們的聲音。她們不出幾分鐘就甩掉我了。

我想拿尖銳有毒的東西戳穿亞莉的臉，但她不在這兒，於是我找來剪刀，準備剪斷她兒時的泰迪熊波波的頭。我會拔掉波波臉上的眼睛，將兩顆鈕扣留在她的化妝台上，然後把熊丟進路上的垃圾桶。我在眼前播放這個畫面，不過最後我放過他。我認識亞莉時就認識波波了，她人這麼糟糕不是他的錯。

後來我尖叫到累了，就躺在沙發上，打開電視不斷轉台，直到我找到《對面惡女看過來》。最近我開始看我錯過的九零年代青少年電影，雖然平常我很喜歡這部片，我還是忍不住生亞莉的氣。我開了三小時的車來見她，失去珍愛的玩具還太便宜她了。

我走回亞莉房間，探進一小時前她亂翻的化妝包。她用的口紅顏色叫覆盆子之吻。我噘起嘴唇，依照我看亞莉的動作塗上口紅。鏡中比較健康漂亮的我回望著我。我把口紅放進口袋。

我將各種瓶罐和筆塞回她的化妝包。什麼時候才有人要教訓亞莉，不可以把人當垃圾對待，還覺得沒事？她一輩子都肆意妄為，但因為她長得漂亮迷人，從來沒有人指責她。

我打開又關上浴室的藥櫃，裡頭沒什麼好玩的。我在水槽下找到一些髮飾、感冒藥、刮鬍膏、一包棉條，還有一瓶除毛膏。我不熟悉這項產品，便翻到瓶子背面，讀起標籤。

迅速又無痛，讓妳跟不要的毛髮說拜拜。

我半信半疑替大腿一小塊毛髮抹上乳膏。我等了八分鐘，不是指示的五分鐘，因為五運氣不好。我用抹布擦掉乳膏，腿毛就跟著掉了。

為什麼沒有人跟我提過這樣產品？

我替兩條大腿和比基尼線塗上乳膏，然後繼續翻找，等手機計時器響。亞莉和惠妮的收納方式毫無道理，我在底層抽屜找到一堆ＯＫ繃和一盒金色染劑。

計時器響了，我擦乾淨比基尼線和雙腿。明天亞莉會用金色染劑染她的眉毛。我再次拿起染劑盒，往內瞧。瓶子封條已經開了，我打開蓋子，嗅嗅染劑，化學藥劑的味道害我揪起臉。我把眉毛染劑放在洗臉槽上，擺在除毛膏旁，望向並排的兩項產品。我還不知道我做了決定，嘴角就翹起來了。

當妳長得漂亮，很容易受人愛慕。但如果奪走亞莉的美貌，她還會是誰？

只是另一個玫瑰金。

等我的怒意消退，已經來不及了。

我整晚沒睡，翻來覆去，想著浴室水槽下的瓶子。亞莉和惠妮回家前，我兩度爬下沙發想丟掉瓶子。

但我想起亞莉蹦蹦跳跳走出家門，看都不看一眼就拋下我。我逼自己回到沙發，重新蓋好薄薄的毯子。凌晨兩點，亞莉和惠妮跌跌撞撞回到家時，我假裝睡著了。她們喝得太醉，沒注意到我，或者不在乎。

現在中午了。她們各自躺在沙發上，宿醉又不斷呻吟。我坐在地上，真切感到什麼叫心臟跳到喉頭。我擔心我可能會吐，臉上可能寫滿愧疚。

我用尖銳的聲音問，「女孩美容日什麼時候要開始？」

她們一起呻吟。

「亞莉，妳答應我了。」我逼自己說，「來吧，我把東西準備好。」

「好吧。」亞莉眼睛戴著眼罩。「面膜和染劑在浴室，再從走廊櫥櫃拿一條擦臉巾。」

我從地上跳起來。我得冷靜。我盡可能慢慢走進浴室，把東西拿回客廳。惠妮和亞莉喝起紅色的開特力運動飲料。我把每樣東西放在亞莉面前，像祭壇上的祭品。她掃視一輪，我猜她是否能聽到我的心跳。

亞莉示意我坐在她面前。我往前傾，她將去角質面膜貼在我乾淨的臉上，指尖動作輕柔。

「妳的皮膚好軟。」她語帶真正的欽佩。

我看她專注的表情，不禁後悔我做的好事。

我問道，「我要敷多久？」

她說，「五分鐘。」

我點點頭。我會敷八分鐘。

亞莉躺回沙發，問道，「小惠，妳要幫我弄眉毛嗎？」

惠妮抓起擦臉巾，蓋住亞莉的眼睛和下半張臉，我只能看到她的眉毛和額頭。惠妮打個呵欠，從盒子拿出刷子和那瓶染劑。她懶得戴上手套，搖搖瓶子，鬆開蓋子。她替亞莉做這套服務很多次了。

惠妮塗抹幾分鐘後，亞莉的眉毛蓋滿紫色的乳膏。惠妮把所有工具收回盒子，打開電視，轉到播卡通的電視台。她癱靠著沙發，閉上眼睛。

我在腦中數著每一秒——一個密西西比，兩個密西西比。四分鐘後，我懷疑亞莉是否在毛巾下睡著了，惠妮同樣動也不動。我忍住想說話的衝動。

亞莉說，「妳是要不要幫我清掉？」我逃出客廳。

我的雙手顫抖。清掉臉上帶顆粒的乳膏後，我仍不斷往臉上潑水。我拿毛巾擦乾臉，盯著鏡中的自己，我的臉比平常還要慘白。

客廳傳來一聲驚叫，是惠妮的聲音。

我想待在浴室，鎖上門，等到一切結束。可是過往的玫瑰金只要聽到朋友示警，就會馬上跑去。

我衝回客廳。

惠妮盯著手中的濕紙巾，哭喊道，「妳的眉毛掉了。」

亞莉扯掉臉上的毛巾。「什麼叫掉了？」她看到惠妮手中紙巾上的毛髮，驚恐地縮起身子。「妳做了什麼？」她越過我跑進浴室。她的右眉毛消失了，不只是變得稀疏，而是毛全不見了。

亞莉發出毛骨悚然的尖叫。惠妮和我互看一眼，跟著亞莉衝進浴室。

我們趕到時，她大叫，「我的眉毛死去哪裡了？」

「我也不知道怎麼了，」惠妮的聲音恐慌又困惑，「就……掉下來了。」

亞莉厲聲說，「蠢蛋，我看也知道。」

惠妮生氣地說，「我就叫妳不要用舊的染劑。」

「妳覺得我的眉毛掉下來是因為染劑過期？」亞莉怒吼，「妳到底多笨？」

我看惠妮試圖將亞莉的怒火轉離她身上。「我們要怎麼處理另一邊的眉毛？」

亞莉瞠目結舌看著鏡子，呻吟一聲。「試著擦掉這鬼東西，但不要弄掉眉毛。」惠妮伸手去抓衛生紙，但亞莉咆哮道，「我自己來。」

惠妮和我屏氣旁觀。亞莉用水龍頭的水弄濕一團衛生紙，但即使動作再輕，她沾掉乳膏時仍會黏起毛髮。她成功救下一點左眉毛，但效果似乎更糟。我看得出來惠妮跟我想的一樣，但我們都不敢建議亞莉乾脆做到底，拔光額頭的毛。

即使怕得要命，我仍想到，泰勒現在能看到她就好了。

這時亞莉早已痛哭流涕，忘了她的宿醉。她哭著說，「看」——哭——「妳」——哭——「做」——哭——「的」——哭——「好」——哭——「事」。我從沒看過亞莉抓狂。我不斷提醒自己她罪有應得，沒有人可以長年態度惡劣，卻逍遙法外。我已經狠狠教訓過我的母親了。

惠妮不斷道歉，哀求道，「我可以做什麼？」

亞莉尖叫，「妳做得夠多了。」她跑進臥房，在身後甩上門，留下惠妮和我單獨在浴室。

我轉向惠妮，她的眼眶滿是淚水。「我想我該走了。」我拍拍她的肩膀，悄聲說，「她不會有事的。」

惠妮跟著我走到客廳，像在自家公寓迷路的小狗。我生平第一次感到力量湧現。我有辦法讓這些女生照我想要的方式行事，或許我無法逼她們喜歡我，但她們要是不喜歡我，我可以懲罰她們。

我拿起裝過夜用品的紙袋，檢查所有東西都帶了。我不會回來了。惠妮垂頭喪氣送我到門口。

「謝謝妳們讓我過夜，」我說，「很遺憾最後變得這麼糟糕。」

惠妮出神似的點點頭。

我實在忍不住。離開前，我壓低聲音說，「她好可憐。」

第十三章　派蒂

我舉起拳頭，擠出自信敲敲熟悉的門。好幾週以來，我都試著想找理由拜訪瑪莉·史東，發現女兒有飲食失調症算是不錯的理由了。瑪莉或許能拋下我，但她不會任憑可憐的玫瑰金自己面對大野狼。

一週前我發現她丟掉感恩節的食物，之後我就無法判斷該如何對待女兒。講理沒有用，放任她自行處理絕對不行。我向來不排斥尋求外人幫忙，如果還能小心眼地得意說「我就說吧」更好。

走廊傳來腳步聲，幾秒後門就會晃開。瑪莉開門前不會從貓眼往外看，我說過多少次她太相信人了？總有一天她會被人綁走塞進後車廂。

大門打開，瑪莉臉上掛著和藹的表情，接著她認出誰站在門口。現在我已習慣大家看見我，臉上的笑容會轉為皺眉。

瑪莉說，「我說過我家不歡迎妳。」她準備關上門。

「等一下。」我回推抵著門。「是玫瑰金的事，我覺得她不妙。」

瑪莉遲疑了一下，看著我。然後她嘆口氣，拉開門。她說，「進來吧。」

成功。

屋內跟我印象中一樣，油漆和地毯都是復活節蛋的粉彩色。瑪莉展示在客廳的天使雕像收藏似乎變多了——現在看來一定超過五十座，素材從陶瓷、水泥、玻璃、木材到大理石都有。我懷疑她開車經過前院拍賣會都會停下來。

我在沙發坐下。茶几上擺著兩個玻璃碗：一個裝滿薰香用的乾燥花瓣，另一個裝M&M巧克力。我在腦中編起搞笑橋段，假裝抓一把乾燥花瓣來吃。不過我提醒自己，這趟應該是嚴肅的拜訪，我是來扮演擔心的母親角色。我抓起一把巧克力，擔心的母親仍需要吃東西。

瑪莉說，「派蒂，妳想做什麼？」

我把巧克力拋進嘴裡。「我覺得玫瑰金生病了。」

瑪莉的表情軟化。「哪種病？很緊急嗎？」她探向電話。

「沒有，沒有。」我向她保證。我盯著交疊在大腿上的雙手，彷彿難以啟齒。揭露重大消息前，時機很重要。你希望觀眾坐在椅子邊緣，密切注意你說的每個字。

瑪莉往前傾，彷彿能讀到我的思緒。「妳要跟我說她哪裡不對勁嗎？」

我深吸一口氣。「我覺得玫瑰金有飲食失調症。」

我在腦中想像過上百遍瑪莉的反應，但從來沒想到她會不可置信地笑出來。她雙手抱胸。「真可笑，妳坐牢的時候，她吃飯從來沒問題。」

我問，「妳怎麼知道？」

「以前她成天來吃晚餐。」瑪莉望著壁爐架上跳舞的小天使。「她通常都會吃好幾份。」

「妳怎麼知道她事後沒有跑去催吐？」

瑪莉的臉沉了下去。「我知道。」

我逼問，「怎麼知道？」

她嘆了口氣。「如果每次吃完晚餐，她都跑去浴室，我當然會知道。她沒有，她會幫我整理桌子，然後我們會過來客廳。我從來沒聽說過她吐——懷孕期間沒有，之前當然也沒有。」

「她可以等到回家再吐。」我繼續堅持，試著拼湊拼圖的全貌。

「派蒂，有時候吃完晚餐，她會在這兒待好幾個小時，我們會看電影，或就聊聊天。」

我盡量不去想像瑪莉．史東扮演玫瑰金的代理母親，那個畫面讓我感覺全身爬滿小蜘蛛。

瑪莉雙手抱胸。「妳又來了。」

我疑惑地打量她。

「她明明沒病，妳卻說她有病。」她的嘴巴緊緊抿成一條線。

如果玫瑰金沒有飲食失調症，為什麼我從來沒看過她吃東西？我在腦中反覆思索。她不吃我做的飯，但她也不自己煮。自從我搬進來，我只看過她吃幾片土司和穀麥棒。我的沉默持續太久了。

「妳不知道妳在說什麼。」我維持聲音穩定。

「我只知道，」她說，「玫瑰金這輩子唯一看起來健康的時候，就是妳坐牢那五年。」

我想像我的朋友瑪莉跟她的天使一起站在壁爐架上，全身赤裸，背後淋上熱騰騰的瀝青，戴著骯髒鴿子羽毛做的天使翅膀，雙手合十禱告。

「我們都看過她在附近慢跑。」瑪莉咬牙說，「那個孩子又挨餓或中毒了。她可能無法看穿妳，但我們其他人都在看，我們知道妳洗腦她。在妳照顧之下，亞當小寶寶只要感冒，我就會馬上報警，快到警察拿手銬來了妳都不知道。」

我想經歷了那麼多，我不該訝於她的指控。其實我真的沒在她的食物裡加什麼。玫瑰金和我吃同樣的飯菜，如果我對燉菜或湯動手腳，我也會毒到自己。就算她荒謬到怕我煮的飯，也無法解釋她為什麼不自己做菜。

「我知道妳服刑的最後一年，她開始去訪視。」瑪莉說，「在那之前，她恨死妳了，不想跟妳有任何瓜葛。我不知道妳怎麼讓她回心轉意，但之後她就變了。」

我問道，「哪裡變了？」

「妳問夠了，該滾了。」她催促我從沙發起身——我得說挺強勢的——走過走廊。

我走近大門時，突然想通了。瑪莉認為玫瑰金的體態要怪我，他們都認為要怪我。假如這就是玫瑰金的目的呢？假如她假裝生病，想讓大家對我反目成仇呢？

「如果妳愛玫瑰金，如果妳還有能力愛人，妳就會搬出她家，別再管她。」瑪莉打開門，推我出去。

「瑪莉——」

她冷淡的表情讓我住嘴。「保重，派蒂。」

大門在我眼前關上，徒留我站在她的門廊，說不出話。門鎖喀地鎖上。

我重重捶門。「瑪莉，要是她在假裝呢？」

沒有回應。

我再捶一次。「瑪莉！」

還是沒有回應。

我捶門第三次。「瑪莉，或許她在撒謊。」

瑪莉在門的另一側嘆了口氣。「我一直陪伴妳。」現在她聽起來與其說生氣，不如說是疲倦。「我握著妳的手，聽妳哭。我幫妳做晚餐，借妳錢。妳就像妹妹」——她的聲音顫抖，我感到她努力不要哭——「我的妹妹。」

我垂下頭，她清清喉嚨。我想像她擦擦眼睛，恢復鎮靜。我聽她走過走廊，她受夠我了。

我離開門口，坐在門廊上，把頭埋進雙手。我覺得今天再也擠不出一絲歡快的派蒂正能量了。

有天下午，我和瑪莉決定要做法式馬卡龍。我忘了蓋上食物處理機的蓋子，搞得糖粉和杏仁粉到處都是。等我們將麵糊擠上烤盤，整理好廚房，兩個人都累壞了。我們坐在瑪莉的沙發上看連續劇《我的孩子們》，卻震驚地發現我們最喜歡的帥哥里奧・杜培摔下米勒瀑布死了。不管烤箱中的馬卡龍就要烤焦，我們開始計劃寄抱怨信給製作單位，要求讓里奧復活。我們從來沒寫那封信。

有年春天，我和瑪莉報名五公里路跑。我們一同訓練了好幾個月，從走路進步到慢跑，最終能跑完五公里。我們一起替社區募了五百美元，捐給白血病及淋巴瘤協會。比賽當天早上，我們都緊張到發抖。我們的目標是在三十五分鐘內完賽，然而才跨過起跑點，瑪莉就踢到棍子絆倒，扭傷了腳踝。她還是堅持想完成比賽，只要我分擔一點她的重量，她就還能走。我們在開賽一小時十二分鐘後跨過終點線。

有年九月，我和瑪莉帶女兒們到附近的死巷進行手推車比賽。當時玫瑰金臥床好幾天，虛弱得無法在外頭玩，卻又快無聊死了，於是我和瑪莉拿手推車推她和亞莉繞圈圈。我們又噓又喘，嘲笑彼此體能如此退化。壞脾氣的格羅佛老先生制止我們，長篇大論教訓我們手推車的正確用法。每次他轉向瑪莉，我就在他背後用手偶模仿他嚴厲的表情，瑪莉則努力忍笑。他訓斥我時，她甚至翻了白眼——以瑪莉來說，這等同比中指了。

我發現我失去至親好友，或許永遠無法挽回。就算我能讓她來到門口，她也不會相信我。

我轉身踏上回家漫長的路，專注看著前方的人行道。呆滯的視線從陰暗的車庫和二樓窗口往外瞧。每次我離開家，不管去哪兒，他們都看著我。我在洗澡、躺在躺椅假寐時，都感到他們的目光。他們的眼神爬遍我的肌膚，但當我定睛看，他們卻都不在。

我加快腳步，在腦中重播跟瑪莉的對話，好讓我分心。我不斷回到同一個問題：玫瑰金到底有沒有生病？如果沒有，她假裝飲食失調是想做什麼？吸引注意？同情？讓我的鄰居更恨我？不管她的動機，如果她餓著自己，就表示她還是有病吧？或許她得了憂鬱症，或腎上腺機能不全，或癌症。我不是該找人幫她嗎？

我回到家，在屋內來回踱步，緊張的情緒燃燒全身。玫瑰金還要一陣子才會回家，她帶亞當去小兒科打疫苗。

我在躺椅坐下，但雙腿不住打顫。我站起來，又繞著屋內徘徊。我必須忘記去瑪莉家這一趟——我不冷靜下來，就無法規畫。或許玫瑰金對運動的看法沒錯。

我進到臥室，在天花板水汪汪的藍眼睛注視下，換上運動褲和破舊的T袖，綁好運動鞋的鞋帶。我的雙腿重如鉛塊，但我還是走到廚房，用水龍頭裝滿水壺，蓋上瓶蓋。

我在客廳和廚房四處搜索，看玫瑰金有沒有那些聽音樂用的iPod，可是都沒找到。最後我走向地下室。到室外慢跑的話，那些邪惡的眼睛會看著我，當然不可行，所以我只剩一個選項。

我吸氣吐氣，扭開地下室的門把，走下樓梯，眼睛直盯著地板。我滿腦子都在想屋椽，但不表示我要抬頭去看。我趕忙跑向跑步機。專注在眼前的任務。

玫瑰金把跑步機塞在角落，機器右側和背面都幾乎貼著牆。我爬上去，按下啟動鍵。

機器螢幕亮起來，但速度欄的數字亂成一團。我嘆了口氣，按下按鈕加快速度。玫瑰金到處撿別人的垃圾，就會落得這種下場。鄰居打算丟掉這台老東西不是沒有原因。跑步機的滾帶還是不動，我更用力按按鈕。這座鎮上羞辱過我的人越來越多，總有一天他們會後悔這樣對待我。我戳著「^」鍵，假裝在戳瑪莉・史東的臉。她膽敢——

跑步機的滾帶在我腳下猛然啟動，螢幕上含糊不清的數字也恢復正常。我注意到速度是十六點五。機器的力道把我往後甩，我揮動手臂試著前傾，但滾帶把我摔了出去。

我的背重重撞上牆壁，害我無法呼吸。我的下脛部驚傳來灼燒的痛，我低頭看，發現我的腳卡在牆壁和滾帶間，滾帶從我的脛部刮掉一層又一層染血的皮膚。

我放聲尖叫，看自己的腿像肉叉上的烤肉被切下來，跑步機的滾帶沾上了血。我差點昏倒。我胡亂擺動四肢，倒向左側，手掌壓在水泥地上。我收腿縮向身體，雙腿依然灼痛不已。我瞥向脛部——雖然掙脫了，卻仍血淋淋一團糟。

跑步機插在我旁邊牆上的插座。我倒在地上，從牆上拔掉電線。滾帶停下來，機器安靜無聲。我還在尖叫，喉嚨乾渴，我閉上嘴巴。

我無法判斷耳中嗡嗡響是源自於驚嚇，還是疼痛，還是我的叫聲。我閉著眼睛，在地上又躺了一分鐘，冰涼的水泥地貼著我的臉頰。我的脛部抽痛。我仔細檢查，雖然傷口很難清理，但用點急救藥膏和繃帶就能搞定。我不會有事，未來這或許會變成好笑的故事。

上頭傳來腳步聲。有人吹口哨哼著《小美人魚》的歌，是烏蘇拉在她的老巢唱的那首。

玫瑰金。

她一直都在家嗎？她在上頭聽我痛得尖叫嗎？還是我在疑神疑鬼？或許剛才的意外害我還有點頭暈。

我叫道，「玫瑰金？」

口哨停下來，地下室的門打開。

女兒快活地說，「媽，我來了！」

第十四章 玫瑰金

二〇一五年七月

我期待的歡迎不是這樣。

「蘿絲，妳在這兒做什麼？」

爸爸本來正把行李裝進車道上的藍色休旅車，他小跑步越過馬路，我打開廂型車的門，從駕駛座跳下車。

我說，「嗨，爸爸。」

葛拉斯彼家的大門打開，蘇菲領頭出來，腋下分別夾著厚重的睡袋，小比利拎著兩個紙袋的雜貨。金姆跟在後頭，但她比兩個孩子早注意到我。她皺起眉頭。自從第一次到葛拉斯彼家吃晚飯，我就沒看過這個表情了。她知道我得癌症後，對我好多了。

八個月前第一次的晚餐後，我每個月至少見葛拉斯彼一家一次。自從我帶安娜去穿耳洞，連蘇菲和小比利也對我好了。爸爸和金姆的態度尤其友善，有時我真的感覺像他們家的一員。

爸爸停在廂型車旁，讓他肩上的旅行包滑到地上。他喘著氣說，「我們在電話上談過了，妳不能跟我們去黃石公園。」

其實他說的是，以妳的狀況這樣不妥，但他從來沒說不。我早做了準備。

我從口袋掏出折起的紙條，塞進爸爸手裡。「我的醫生說我可以外出旅行。」

爸爸低頭盯著紙條，瞇起眼睛讀。

我胡謅說運動後出現神秘胸痛，好跟醫生約診。護理師記錄我的基礎數據並離開後，我鎖上門，在櫃子裡翻找，直到我找到史坦頓醫生的處方籤。我撕了兩張——一張當作練習——塞進我的皮包。我解開門鎖，坐回診療桌，史坦頓醫生才敲門。他和我都同意我們會繼續關注我的胸痛。

我開始理解多年來母親為何撒那麼多謊都沒事了。醫生就像活生生的OK繃，急著想修復所有漏洞、磨損和病痛。你只要提供就醫紀錄，列出症狀，尋求協助就行了。史坦頓醫生以為我說的是實話，我們倆是一國的，有同樣的目標。我幾十年前就完美掌握模範病人的角色了。

對，我知道一邊假裝生病，一邊指責母親做同樣的事很偽善。但差別在於她的謊言傷了人，我的謊言則應該能修復、加強父女間的羈絆。

爸爸把紙條還給我說，「我很慶幸史坦頓醫生認為妳的狀況很好。」可是他沒有對上我的視線。多年前我就學會這個動作的意思了。小時候，每個大人——醫生、老師、我的母親——只要告訴我壞消息，都不會看我。

他繼續說，「妳還是不能來。」

「為什麼？」我無法抑止失望的口氣。「我做完化療了，史坦頓醫生說一切看起來都很好。」

我開始後悔得癌症的故事了。

「最近我成天擔心妳，」爸爸皺著眉頭說，「我累了。這也是我的假期，我需要遠離」——他指向我——「這些。太過了。」

他回頭望向他的家人，他們還在把行李裝上車。他挺起身。「這是我的家族旅行。」

我握緊拳頭。「但我也是你的家人。」

「妳懂我的意思。」爸爸撇開頭。

我想到廂型車後座的釣魚竿、大顆棉花糖，還有一袋煤炭。昨晚我看到蘇菲在臉書貼文，說葛拉斯彼一家今天早上九點整要出發去好好度假。我凌晨四點離開公寓，好及時趕到他們家。

「我不敢相信你不讓我去。」我盤起雙臂。

爸爸咬著嘴唇。「妳何不跟亞莉一起過週末呢？」

我試著不要笑。我六個月沒看到或聽到亞莉的消息了。眉毛事件一星期後，她傳簡訊給我。

亞莉：我知道妳做的好事，不准再連絡我了。

我沒有回覆。我挺佩服惠妮——她比我想得聰明。顯然她把我說的那句「可憐」告訴亞莉，然後她們其中一人或兩人一起想通了。我不怪她們不再想跟我當朋友，哪種朋友會害人掉光眉毛？

失去亞莉後，我不確定該如何反應，畢竟我們從小就是朋友。可是朋友要是把你當垃圾，這還算損失嗎？不能每天傳簡訊跟她聊生活的旁枝末節後，我加倍傳訊息給菲爾，傳給爸爸的更多。

我聳聳肩。「她出城去了。我想我就回去戴維克，擔心化療有沒有用好了。」

爸爸怒目瞪著我吼道，「別這樣。」

「怎樣？」

「想害我覺得愧疚。我提議陪妳去每次治療，但妳不要我去。」

「好吧，但我現在需要你。」我知道我聽起來多可悲，可是露營之旅要從我指間溜走了。我盯著全新的登山鞋——我已經感到右腳小趾長出水泡。

爸爸把旅行包扛回肩上，氣急敗壞地說，「我的老天。」他指向車道。「妳是要不要送我們走？」我跟他過街，走到他的休旅車旁。

金姆在屋內大叫，「安娜，我們要走了。」

幾秒後，安娜蹦蹦跳跳出門，跑下車道，手裡拿著飛盤，背著彩虹色背包。她看到我，丟下飛盤跑到我旁邊。

「蘿絲，蘿絲。」她抱著我的腿大叫，然後問爸爸，「蘿絲要來嗎？」

爸爸搖搖頭。

我彎下腰抱住安娜。「我也想去，」我說，「但爸爸不讓我去。」

「爸爸，為什麼不行？為什麼？」安娜哭了出來。「我想要蘿絲來。」

爸爸咬緊牙關。「孩子們，快上車。」他瞇起的眼睛一直盯著我。

蘇菲和小比利無謂地站著，讓我抱他們道別。孩子們爬上休旅車，開始爭執要先玩遊戲還是看電影。只有安娜在意我缺席，我還以為他們都接納我了。

我孤注一擲試最後一次。我對金姆說，「我真的真的很想跟你們去。」我討厭聲音裡哀求的口氣。

金姆沒說什麼，只是歪頭看我，視線落在我碰到肩膀的髮尾。孩子們在車上靜了下來，顯然在偷聽。

爸爸打破沉默。「妳說妳的醫生叫什麼名字？」

「史坦頓醫生。」我說，「怎麼了？」

「他的診所在哪條街？」

我回答，「金尼街。」我的髮線冒出一粒汗珠。

爸爸掏出手機。「我們打電話給他吧，」他冷淡地說，「確定他沒有意見？」

我啃著下唇，心跳越來越快。「他這個禮拜休假，」我說，「聯絡不上。」我不喜歡事情的走向。

爸爸按了手機上幾個鍵。「我們總能聯絡上助理或護理師。」

我偷瞄金姆一眼，她不願對上我的視線。我得想辦法脫身。

「或許你們說的對，」我說，「或許這趟旅行對我負擔太大。我不打擾你們了。」

爸爸和金姆看著我，兩人都很緊繃。

小比利從車上向我稍稍揮手，露出哀傷的微笑。現在我也承受過爸爸的殘酷態度後，他願意承認我了。我敢打賭別人不常當爸爸的出氣包。

我怒目瞪著爸爸一分鐘。他應該要善良又正直才對。「我以為你在乎我。」我朝他吐出這句，大步走下車道，朝我的廂型車走去。

我還沒走到街上，就聽到身後傳來腳步聲。爸爸抓住我的手臂。我轉過身，希望我的臉頰沒有感覺起來那麼紅。

「蘿絲，聽我說，我很抱歉。」爸爸聽起來確實後悔。「我最近壓力很大，但我不應該發洩在妳身上。我很在乎妳，真的。」

我等他繼續說。

「我知道身為父親，或許我應該要知道怎麼做，可是沒有說明書告訴你怎麼認識失散多年的女兒，我覺得每一步我都搞砸了。」他抹抹臉，我第一次看到他多麼疲累，為了這些事，為了我。「等我旅行回來，我們一起聚聚吧？」

我點點頭，不敢讓自己開口。他尷尬地抱我一下，才退到金姆身旁。我往臉上黏上假笑，朝他們揮手，他們也向我揮手，打量著我。

我上了車，假裝在副駕駛座的儲物箱找東西，他們才不能一直看著我。哪種父母會不讓癌症纏身的女兒參加家族旅行？他們自以為是誰，能替我決定我的能力？爸爸已經拋棄我一次，現在他又想再來一次。可是他們沒那麼容易脫身。他們用力關上車門，我坐直身子。

爸爸發動車子，我也照做。他要等我開走，但我揮手讓他先走。

我不能讓迪士尼冰上世界的慘劇再次發生。

他們此行非帶上我不可。

車庫門關上，爸爸緩緩把休旅車開出車道，經過我車旁按了聲喇叭。金姆直盯著前方。我看他們沿街開到紅綠燈停下來。我把廂型車打到前進檔，跟在後頭。

十分鐘後，我們來到一條雙線道馬路，兩側有不少露天購物商場。我發現爸爸和金姆從後視鏡看我，我假裝沒看見他們。他們要走的第一條高速公路——三十號國道西向——入口就在右前方。我早把長達二十四小時的路程背下來，以防衛星訊號失靈，我還可以幫爸爸導航。

可是休旅車沒有開上高速公路，爸爸反而轉換車道，我也跟上去。這時他毫無預警打了左轉燈，開進賽百味潛艇堡店的停車場。我開進對街的汽車維修廠空地，看葛拉斯彼一家晃進店裡。蘇菲回頭瞥向我的車，他們都知道我跟著。

我緊握方向盤，直到雙手發疼。媽媽跟我說過小時候她去博卡根州立公園露營的故事。第二天，一隻白臭鼬跑進他們的營地。她爸爸跳上野餐桌，僵在原地，試著不要驚動臭鼬。媽媽說她只看過他害怕那一次。臭鼬離開後，其餘的家人忍不住大笑他。媽媽說，他看起來像舞跳到一半關機的機器人。他們笑到肚子痛，笑到眼淚滑下臉頰，滴到融化的冰棒。幾週後，有人戲稱這千鈞一髮的事件叫「佩佩蛙鬆了口氣」。

我想要有自己的千鈞一髮事件，自己的圈內笑話，每次家族聚會可以重述的故事。我想要營火的味道沾在外套上——我已打算至少幾個月不洗外套，回到戴維克才能每天嗅嗅。我幾乎能嘗到我烤的棉花糖外表酥脆，牙齒咬得越深就越軟黏。我已經坐在圓木上，聽小比利講鬼故事，安娜躺在我的大腿上。

我以為我什麼都做對了。我的態度禮貌風趣，他們說笑話我都笑，一有機會我都盡力幫忙。金姆提到她做園藝手長水泡，我買了一雙手套給她。我不斷跟爸爸說我多幸運能叫他父親。我協助安娜學著愛她嫌自己醜陋的一面；她再也不怕上學了。他們怎麼判斷何時我夠好，能成為他們的一員，何時又不行？為什麼我對所有人來說永遠不夠好？

她嘶吼說，別發火，要扳回一城。

她的指示讓我頭腦清醒了。首先我得拋下廂型車，車子太大，太好認了。我上網搜尋最近的客運站。

二十分鐘後，我仔細瞧客運的時刻表和地圖。我在櫃台買了一張票，一小時後出發。

我在對街瞄到另一家賽百味潛艇堡店，並發現我餓了。我手拿火腿起司三明治，坐在堅硬的黃椅子上，想像我跟爸爸的家人一起吃午餐。

「嗯，妳選火腿？」小比利扭扭鼻子。「臘腸最棒了。」

「不對，火雞肉才最棒。」蘇菲糾正他。

「玫瑰金選的對。」金姆朝我眨眨眼。「我最喜歡火腿了。」她咬了一大口，笑著嚼食三明治。

一分鐘後，金姆開始咳嗽，接著轉為哽咽。她抓住喉嚨，示意爸爸把他的瓶裝水給她，但他也開始哽噎。爸爸和金姆漲紅了臉，眼睛凸出，盯著他們的四個小孩。

我們小孩怒目瞪回去。

「我們走吧。」我對其他人說，「不然到那邊就看不到螢火蟲了。」

孩子們點點頭，興奮地搓著手。金姆和爸爸倒在地上抽搐，臉色發紫。蘇菲和我扶著安娜跳過他們，一起走出門外。

我查看手錶：我的客運再二十分鐘出發。我站起身，丟掉三明治包裝紙，回到廂型車。我將大部分打包的東西留在車上，只帶了小行李箱和大顆棉花糖。

我走過長長一排停著的客運，在九四二號車旁停下，掃視停靠站列表尋找我的目的地：蒙大拿州博茲曼市。找到了。我把棉花糖抓得更緊，將車票交給司機，爬上車。

我很快就會趕上他們。

第十五章　派蒂

我打了方向燈，轉換車道。重回駕駛座感覺真好，只有我和亞當奔馳在開闊的路上。

我從後視鏡瞥向小嬰兒。我問他，「要去哪裡呀？」

我用尖細的寶寶聲音回答，「司機，去工具世界商場。」

亞當盯著我，不過我轉開收音機時，他咧嘴笑了。他和我一樣熱愛八零年代的音樂。我開始慷慨激昂演唱〈曾經擁有〉，上週我發現惠妮．休斯頓已經過世，簡直悲痛欲絕。亞當啃起他的拳頭。

我表現優異一個月後，終於贏得玫瑰金的信任，說服她工作時讓我照顧小孩。瑪莉．史東再也不能在我孫子耳邊偷說我的惡劣謊話了。我相信玫瑰金告知她的時候，瑪莉一定大發脾氣，但亞當不是瑪莉的小孩吧？是時候叫她別再想奪走本該是我的東西了。

「你這樣會沒有食慾。」我警告小嬰兒。他繼續吸手指。

我也說服玫瑰金讓我載她去上班，這樣我就有車能開了。起初她很猶豫，但把車停在停車場一整天沒道理，我可以開車載亞當去看醫生，或去買雜貨。既然她突然愛上運動，我建議她下班後慢跑回家。我可不要每天載這個小騙子上班還要接她下班，我的時間可以用在更好的地方。況且跑步回家只要四十五分鐘。

感恩節以來，玫瑰金對亞當的照顧更加無微不至，表示我的精神講話奏效了。她花越多時間陪伴寶寶，也就越把自己生活的一部分逐漸交還給我。說實在話，我覺得不用親自做每個決定，她也鬆了口氣。當大人很疲憊，有人照顧容易多了。我非常樂意提供我的服務。

玫瑰金需要協助的證明：她今天忘了帶午餐。她很幸運，母親願意開車送午餐去她的公司。她甚至沒請我幫忙——我在廚房流理台上看到褐色紙袋，就揹起亞當，上了車。雖然我不確定何必跑這一趟：袋子裡只有幾根胡蘿蔔棒和一顆蘋果。她還是沒在吃飯。

我把腳從剎車挪到油門，脛部皮膚繃緊，我揪起臉。我雙腿的傷口都結痂了。我越想，就越覺得認定玫瑰金跟跑步機意外有關太荒謬了。你不可能設定要老機器只在你想要的時候運作，至少我頗確定不可能。

我以為會在其中一個收銀台找到玫瑰金，但我沒看到她。她跟我說她在這兒當收銀員，不過現在想想，我從來沒在她值班時找過她。短短一秒鐘，我猜想這份工作是否也是騙我的。

我在二號收銀台停下來。一個小孩閉著眼，在收銀台上假裝打鼓。他一百八十幾公分，大學生年紀，像極了年輕時的節目主持人比爾・奈。他沒看到我靠近。

「阿尼？」我瞄向他的名牌。

阿尼的眼睛瞬間張開。他的表演結束了，我希望他獲得滿堂彩。

我問道，「玫瑰金今天有上班嗎？」

阿尼結巴說，「有。」他紅了臉。「她在休息室。自從她休完產假回來，經理就讓她值班時可以多休息。」

我鬆了一口氣。我們家不能承受更多謊言了。

「她忘了帶午餐。」我舉起褐色紙袋。「我替她送來。」

阿尼臉上閃過太熟悉的好奇表情。他問道，「妳是她媽媽嗎？」

我謹慎說是。我以為我熱愛受人矚目，但當鎮上的代罪羔羊有點累了，要是出門辦事沒人會瞪我多好。

他問道，「這是她的寶寶嗎？」

我點頭。「他叫亞當。」亞當咯咯叫，好像在肯定答案。

阿尼朝亞當微笑，不過比起小嬰兒，他對眼前抱著他的女人更感興趣。

他脫口而出，「妳出獄多久了？」

這年頭禮數的標準真低。「五個禮拜。」

「裡頭伙食真的跟大家說的一樣糟嗎？」他聽起來語帶希望。

「更糟。」我撒謊想博取一點同情。

「妳吃過最糟的東西是什麼？」我覺得他玩得有點太開心了。

我往前傾，悄聲說，「老鼠腦。」

阿尼往後縮了幾十公分，半是驚恐，半是不可置信。他搖搖頭，一臉懷疑。

我挑起眉毛，點點頭。

他露出作嘔的表情。

我可以折磨這可憐的孩子一整天，但我寧可回家坐在舒服的椅子上。玫瑰金需要休息多久？

阿尼先盯著掛在我胸前的亞當，再看向我手裡的褐色袋子。他說，「玫瑰金跟我們說過一些事。」他想嚇得我回話。

我冷淡地問，「喔，是嗎？什麼事？」我很肯定女兒不會急著向這個傻瓜吐露心聲。

「呃，她說妳是控制狂。」他觀察我的反應。

我打了個呵欠。派蒂．華茲愛控制人不是秘密了。

阿尼繼續盯著我。「還有她沒辦法吃妳做的菜。」

這下他吸引我的注意了。玫瑰金跟他說過她可能有飲食失調症嗎？我必須小心，如果表現得太有興趣，他就不會說了。

「為什麼？」我開始檢查指甲甲床。

阿尼沉默好久，我只得停止看指甲，抬頭端詳他的臉。他內心正在掙扎，他喃喃說了什麼，但我聽不出來。

我怒吼道，「小病咖，講大聲點。」

他稍微大聲喃喃說，「她說妳想毒害她。」

所以我沒猜錯——她確實想讓大家認為我有罪。為什麼？她想藉此博取鄰居的同情，還是想要更嚴重的後果？她真的認為我想傷害她嗎？

我盯著眼前的小混混，不確定該如何回應。他可能在撒謊，或許全鎮的人都在設計我，試圖要我再坦承一次莫須有的罪名。他現在搞不好在錄音。如果不確定腳下是否站得穩，走路最好謹慎一點。

我露出微笑。「我看得出來她為什麼喜歡你，你們的幽默感一樣怪。我覺得拿下毒開玩笑不好笑，但我想人各有所好吧。」

阿尼沒說什麼，只是看著我。我隨興揮揮手，盡可能裝作自己只是在往賣DVD的走道晃盪。

我假裝瀏覽架上的商品。幾名員工聚集在附近，阿尼示警後，現在有十幾個惡棍想肆無忌憚打量我。兩名服儀不整、其貌不揚的年長員工說起悄悄話，朝我的方向擺頭。一名少女拿出手機，開始拍我。一名留山羊鬍的男子皺起眉頭，扭絞手中的延長線。員工們越靠越近，沒有人笑。我討厭他們大膽的視線，自以為是的態度。

「媽？」

我在原地轉身，看到玫瑰金站在走道盡頭。瞧見她醜陋的臉龐，我從未如此如釋重負。她臉上清楚寫著驚訝，她站在那兒，看起來好年輕，好純真。或許她真的病了，只有我一個人看得出來。

我大步走向她，舉起她的午餐袋。「妳忘了拿。」我意識到她的同事都在看我們。我把袋子交給她。

「妳不用特地送來。」她從我懷裡接過亞當，用指尖撥開他一縷縷的頭髮。「我去買就好了。」

她也發現很多人在聽我們說話。我眼看女兒轉變，她的視線從我的臉挪向地面，她弓起背，肩膀往脖子內縮，像烏龜躲回殼裡。她再次開口時，聲音宛如輕語。

她說，「謝謝。」

我舉起手，把一縷散亂的頭髮塞到她耳後，堅決在這群人面前展現我的母性本能。我的手靠近她的臉時，玫瑰金縮了一下。假如我是陌生人，看到我們的互動，會以為她怕我。

阿尼的說詞再次飄過腦海。或許他沒有撒謊。

我朝女兒微笑，手落在她肩上，輕輕捏了一下。我喃喃說，「晚點家裡見。」玫瑰金點頭，依然盯著地板。我接回亞當，大步走出店面。從頭到尾，亞當都抓著我的一根手指。我對他說無意義的蠢話，我說話時他會咧嘴笑；他現在認得我的聲音了。

回到車上，我在腦中思索可能的狀況。或許阿尼撒謊，不過不太可能。或者他說了實話：玫瑰金向他、瑪莉、任何願意聽的人毀謗我的名聲。為什麼？玫瑰金真的有飲食失調症，還是她想騙大家認為她病了？若是後者，她為什麼要撒謊？也許我不在的時候，她習慣當矚目的焦點，或許她喜歡扮演受害者。或許她在我的包包找到白蓋子的小棕瓶，變得疑神疑鬼。我探進包包，穿過內裡的小縫隙，四處摸索，直到手指碰到瓶子。我撫摸冰冷的玻璃，胸口一緊。我發動車子。

或許這只是奪權之計，沒什麼大不了。我質疑她和亞當的關係，她可能想藉此反將我一軍。我把她打下一階，她可能也想把我打下一階，讓我們平手。蠢孩子。菜鳥不可能挑戰大師，她贏不了這場比賽。

我想起她十歲的夏天。那年酷熱潮濕的夏日，我們無聊透頂，坐著還得小心，免得肌膚互相重疊，黏在一起，又在挪動時撕開。我們的連棟屋沒有冷氣，悲慘極了。我們得輪流把臉湊到地上的電風扇前，對扇葉發出ET外星人的聲音。

規劃週末活動需要想像力。我們沒有錢，玫瑰金長期疲倦又限制了移動範圍，因此選擇有限。她自己提議要擺攤賣檸檬水。

多年來她看過其他孩子的攤位。她喜歡這個概念：小孩子經營合法的事業，經手帳款，跟客人說話，對她來說感覺非常成熟。

我們家有幾塊廢紙板，於是我想，有何不可？我讓她自行發揮。她先用鉛筆在紙板上寫字，再用香味馬克筆替攤位名稱上色：玫瑰金的檸檬水攤位。（她的創意一定遺傳自父親。）等她做好招牌，我們開始泡檸檬水：一包酷愛飲料粉加水。我們無法準備現榨檸檬水，或這年頭的小鬼放進果汁的那些異國莓果。反正鄰居也分不出差別。

我和女兒把材料塞進廂型車後座，很興奮能開車出外冒險，打破她一成不變的病人生活。我們在露天購物商場空曠的停車場擺好桌椅，將紙板招牌固定在桌子正面，從車上卸下檸檬水和杯子。玫瑰金的定價是二十五美分。

起初她欣喜若狂，高聲唱著押韻古怪的宣傳歌，例如：「不想熱衰竭，快買檸檬水」和「二十五美分，絕對很值得」。我不忍心告訴她並不值得。眼見一個客人都沒有，她亢奮的情緒很快就動搖了。大約一小時都沒有人上門後，她用紙板招牌搧風，頭懶懶靠在椅背上。

「人都在哪裡？」她哀號道，「總共只有四個人經過，我們已經待好幾個小時了。」

我沒有聽從本能，同時就哀號和耐心兩點教育她。我反而繞到桌子另一側。

「小姐，不好意思。」我說，「請給我一杯檸檬水。」

玫瑰金翻了個白眼。她四處張望，確保沒人看到她跟母親尷尬的一幕。

我再問一次，「檸檬水還有賣嗎？」

玫瑰金朝我瞇起眼睛。「妳有二十五美分嗎？」

「當然。」我從桌子下拿出包包，打開零錢包。

玫瑰金探向滿的水壺，雙手捧著倒滿紅色塑膠杯，努力假裝這件事對她不重要。我盡可能保持一臉正經，維持這個場合需要的禮儀。她把杯子交給我。「好了。」

我把硬幣交給她。「好了。」

我將杯子舉到嘴邊，喝了大大一口。「妳在裡面加了什麼？精靈粉？活力粉？妳的秘密配方是什麼？」

她忍不住笑出來。「媽，妳擋到紙招牌了。」她揮手把我趕到一旁。

我本來想說，擋到誰看？但我咬住嘴唇。我坐回椅子，讓檸檬水的酸味刺激味蕾。

我把杯子交給玫瑰金，她大口喝了起來。檸檬水是她的胃少數能容忍的飲料——偶爾可以。

再半小時後，總共有十輛車經過。七輛直接開走，兩輛慢下來讀招牌才加速離開，還有一名古怪的老人——死海還沒死的時候這個老化石肯定就很老了——停下來試圖殺價，堅持檸檬水不值得超過十美分。（他一七二〇年出生時或許沒錯。）女兒拒絕給他打折，他沒買到飲料就走了。活該，小氣鬼。

努力兩小時，只賣了一杯給自家人，可沒辦法讓小女孩開心。

「我們回家吧。」玫瑰金說，「沒人想買我的蠢檸檬水。」

我建議把攤子移去主街，那邊行人比較多。回家只有陳悶的空氣和魚條剩菜等我們，況且現在還不到中午。我已用盡娛樂她的點子，現在鐵了心要讓這次出遊至少再拖一小時。她不在乎了，只聳聳肩，同意轉換地點。

我把桌椅裝進廂型車。玫瑰金的眼睛亮了起來。

她說，「我們去拿我的輪椅吧？」

我問道，「為什麼？」女兒從來不主動坐輪椅。

她聳聳肩。「鐵椅子坐久了，我屁股痛。」

我同意她的請求，開車回家，把笨重的輪椅塞進行李箱，再開到新的擺攤地點，重新設置一次，玫瑰金則坐在輪椅上。

沒錯，新地點比先前行人多，路人要忽視小孩的檸檬水攤位也比較困難。但我一直好奇，那天下午多少人停下來是因為看到坐輪椅的小女孩奮力想賣檸檬水。重點是我總回到同一個問題：玫瑰金十歲時是否就夠精明，懂得如何贏得同情。應該說，把她的劣勢當作優勢利用？

她在二十分鐘內賣了兩壺檸檬水，總共賺進六美元四十美分。她用這筆錢買了一隻豆豆娃——如果沒記錯，她買的是松鼠堅果。

我不是這個家唯一懂得操弄的人。

那天晚上，外頭玻璃破裂的聲音吵醒我。我拍拍時鐘表面：凌晨三點三十五分。我打了呵欠，在床上坐起身，拖著腳走到窗邊。我揉揉眼睛，讓視線聚焦。等我看清楚，我驚叫一聲。

前院草皮有東西燒起來了。

火舌靠近人行道，離大門有段距離，但火勢大到使我合理地擔心。我跑到玫瑰金的臥房，試圖打開房門，門一如往常鎖著。

我敲敲門。「玫瑰金。」

我往後退，以為門鎖會打開，門扇隨時會晃開。然而什麼都沒發生。

「玫瑰金！」我張開手掌拍門。

我把耳朵湊到門上，聽到亞當開始抽泣。我沒看到也沒聽到女兒的動靜。

我跑回我的臥房，從窗口往外呆看。火勢越來越大。我越發驚恐，又捶了她的房門一次，接著衝過走廊跑到外面。酷寒的冷風啃咬我光裸的腳和手臂。我探向分離車庫的側門，用力拉開門，打開燈，眼睛四處掃蕩，終於在後方角落看到滅火器。我推開沿路的垃圾，撈起滅火器，轉頭跑出門外，衝向車道。

感應式照明亮起，照亮前院。現在我看到是垃圾桶起火了。跑向火源路上，我注意到車道的瀝青路面上有一塊巨大的粉筆塗鴉，粉色線條蓋滿整個路面。我繞過去，試圖判斷圖案的意思。然後我看到了：骷髏頭和兩根交叉的骨頭。

毒藥的世界共通符號。

後背的熱氣提醒我火還在燒。我轉身，扯掉滅火器把手的插銷，將噴嘴對準火焰底部，壓下把手。噴嘴噴出液體，澆熄一部分的火苗。我繼續左右掃動，感覺過了好幾個小時，但實際上不可能超過三十秒。等最後一絲火焰熄滅，我跪在草地上，盯著焦黑的垃圾桶，聽自己的呼吸顫抖。

汽油的味道把我從恍惚中喚醒。我愚蠢地想，有人放的火。我在黑暗中瞇眼看向周遭鄰居的房子，尋找罪魁禍首。外頭除了我，沒有一絲人煙。我全身發抖，頭腦意識到我的身體多冷。

我在車庫找到手電筒，照向人行道和附近的樹。我太害怕，不敢離開我們家的範圍。或許早上我可以更仔細尋找證據，但現在我只想回到屋內，安全待在鎖上的門後。

我趕忙進屋，在身後關上門。我站了幾秒，吸取背後大門的力量，接著顫巍巍抽了一口氣。

我走到走廊盡頭，再次重捶玫瑰金的臥房門，這回門馬上就開了。

玫瑰金站在門口，眨著眼睛，一頭亂髮。她睡眼惺忪地問，「現在幾點？」

我哭喊道，「妳怎麼沒醒來？」

「我吃了安眠藥。」她打呵欠。「怎麼了？」

我說，「有人在我們的垃圾桶放火。」我的聲音聽起來歇斯底里，毫不熟悉。

玫瑰金挑起眉毛，慢慢清醒過來。「妳在說什麼？」

「我剛在前院滅了一場火！」她怎麼能這麼蠢？

她的下巴掉了下來。「妳說真的？」我等待的反應終於出現了。我們帶著同樣震驚的表情，互看彼此好一陣子。

這時亞當發出淒厲的哭聲。玫瑰金怒目瞪我一眼，走去搖籃抱起他。我阻止大火燒掉她前院的過程中，怎麼膽敢吵醒寶寶？

我暫時忘記火災，瞥進陰暗的房間，尋找原因解釋為何女兒需要時時刻刻鎖上房門。可是臥房看來跟我搬進來那天一樣，沒有哪裡不尋常。

玫瑰金回到門口，打了個呵欠。「可以麻煩妳哄他睡嗎？」

她馬上就要回去睡覺嗎？我好幾個禮拜都睡不著了。

我從她手中接過亞當，她微微一笑，輕輕在我眼前關上門。我抱著寶寶到客廳，在懷裡搖他，直到他不再哭。他吐出舌頭，即使面對眼前的情況，我仍忍不住笑了。我的心臟抵著他小小的身軀跳動。

這回有人發洩怒氣的方法太超過了。我出獄時便推測戴維克的居民可能很小心眼，但我從沒想過小鎮會變得危險，然而現在我確實感到不安全。我絞盡腦汁思索罪魁禍首是誰：瑪莉·史東、湯姆·畢恩、鮑伯·麥金泰爾、阿尼、其他工具世界商場的員工？誰都可能扮演正義使者，可能執意要給我顏色瞧瞧。

我望向懷中無辜的襁褓。要是能在別的地方長大，遠離戴維克的瘋子，對他來說好多了。

我嘆了口氣，試著享受最後幾分鐘的休息。即使要花整晚洗刷掉車道上殘餘的粉筆痕，我也會整晚不睡。我不會讓玫瑰金的聖戰士如願以償，在光天化日下看到他們的威脅。

玫瑰金也不會看到。

第十六章　玫瑰金

客運開了二十四小時，期間我們在印第安那州內停了六次，在芝加哥花了很長時間轉車，又在威斯康辛州內停了兩次。我的手機震動時，我們已跨越州界進入明尼蘇達州。爸爸傳來簡訊。雖然他先前態度粗魯，我在螢幕上看到他的名字還是很開心。

爸爸：跟妳說一聲，我們快到了

爸爸：金姆負責開最後一段路

爸爸：很抱歉沒讓妳一起來

爸爸：也很抱歉先前發脾氣

爸爸：我很高興妳戰勝病魔，但我還是覺得妳參加這種費力的大型旅行太早了

接連而來的訊息停了一下。

爸爸：我知道我說假期結束後我們應該聚聚，不過既然妳好多了，我想我需要休息一陣子，給我自己一點空間

什麼？「一陣子」是多久？

爸爸：我希望妳知道我很高興認識妳

爸爸：我是說真的

為什麼感覺像他要跟我分手？

爸爸：這次重逢，我跟妳一樣很有收穫

爸爸：但忙著開車往返戴維克，不斷和妳傳簡訊、寫電子郵件，擔心妳的病情，我反而疏忽了我的家人

我開始輸入我也是你的家人，又刪掉這句。

爸爸：我升遷之後，工作變得非常忙碌

爸爸：剩餘不多的空閒時間，我想陪伴太太和小孩

我眨眼免得眼淚掉下來。要是他再也不想見我呢？

爸爸：我知道妳也是我的孩子，但妳已經成年，而且看看妳──妳擊敗癌症，太了不起了！

爸爸：妳身邊還有史東太太和鄰居，但我的孩子沒有別人陪

爸爸：安娜才七歲

爸爸：如果沒有父親陪伴他們長大，我無法原諒自己

我的胸口幾乎竄出撼動骨頭的尖叫，我用手緊緊壓住嘴巴，氣得抓狂。他怎麼可以這樣對我？

爸爸：我不能再犯同樣的錯

爸爸：我很抱歉

爸爸：我非常抱歉，蘿絲

看到他用我的綽號——我唯一的綽號——澆熄了我的怒火。自從踏上客運，我第一次看清我在做什麼：爸爸不讓我和他的家人一起去黃石公園，於是我自己跟著去。我在想什麼？我要去偷他們的食物？割斷他們帳篷的綁帶？在他們的獨木舟鑽洞？現在怒氣消散後，我意識到如果我出現，毀了他的夏日旅行，我只會永遠趕走他。我必須採取更簡單理智的做法，一點一點贏得葛拉斯彼家的歡心。我現在不能去博茲曼市。

我起身走到走道，大叫，「停車！」

司機從後視鏡瞥向我，百般無聊地說，「小姐，請坐下。」

我拿起少少的行李，走到客運前方。我哀求道，「我需要下車。」

「妳以為妳在拍電影嗎？我們可是在高速公路上。」她不可置信地斥責我，「現在請妳坐下。」

我癱坐在最近的座位。「可是我搭錯方向了。」我差點哭出來。「我錯了。」

司機對所有乘客喊道，「十分鐘後抵達明尼亞波里斯。」然後她低聲對我說，「大家都會犯錯，妳永遠可以重新開始。」

我抓著前方椅背，想起全新的釣竿還放在我的廂型車裡，停在印第安那州。我可以看到葛拉斯彼一家坐在他們租的六人座小船上，五根釣竿排好等著用。爸爸幫每個小孩裝魚餌，金姆試圖替安娜抹上厚厚的防曬油，她掙扎跑走，盯著水面，為每隻她看到的魚取名。爸爸把裝滿飲料的保冷箱重重放在我的空位上，小孩搶著要喝藍色的開特力運動飲料。什麼時候我才能搭船或學釣魚？想像我獨自嘗試這些事感覺荒謬極了。又一趟家庭旅行從我指間溜走。

我擦擦眼睛。我的窘境不是爸爸的錯。如果我們是一般的家庭，我不需要強行加入夏日旅行，也不會有不再受歡迎的時刻。要不是因為我的母親，我不需要彌補失去的時光。現在媽媽入獄快三年了，我沒有跟她說過一次話，我希望永遠不用再見到她撒謊的爛臉。她才應該被大卸八塊，不是爸爸。

客運開進停車場，我飛快跳下車，向司機道歉又道謝。

我怎麼落到這兒的？我不是說明尼亞波里斯，而是人生的這個地步。我最好的朋友——即使她是混蛋——不再跟我說話；爸爸想跟我保持距離；我的母親在坐牢。我無依無靠，隻身一人。

我無法忍受要轉頭回家，尤其我都哀求史考特讓我放假一週了。我可以待在這兒，但我在明尼蘇達州沒有熟人。

兩天內，我第二次研究起客運時刻表和地圖。我得移動——我不能待在客運站。孤獨一人的時候能去哪裡呢？

我的視線不再掃視地圖。我才不是孤獨一人。我說好要去拜訪他好多年了，還有什麼時候比現在更適合？我都請了假，已經往西走了。

我大步走向售票亭。我的所在地太偏北，但還來得及修正路線，週末就能抵達。

櫃台的男子問，「妳需要什麼？」他一邊眼睛戴著眼罩——非常好的跡象。

我說，「請給我一張到丹佛的車票。」

我早該跟菲爾親自見面了。

早上十點，客運距離丹佛還有一小時車程時，我決定傳簡訊告訴菲爾我真的名字。我不希望第一次當面對談，我劈頭就糾正他叫我「凱蒂」。我不能永遠假裝成別人。

我：我沒有完全對你說實話

菲爾：什麼意思？

我：我真正的名字是玫瑰金

我：我撒謊是因為我不希望你在網路或報紙上看到我糟糕的家庭報導

我：我很抱歉

我鬆手讓手機落在大腿上，雙手顫抖，如釋重負嘆了口氣。我冒險承認撒謊，但向菲爾坦白的感覺很好。我希望他別在接下來一小時內上網搜尋我，發現我的長相，不然他絕不會想跟我見面。我等他回覆。

菲爾：喔

菲爾：我同時驚訝又不意外。畢竟是網路世界嘛

我：我真的很抱歉

菲爾：嘿，我懂

我的肚子開了一個洞。我非問不可。

我：你還想跟我聊天嗎？

菲爾：當然

我：很好，因為我快到丹佛了

菲爾：什麼？

我：我知道你永遠不會答應見我，除非我意外出現。我在客運上，快到站了

我：一小時後在丹佛客運站見，十九街那站。我穿紫色連帽上衣

我的心又開始撲通跳，但我也非常自豪。近來我越來越能掌控我的人生。我挺身反抗亞莉，給她顏色瞧，我要求經理讓我這週休假，我認識了我的父親，跟母親斷絕關係，現在我還對菲爾發號施令。懦弱的玫瑰金閃邊去吧。

我朝他的訊息眨了幾次眼，不敢置信。我要見到我的線上男友了。

菲爾：好，我會去

菲爾：我會戴灰色的貝雷帽。

我很興奮他沒放我自生自滅，因此我試著忽略灰帽子不是好預兆。我沒見過有人滑雪板戴貝雷帽，不過我也沒看過滑雪板的人，我只能等著瞧了。

在客運上的最後一小時緩緩流逝。我大半時間都在網路上看化妝教學影片，最後照我看過亞莉的做法化好了妝。接著我練習許多姿勢，讓我跟菲爾說話時能遮著牙齒——我其實不需要練習，多年前我就學會所有遮蔽嘴巴的動作了。

客運開進停車場，我心頭小鹿亂撞。今天結果不管是好是壞，我都會印象深刻。我從窗口往外看，想搶先瞥見菲爾的身影，但停車場幾乎空無一人。幾輛車等在一旁，我看不見任何一位駕駛。

客運停下來，車門打開。幾個人跟我一起拖著腳走下車，一面打呵欠，一面伸展雙腿。我希望他們動作快一點。我最後一個下車，走下三階台階到人行道。我看有些乘客走向等候的車，從駕駛座窗口探頭進去，與隱身在後的家人伴侶擁抱親吻。我掃視停車場，但沒看到灰色貝雷帽。

要是他放我鴿子呢？

我在水泥地上跺跺腳，盤起雙臂。我告訴自己，沒有人在注意妳，就算有，他們也只是覺得妳的車誤點了。

我給他十五分鐘，如果屆時他沒出現，我就知道答案了。我已經開始擔憂要回到車上了。

有人拍拍我的左肩。「玫瑰金？」

我猛然轉身，看到一名男子站在我身後，雙臂僵直垂在身側，一手抓著兩朵壓扁的雛菊，灰色貝雷帽下露出紅金色的馬尾。他挺著啤酒肚，鬍子有些灰白，戴著眼鏡，看起來至少六十歲。

他不可能是菲爾。

男子朝我伸出一隻手說，「我是菲爾。」

「玫瑰金。」我麻木地回答，與他握手。

這傢伙的年紀足以當我的祖父。我們深夜聊天時，我不只一次跟他說我愛他。我覺得我要在菲爾的勃肯鞋上大吐特吐了。

「妳餓了嗎？我想說可以到這條街上的脆餅乾餐廳吃點東西，很不賴的餐廳喔。」

菲爾搔搔手肘，一片薄皮飄下來。我這才意識到我蠢極了，犯了非常大的錯。

菲爾走向一輛黑色貨卡車，我慢慢跟在後頭拖時間。我不想上這個傢伙的車。我最近開始看恐怖片，裡頭所有角色似乎都會陷自己於險境——不打電話報警，躲在明顯的地點，搭陌生人的車——害我總是尖叫要他們別這麼笨。我發誓不會在一天內當兩次笨蛋。

我問道，「餐廳多遠？」

「開車兩分鐘，搞不好更近。」菲爾清清喉嚨中的痰。

「也許我們用走的吧。」我說，「我已經坐了，呃，二十四小時。」

菲爾斜眼瞥向我說，「沒問題。」他停下腳步，我也跟著停下來。「妳不會以為我要傷害妳吧？」

我朝他微微一笑。「當然不會，我只是想呼吸一點新鮮空氣。」

我們在沉默中走到餐廳。菲爾提議幫我拿行李，但我婉拒了，即使裡頭沒有貴重物品，情急之下要拋棄箱子也無所謂。

到了脆餅乾餐廳，懶洋洋的服務生指引到我們到黏黏的雅座坐下，交給我們菜單。菲爾摘下貝雷帽，露出後縮的髮線，害我揪起臉。他一面翻看菜單，一面自顧自哼歌。

我開始規劃逃跑計畫。

我會撐過這頓飯，再掰藉口說阿姨住在鎮上，會來接我。其實我應該現在就跟他說阿姨的事，他就知道有人會注意到我失蹤。可是之前聊天時，我跟他說過多少次我沒有親戚在世，只剩母親？也許她是我失散已久的阿姨。等一下，我跟他提過我找到爸爸。我可以說爸爸到丹佛出差，開完會就要來接我。或許我應該真的傳簡訊給爸爸，讓他知道我有危險。他說他需要空間，不過我認為緊急狀況應該算例外吧。或許這件事能讓我們找回彼此，他會感到愧疚，忘記他說過的話。他可以當傳說中那種爸爸，拿散彈槍坐在門廊上，等女兒六十歲的男友帶她回家。我試圖想像爸爸拿槍，卻做不到。

菲爾看著我問，「怎麼樣？」我敢打賭菲爾有很多槍。

我嚇了一跳。「什麼？」

「我要點丹佛歐姆蛋，妳有看到喜歡的嗎？」

即使很緊張，我發現我餓壞了，我整整兩天沒好好吃飯了。我瞥向菜單，選了我看到的第一樣餐點。「藍莓鬆餅。」

「選得好。」菲爾得意一笑，身子前傾。「我說啊，妳不用看起來那麼害怕，我不是什麼瘋狂電鋸殺人魔。」

我擠出刺耳的一聲笑。「瘋狂電鋸殺人魔不都這麼說嗎？」我聽起來像媽媽。

菲爾提醒我，「妳邀我見面的。」

「只是你……」我越說越小聲。

菲爾猜道，「很老？」

「你說你高中休學。」

「沒錯，很久以前。」菲爾咯咯笑。

「你說你住在阿姨姨丈家。」

「沒錯，之前他們把房子賣給我。」

我沉下臉。「你跟我想的不一樣。」

他打量我一番。「妳也是。」

這是什麼意思？我比他想的更醜嗎？胸部更平？更皮包骨？我猜想他是否在打量我的身型，猜測我的體重，判斷如果把我扛上他的貨車，我會反抗到什麼程度。還是他不會硬來，反而想向我求愛？無論如何，我都不想跟這個人上床。

「我從來沒打算單身一輩子，獨自在森林裡的小屋讀卡夫卡的作品。」菲爾頓了一下。「我亂說的——卡夫卡寫的都是屁話。妳讀過他的書嗎？」

我搖頭。

「不讀也沒關係。我比較是瑪格麗特．愛特伍的書迷，《使女的故事》我至少讀了三十遍，每次都有不同的感觸，妳懂嗎？不過我也承認，我跟大家一樣喜歡《享受吧！一個人的旅行》，伊莉莎白．吉兒伯特真是國寶。」看菲爾說個不停，我懷疑他過去六十年有沒有跟人說話。我必須承認，他感覺不像電鋸殺人魔。

我問道，「你真的一個人住在森林裡的小屋嗎？」

他又咯咯笑了。「我講這麼多，妳只聽到這個？我跟妳說過我住小木屋。」

「是啊，跟你的阿姨姨丈一起住。」我瞪著他，越來越不害怕。

「我就直說了。」他的眼睛閃爍，「沒有人想在線上跟老人聊天，即使他是好老人。有時候我們得用創意包裝事實，妳也懂吧，凱蒂？」他看來很開心，彷彿整件事是精心策畫的惡作劇。

我想的確是。我花了五年的人生，以為我在談真的戀愛，然而我距離初吻仍然遙不可及。我同時想笑又想哭。

我說，「我想你也不會滑雪板吧。」

菲爾大笑一聲，拍拍肚子。「零八年摔傷背之後就沒滑了。我倒是上過一次課，杭特說我有天分。」他開心地笑了。

杭特——這個名字就可能是二十幾歲的滑雪板教練。我想打自己一巴掌。

我問道，「你一個人住不孤單嗎？」

菲爾說，「我以為妳說妳也一個人住。」

我盯著我的熱巧克力。「我沒說我不孤單。」

菲爾的表情變得柔和。「我當然也寧願有妻小，搞不好現在都該有孫兒了。可是我在現實生活中每次試著談戀愛都失敗，心碎太多次後，我就接受這是我的命運了。」我的臉上一定寫滿同情，因為他繼續說，「我盡量把生活過到最好。我種青菜，烤麵包，跟丹佛一位屠夫買肉。我盡量自給自足，不過沒有完全隱居什麼的。每個月我會到教堂詩班唱歌。如同梭羅所說，『我沒碰過比寂寞更好的同伴。』」

如果是別的故事，菲爾會是連續殺人魔，但在這個故事，他是滿腹哲理的隱士。

服務生端來我們的食物。我在藍莓鬆餅淋上一堆藍莓糖漿，切一塊放進嘴裡。每次第一口吃下特別美味的食物，一股顫慄都會竄過全身，這回也不例外。鬆餅又厚又軟，入口即化。我一口接著一口吃，不在乎我看起來是否瘋了。

我在兩口之間問道，「你說『自給自足』是什麼意思？」

「我的用水來自自己的水耕農場，我也有自己的冷暖氣系統。我沒有銀行帳戶，付錢跟收款都用現金。」

「你做什麼工作？」

「賣我種的作物，當高中生的家教，冬天幫忙剷雪。」他往前傾，示意我也往前。「還有偽造證件。」

我差點笑出來，才發現他不是開玩笑。我需要假裝成二十一歲，才能跟亞莉和惠妮去柯克伍酒吧時，這個傢伙在哪裡？

「菲爾是你的假身分嗎？」

菲爾挑起眉毛，暗示我猜對了。

「你的本名是什麼？」

菲爾搖搖頭。「抱歉，小鬼，我不能告訴妳。我三十年前改名，好逃避我的過去。」

他端詳他的歐姆蛋。「我也有我想要忘記的母親。」

我不敢相信真的菲爾和我有共通點。我都忘了這段期間，我一直跟他說我母親的恐怖行徑。

「我懂你的意思。」怒意滲進我的聲音。「我媽毀了我的一生。」

菲爾朝我露出哀傷的笑。「別抓著恨意不放，小乖，否則會毀了妳。」

我問道，「你怎麼放下的？」

「這就是最價值連城的問題了。」他吃下最後一口歐姆蛋。

我意識到當下這一刻，比起我以為的網戀對象，我大概更需要真實的菲爾。我對他笑，露出真誠的笑容，讓他知道我很高興在這兒，很感恩能碰到他這個也經歷過惡劣童年的人。

菲爾微微縮了一下——因為我的牙齒，不然還有什麼？我紅了臉。從頭到尾，我都以為只有我覺得反感。我想像幾年後，等我有了一口閃亮白牙，再在這間餐廳跟菲爾見面。我再也不會尷尬不敢笑了。

「對不起。」菲爾從位子起身，摺好餐巾，放在位子上。「我得去廁所。」

他離開後，我掏出手機，傳簡訊給爸爸。

我：我決定去科羅拉多州見一個跟我在線上聊天的男生

我：結果他本人大概六十歲，一個人住在森林裡。我以為他二十歲

我：他感覺還好，不過假如我過一陣子沒消息，你就打電話給丹佛警局，好嗎？

我重讀一遍，我寫的每一句都是真的。我省略了一些能緩解父親恐懼的小細節，那又怎樣？現在他不可能忽視我了。我得等他的手機有收訊；他提醒過我，他們在露營時會連絡不上。我把手機放回包包。

菲爾從廁所回來，坐下來。他看到我的空盤子，頗欽佩我吃完了。他問道，「好吃嗎？」

我說，「美味極了。」

「脆餅乾餐廳永遠不會讓人失望。」

服務生拿來帳單。菲爾在桌上放了兩張二十美元的鈔票，我探向我的錢包，但他揮手制止我，我沒有反對。

他清清喉嚨。「好吧，我想我們都沒打算要有肉體接觸。」

我搖搖頭。我有一部分非常高興菲爾沒興趣；另一部分則很羞愧我被六十幾歲的孤獨老人拒絕。

「對我來說，我們關係的重點從來就不是肉體。」他有些坐立不安。「那麼多年前，妳感覺需要一個朋友。」

我張開嘴，但想不到能說什麼。聽到菲爾描述十六歲的我，我感到很可悲。最糟的是過了五年，他的描述還是吻合。

「我也需要朋友。」他試著安慰我。「所以我今天才不想丟妳一個人在客運總站。我也曾經是逃離暴力的小孩。」

這是我在做的事嗎？問題在我腦中一閃而過，菲爾繼續說話。

「我有個想法。讓我載妳去機場吧？我給妳四百美元買機票，妳可以飛去妳想去的任何地方，重新開始。」

他眼懷希望看著我。我完全看錯這個人了，他不是要來傷害我——他想要幫我。我實在太疲憊，又太過激動，才沒有熱淚盈眶。

我虛弱地笑著說，「我不想再搭客運了。」

「妳不用，讓我幫妳。」菲爾說，「我在妳這個年紀的時候，有人幫我重新站穩腳步，我發誓有一天也要同樣幫助人。」

我問道，「妳確定？」

菲爾說，「當然。」

我們一起離開餐廳。我有一股衝動想擁抱這位我認識那麼久的陌生人，但又不想冒險放出錯誤的訊息。還是小心為上。

前往丹佛機場的三十分鐘車程很安靜。菲爾開車時，我思索我要去哪裡。我可以飛去加州，第一次看看大海。或去紐約看自由女神。我心想四百美元夠不夠買機票去墨西哥——那兒應該晴朗溫暖，沒有人會知道我的故事。我可以當蘿絲，或跟菲爾一樣挑一個新名字。

我允許自己幻想，雖然我早已知道到了櫃檯後要去哪裡。我會訂下一班飛往印第安納波利斯的飛機，抵達後行車兩小時就能到客運總站，再開我的廂型車五小時回家。

我不能放棄爸爸和我正在重建的人生。我有工作、車、真正有錢的存款帳戶。再過幾年，我就有辦法支付牙科手術了。我還沒受夠戴維克。即使菲爾的提議很吸引人，我無法像他一樣一走了之。

菲爾把貨車停在出境送行區，從錢包掏出四張平整的百元鈔票。

他咧嘴一笑，把錢交給我。「跟我保證妳會照顧自己？」

我開心地笑了。「我保證。真的非常感謝你。」

我忍不住滿心的感激，吻了他的臉頰。我們都縮了一下，但都裝作沒有發現。我下了貨車，揮揮手，看著他開走。

第十七章　派蒂

在戴維克過聖誕節悲慘極了。我們鎮上沒有廣場，因此「佳節裝飾」都設置在露天購物商場的停車場。布料工具店、美甲沙龍、披薩店，還有一家卡片店——我以為這家店早跟百視達一樣關門了——都是可憐的證人，見證盛大的慶祝活動。

上千顆棉花球鋪散在地面上，卻還是不足以勉強模擬積雪，一叢叢白色之間露出更多的黑色表面。停車場一角放了一排薑餅屋——我只能假定裝飾的人是蒙著眼做的。麋鹿是放在院子的那種鹿雕像，塑膠材質易壞，又沒有鹿角。有人拿紅色油漆替每隻鹿的嘴巴畫上大大的笑，搞得像極了希斯．萊傑演的小丑。（前幾天晚上，我和玫瑰金看了《黑暗騎士》；老天，她看電影的品味越來越黑暗了。）正中央的聖誕樹高一點五公尺，有點像查理．布朗。樹上掛的飾品都有刮痕，花環有點禿，頂端的天使看來替我們全員感到尷尬。自製的倒數標誌寫著：距離聖誕節還有九天。

薑餅屋的斜對角才是我們來的原因：聖誕老人。早上十點已排起隊伍，所有小孩都穿著紅色和綠色。有些孩子興奮地跳上跳下，其他看起來則像在等候判刑。（我懂。）

一個小女孩放聲痛哭，我真希望能加入她。

我想帶亞當去兩個鎮外的商場看聖誕老人，但玫瑰金懇求我跟她來戴維克的「聖誕盛宴」。她想讓大家看到我們是三位一體——外加展示亞當可愛的麋鹿裝（這件有鹿角）。我瞥向她指東西給亞當看，彷彿他懂發生什麼事。她興奮的情緒有點可愛，我很慶幸我來了。

我們家失火隔天，我質問玫瑰金前晚古怪的反應。她坦承她以為我大驚小怪，在安眠藥影響下，她沒有意識到狀況多嚴重。當然，她堅持火災與她無關，並覺得我這樣暗示冒犯到她。她懷疑是阿尼，他暗戀她，幾週前說過要給我好看。她答應會去調查看看。

幾天後，她下班回家，向我更新狀況：阿尼說他沒放火，但她隱約覺得他知道是誰。她認為他的弟弟挪亞和他的朋友是罪魁禍首。

我問道，「可是為什麼他們要對付我？」

玫瑰金聳聳肩。「戴維克很多人都對妳積怨頗深——甚至妳不認識的人。」

我的眉毛挑高到髮際線。「我們應該報警。」

玫瑰金搖頭。「別傻了，他們傷不了人。」

「我不覺得有縱火傾向的少年罪犯傷不了人。」我咬著嘴唇。

玫瑰金嘆了口氣。「媽，我不知道怎麼跟妳說。鎮上的人認為他們需要保護我，而他們認為最好的辦法就是讓妳離我遠一點。這樣吧，下個週末我們一起去聖誕盛宴，向大家證明我們感情多好？」

於是現在我們站在亂七八糟的停車場，她勾著我的手臂，等著把我的孫子塞到陌生人大腿上。我不甚滿意玫瑰金的解釋——我在鎮上看過阿尼、挪亞和他們笨手笨腳的朋友，他們感覺連蒼蠅拍都不會用，更別說破壞別人的房產了。

我決定暫時不管，我不想亂做指控或問尖銳的問題，免得嚇到玫瑰金。我需要跟她保持關係親密，才能搞懂她在盤算什麼。一旦知道更多答案，我就能重新掌控這個家。

我拍拍女兒的手臂，她開心地朝我笑。

我們前面排了五個家庭，幸好我不認得他們，他們也不認得我。聖誕老人的臉也很陌生，我猜是四十幾歲的傢伙。以往都是鮑伯．麥金泰爾扮演鎮上的聖誕老人，或許今年他來不及找到假牙。

兩名小男孩的父母照了快四百萬張照片後，他們從聖誕老人腿上跳下來。照一張就好的規則去哪兒了？我的老天，這些照片又不會登上《國家地理雜誌》。聖誕老人說著「呵呵呵」和「聖~誕快樂」送他們離開。趁下一對父母整理孩子身上最正式的服裝，聖誕老人的視線掃過停車場，落在我身上。他的眼睛瞇起來，接著因為認出什麼而睜大。我可能不認識他，但他認識我。

他怒目瞪著我。我試圖堅守陣地，皺眉瞪回去。不過跟聖誕老人互瞪感覺有點恐怖，於是我撇開頭。下一群孩子爬上他的大腿後，他的視線仍緊跟著我。

或許是我疑神疑鬼，或許他根本不是盯著我。

我回頭看他是否在看我身後的人，結果瞥見黏土人阿尼．迪克森橫越停車場，伴隨我推測生下他的傢伙。我體內湧起一陣怒火，玫瑰金出庭作證以來我就沒這麼氣過了。

我大步越過停車場，朝他們走去。阿尼看到我過來，一臉害怕。我停在他面前，雙手叉腰。

我大叫，「你和你愛放火的混帳弟弟最好離我們家遠一點。」

阿尼睜大眼睛，呆看著我，接著四處張望，好想我可能在跟別人說話。他的父母身形纖瘦，戴眼鏡，聞起來像愛貓人，他們似乎也措手不及。

「跟你的小夥伴說，想縱火去別的地方。如果我在家再逮到你們，我就要報警了。」我大叫到頭痛。

阿尼的媽媽上前，用輕柔的聲音高聲說，「瘋女巫，妳離我兒子遠一點。」

我猛然轉向她。「妳兒子放火燒了我的垃圾桶。」

一名高大男子抓住我的手臂，聳立在我們旁邊。「妳要不要把鎂光燈還給聖誕老人，別再煩迪克森一家了？」

湯姆。

我發現他不是唯一的觀眾，停車場各處的活動可說戛然而止。臉圓得像月亮的傻瓜們裹著睡袋般的羽絨外套，他們盯著我，臉上寫滿敵意。一對夫妻趕忙帶小女兒上車，但其他人都留下來，雙手抱胸看著我。他們想看好戲？好。

我甩開湯姆的手，把聲量調得更大，揮動雙臂增加效果。我要每個人都聽見。「自從我回來，你們對我都很糟糕。你們完全不了解我跟玫瑰金的關係，不懂我們變得多親，卻全都密謀要對付我。」

家長會的媽媽們刻意把孩子拉得更近，一群高中摔角選手扳起指節。我發現我語無倫次，不知道火災的人可能以為我瘋了。我心一沉，擔心鎮上暴民又要逼我離開。這時我身後響起沙啞的聲音。

「我們就讓派蒂享受佳節，你們也都去好好過節吧？」

我迅速轉身，看到爸爸的老友浩爾．布雷迪低頭望著我。我長大後就沒看過浩爾了，現在他一定快九十歲了，但除了長滿皺紋的老臉和有點駝背的姿勢，他看來似乎很健朗。我小的時候，浩爾從來沒有盡力對我好，所以我不確定現在他為何要袒護我。

湯姆不可置信地盯著浩爾。「你要袒護她？你明明知道她害玫瑰金受了多少苦？」

他摘下芝加哥熊隊的鴨舌帽，再戴回頭上。「我知道她做了什麼，湯姆。」他說話時視線一直對著我。「派蒂小時候，你們大多數人不認識她，不知道她經歷過什麼。我知道。」

群眾靜下來。我的肺彷彿沒了空氣。

「她爸爸對她拳打腳踢好多年。」浩爾臉上露出受往事糾纏的表情，思緒飄到某個陰暗的角落。「我還記得那些瘀青。」

原來是這麼回事。浩爾．布雷迪對好友痛打孩子視而不見，現在受到良心譴責了。我不知道浩爾知情，我不知道除了媽媽還有大人知情。血湧上我的臉龐——一半驚恐於重溫回憶，一半羞愧於再次和這麼多人分享我的恥辱。

「很多人小時候都給皮帶伺候過。」群眾中有人嘟囔，「我們長大也沒變成怪物，沒有毒害自己的女兒，讓自己的兒子挨餓。」

其餘的人喃喃贊同，有人拍手。

浩爾皺起眉頭。「好呀，你們上天堂都能拿到該死的金星星，你想聽我這麼說嗎？我只是想說，她這輩子不好過，現在她需要第二次機會，或許我們應該給她機會。」

沒有人應聲。我希望凍結這一刻。六年來幾乎沒有人為我說過一句好話，我感到淚水湧上，趕忙眨眼忍住。

浩爾繼續說，「你們有沒有想過原諒？如果我沒記錯，你們成天推崇聖經的教誨中，原諒也是很重要的一項。」

停車場靜了一會兒。我願意用力親吻浩爾．布雷迪歷經風霜的臉。我等待這一刻好久了。我瞥向玫瑰金，她看來火冒三丈。

「浩爾，你知道嗎？」鎮上無聊的圖書館員珍妮．維斯朋開口說，「我現在最不需要有人跟我談信仰。原諒也有限度。」

珍妮的丈夫麥斯往前一步。「如果派蒂想要第二次機會，她應該去別的小鎮試試。戴維克居民的記性很好。」

麥斯吐了一口口水，嘴角扯出譏笑。我在猜他的褲腰是否依然塞著手槍。

麥斯看著我繼續說，「她以為怎樣，我們會辦『歡迎回來』的派對？」

家長會的媽媽們竊笑起來。

珍妮假裝考慮一下。「她確實喜歡別人施捨，毫不介意吃我們的食物，『借』我們的錢。麥斯，這麼多年來，她從我們這兒拿了多少錢？」

麥斯清清喉嚨，走向我。「我想超過七百美元吧。」短短一瞬間，他的硬漢面具滑開，我看到他眼中的痛。

珍妮點頭，避著我的視線。「外加那些醫藥費，圖書館至少辦了五、六次募款活動來籌錢。」

他們都假裝重點是錢，但其實不是。每次珍妮和麥斯從不孕症診所回來，我都抱著他們，協助他們做研究，腦力激盪其他選項，直到再也想不出辦法。我和玫瑰金替他們準備康寶雞湯麵，錄製搞笑家庭錄影帶，想盡各種方法逗他們開心。他們現在認定我是怪物，但二十年前，他們說我是守護天使。

我退後一步。「你們都離我和我女兒遠一點，」我對所有人叫道，「我受夠你們的教訓了。」

麥斯把雙手插進口袋，拉開外套，他的皮帶左側閃過金屬光澤。他欣然同意說，「假如妳不想談，我很樂意讓妳見識大家的感受。」

我的血液發寒。我瞥向浩爾，希望他能再挺身而出。他咬著臉頰內側，瞇眼看向麥斯．維斯朋，但沒說什麼。

「派蒂，戴維克不歡迎妳。」珍妮說，「我們不能逼妳走，但別以為我們不會試。」

玫瑰金低頭趕過來，抓住我的手肘，喃喃說，「我們走吧。」她不再憤怒，又變回溫柔順從的玫瑰金。為了跟上她擺盪的個性轉變，我的脖子都疼了。

我昏沉沉點頭。她伸手摟著我，帶我走向廂型車。人形蜂巢眨動的黑眼睛盯著我們。浩爾．布雷迪搖搖頭，只有他難過地目送我走。

回到家，我在客廳來回踱步，還在生氣。玫瑰金在臥房餵完亞當後，走過走廊，唱著「一閃一閃亮晶晶」。她來到客廳，把亞當舉到眼前，吻了他四次：額頭一次，雙頰各一次，還有下巴。他咯咯笑。

「他們沒有權利這樣對我。」我看著女兒說，「每天我都努力對他們好，但每天他們只會霸凌我。」

玫瑰金愉悅地建議，「妳要不要跟亞當玩一下？」她抱抱小嬰兒，把他交給我。

「我來煮晚餐。」

「他們這次太過分了。」由於懷裡抱著亞當，我降低聲量。

「媽，我知道。」玫瑰金試著換上嚴肅的口氣。她轉身前，我瞄到一抹笑。「這樣吧，我來做妳最喜歡的菜。」

她躲進廚房。她的好心情令我惱火，但我忍住衝動沒有責罵她。我坐在躺椅上，試著把注意放在亞當身上，前後搖晃他。至少他永遠不會記得糟糕的聖誕盛宴。或許晚飯時，我會提議離開戴維克撫養他長大。如果我能帶玫瑰金遠離這些惡毒的人，或許她會願意重新來過。鎮上的人沒事好做，只會成天八卦，共謀傷害人。我受夠這個小鎮了。

半小時後，玫瑰金叫我可以上桌了。她裝了兩盤波蘭香腸、燉高麗菜、水煮馬鈴薯和沙拉——都是我最喜歡的食物。她放了一盤在我面前。即使稍早碰到那些事，我還是笑了。我出獄後，她第一次替我們煮晚餐。我們把亞當放進搖籃，在桌旁坐下吃飯。

「妳得告訴我吃起來如何。」她指向我們的盤子說，「我從來沒自己煮過，希望沒有哪裡搞砸了。」

「我相信一定沒問題。」我切了一塊香腸，丟進嘴裡。「真的很好吃。」我再切一塊。

玫瑰金開心地笑了。她拿起自己的刀叉，切好香腸和馬鈴薯，開始吃。我意識到這個簡單的動作意義重大，嚇了一跳。

我的女兒在吃飯。她沒有把食物在盤子上推來推去，或擠成小小幾堆。她跟我一樣，嚼一嚼吞下去，嚼一嚼吞下去。為什麼她突然有食慾了？或許她厭倦了她的詭計。或許她看到戴維克居民不屈不撓的怒火，現在可憐我了。或許她愧於自己引發他們的恨意。或許她準備表現得像我們是正常的家庭了。

我拉近裝食物的公盤，準備拿第二份。我的肚子咕嚕叫。奇怪。

我用鉗子夾起一根香腸，切下一片。我把香腸送向嘴巴途中，一陣反胃感突然重重襲來，害我掉了叉子。

玫瑰金從椅子跳起來。「怎麼了？」

又一陣反胃感比第一次更強烈，席捲了全身。我要吐了。我把椅子往後推，椅腳摩擦地面厲聲作響。我快步衝向廁所。玫瑰金叫道，「媽？」但我滿腦子只想到馬桶。

我才把頭湊到瓷馬桶上方，就開始嘔吐。我閉緊眼睛，不想看到咬碎的晚餐重新出現。我抱緊馬桶底部，頭暈發抖流汗又發冷。嘔吐物的臭味瀰漫空中。我不住喘氣，沖掉馬桶，迫切想排掉鼻子附近的臭味，卻又不敢抬起臉。我想起我讀過一篇文章：沖馬桶的時候，排泄物微粒會往上空噴四點五公尺，落在洗臉槽、牙刷，現在還有我的臉上。然而我的胃實在太不舒服，來不及覺得噁心。我永遠止不住吐。

有人敲敲門。

玫瑰金叫道，「媽，妳還好嗎？」

我繼續把臉埋在馬桶裡，現在我只吐得出膽汁。「我覺得高麗菜可能壞了。」

「我感覺很好啊。」她的聲音可說興高采烈。

我想大喊，妳還想有人頒獎給妳嗎？

我問道，「可以給我一瓶七喜嗎？」

她走過走廊，一分鐘後回來，拿著玻璃杯和一罐七喜。她把汽水全倒進玻璃杯，用杯子敲敲櫃子，除掉泡泡──以往她不舒服的時候，我也這麼做。

「放在櫃子上吧。」我的頭還埋在馬桶裡，等待下一波反胃。

「噁。」玫瑰金呻吟，「裡頭聞起來好臭。我不知道妳那些年怎麼忍過來的。」

我沒回話，只希望她閉嘴出去。

「如果需要別的再跟我說。」她小跳步走過走廊。

怎麼可能，我強壯的胃想吐，玫瑰金脆弱的消化系統卻沒事？

整整五分鐘沒吐之後，我從馬桶抬起頭，癱躺在磁磚地上，累到拿不起那杯七喜，無法刷牙，甚至無法坐起身。我祈禱惡夢結束了。我盡可能躺著不動，不想刺激任何器官。

玫瑰金又來查看我幾次，提供一些小建議，令我不耐。她小時候，我告訴她同樣的方法：小口喝七喜，額頭上放冷的濕毛巾，深呼吸。

我不知道時間過了多久，不過她終究探頭進來說，「我和亞當要去睡了，希望妳早上感覺好一點。」

寶寶在她懷中扭動，讓女兒笑了。

我沒回話。

她看我躺在地上，用平淡的聲音說，「我不知道妳那些年怎麼做到的。」

我不耐煩地想，她不是說過了嗎？我舉起一隻手。「晚安，寶貝女兒。」

主臥室房門關起，門鎖鎖上。屋內一片寂靜，只剩下我獨自思考。

我撐著身子站起來，跌跌撞撞走進客廳。我的躺椅呼喚我的身體，我陷進椅子，閉上眼睛。

不對，稍早她說，我不知道妳怎麼忍過來的。剛才她說，我不知道妳怎麼做到的。

我脫水又疲憊的身體說，那又怎樣？可是有什麼在我腦中揮之不去。

她說「做到」，指的是每次她吐的時候照顧她？還是在指控我什麼？

我的眼睛張開。

玫瑰金煮了晚餐，玫瑰金吃了晚餐，玫瑰金沒有想吐。

但我吐了。

這一連串聯想太荒謬了——會嗎？我自己的女兒給我的食物下毒嗎？

或許阿尼、瑪莉或湯姆影響到她。或許她信了媒體、法官和陪審團。或許她想教訓我，才讓我跟她同住。她想吸引我的注意。好吧，親愛的孩子，妳成功了。

鎮上沒有人歡迎我，包括我自己的女兒。恐嚇和霸凌是一回事，但傷害我就不同了。跑步機意外、前院火災、食物有毒：鎮上有些人精神不正常，我女兒也是其中之一。難道我要等他們把我綁起來燒死嗎？

我的腦袋發暈，我沒準備好這麼快得到結論，又做出決定。我怎麼會如此天真，以為她誠心誠意、發自善心接納我？別管什麼拯救玫瑰金，別管研究她的計畫了。整件事變得比權力鬥爭嚴重多了。

我不能待在這兒，我必須離開。如果女兒精神不穩定，她可能也很危險。其實她已證明她確實很危險，所以我也不能把亞當留在這兒。

他必須跟我一起走。

第十八章　玫瑰金

二〇一五年十一月

我四個月沒見到父親了。他在足球場邊線來回踱步，大喊鼓勵他的球隊。他身後的長椅上坐著五個小女生，看著眼前的比賽。

安娜在場上起腳踢球，卻踢空了。我注意到她把頭髮綁成馬尾，不禁開心地笑了。對手球隊的女孩跑過安娜身邊，一併帶走球，她都跑過半個球場，安娜才發現球不在腳下了。

爸爸努力擠出一臉耐心，看女兒表現。或許他以為她會有蘇菲的高超體能，或至少有小比利適當的控制技巧，但安娜兩者都沒有——她比起金姆更像比利，比起蘇菲更像我。她沒幹勁地慢慢走過球場，讓我更愛她了。

金姆跟其他父母坐在看台上，替安娜的球隊加油，跟她的朋友談笑。她咧嘴笑起來感覺年輕了好幾歲，她從沒對我這樣笑過。

四個月前，爸爸請我給他空間，我也照做了。但我以為「空間」指的是減少傳簡訊和拜訪的次數，不是完全斷絕聯絡。他看到我提及菲爾的簡訊時，緊張地回訊給我，但我向他保證沒事後，他又變得無聲無息。黃石公園旅行之後，他只回了我一半的簡訊，總是一個字，頂多一個句子，我打電話他也不接。葛拉斯彼一家出門旅行那天早上之來，我們就沒見面了。我試著耐心等待，專注在工作上，為牙齒手術存錢——我已達標一半——但我還是很孤單。我害怕如果不再主動聯絡他，我可能再也聽不到父親的消息。

爸爸走進工具世界商場那天，表現得像他想跟我建立真正的關係。可是時隔一年半，他已經準備放棄第二次？他以為他是誰？顯然沒人告訴他父母的愛應該毫無條件。我要求不多，只是想成為葛拉斯彼家的一分子。

於是我跟所有好女兒或好姊妹一樣，透過社群媒體關注全家。當我發現安娜今天下午有足球比賽，我跳上廂型車，往北開了五小時來替她加油。我還沒鼓起勇氣下車，但停車場能清楚看到球場。比賽比分零比零，並不精彩，但我讚嘆這群七歲小孩能輕易在球場上來回跑動，她們精力無限，雙腿強壯聽話。她們的童年能花在草地上奔跑滾動，不用吊點滴，或在醫院臥床。她們不知道自己多幸運，覺得一切都理所當然。

哨聲響起，代表比賽結束。兩隊各排成一列，互相握手。我伸個懶腰，打開車門，跳下來站在水泥地上，胃揪成一團。我看安娜和對手球隊的女孩擊掌，忍不住咧嘴一笑，放鬆了一點。我愛我的妹妹——這幾個月我好想她，我只想要她粗短的手臂抱著我。上次什麼時候有人抱我？上次什麼時候有另一個人觸碰過我？

我直直走向安娜，忽略看台上父母的視線、離開球場的裁判，以及雙方球隊的女孩。安娜看到我，眼睛亮了起來。

她喊道，「蘿絲。」她快步朝我跑來，過去幾小時追足球都沒跑這麼快。

我們在球場中央碰頭，她小小的身體撞進我懷裡，我抱起她，甩著她轉圈圈。安娜開心地笑，高聲尖叫。我把她轉得越來越快。我想對她好，就像菲爾對我好，我想把愛傳出去。

「我要吐了。」安娜說完仍在笑，於是我繼續轉她。我們的重逢跟我想的一模一樣。「妳看我的新耳環！」

我停下來，把安娜放回地上。我們晃了一下，等暈眩感消退。我喔喔啊啊稱讚她小小的米妮耳環。我有股衝動想躺在草地上，讓下午停在這一刻。

我身後有個聲音說，「蘿絲，妳怎麼在這兒？」是金姆。

安娜說，「她來看我比賽。」

我的視線從安娜挪向她的母親，有時候我不敢相信她們有血緣關係。我盡量模仿安娜輕鬆的口氣。「我很想念你們。」

金姆把手搭上安娜的肩膀，將我妹妹拉向她。「寶貝女兒，去跟隊友抱抱吧。」她指向那群女孩，她們在聽爸爸的賽後講評。安娜慢慢跑開。

金姆看安娜離開，然後轉向我。「妳不該來，」她說，「比利跟妳說過他需要空間。」

我皺眉看著金姆一會兒，判斷怎麼進行這段對話最好。她盤起雙手。

我說，「我想直接跟爸爸談。」我說動他的可能比較高。

「比利很忙，」金姆說，「你們有什麼好談的？」

我從來沒出聲罵過人，但金姆會是完美的第一人選。我咬著舌頭，看安娜的球隊圍成一圈，伸手交疊在中央，數到三大喊「團隊第一！」金姆跟著我的視線看去，接著挪了幾步，試圖擋住爸爸和那群女生。

安娜扯扯爸爸的袖子，指向我。爸爸順著她的手指，瞇起眼，認出我來。他推推她去找其他女生，然後拿著夾板和背包，小跑步朝金姆和我跑來。

他跑到時已喘不過氣。我張開雙臂抱他。

我說，「爸！」

他僵硬地回抱。我盡量不去想他和金姆背著我露出什麼表情，或用唇語說什麼。

爸爸從擁抱中抽身。「妳在這兒做什麼？我們不是講過了。」

雖然我的胃揪成一團，我還是笑了。「我給你空間四個月了，你需要多少空間？」

我試著保持語調輕鬆，但問題聽起來迫切極了，更糟的是沒人回答。爸爸怒目瞪著我，臉頰泛紅。金姆看來快爆炸了——她要是把手盤得更緊，就要變成椒鹽蝴蝶餅了。短短幾秒感覺像好幾小時。我期望有人說什麼，什麼都好。到這個地步，連金姆的聲音都比沉默好。

我期望得太早了。「比利，」金姆怒吼道，「如果你不說，我就說了。」

爸爸轉向妻子。「金姆，」他的聲音靜得可怕，「去車上等我。」

金姆噘起嘴，默默溜走。

他用毫無情緒的雙眼看我。「蘿絲，我們知道了。」

「知道什麼？」我的心跳加速。

「別再裝傻了。」他直白地說，「我知道妳撒謊。」

我努力維持表情空白。「撒什麼謊？」

父母從場邊接回女兒。父親摟著小女孩，恭喜她們踢了場精采的比賽。母親收起保冷箱。小孩喝果汁聊天。所有人都朝我們走來，走向停在停車場的車。

爸爸嘶吼，「癌症的事。」他注意到附近的父母，努力壓低聲量。我沒看過他這麼生氣。「妳騙我們妳得了癌症！妳是哪裡有問題？」

我漲紅了臉。我的怒火要比得上他才夠可信。「你說什麼？」

附近的父母盯著我們，顯露興趣。我敢打賭他們從未聽過比利．葛拉斯彼發火。

爸爸說，「我打電話去史坦頓醫生的診所。」

該死。

「他是家醫科醫師，不是腫瘤科醫生。」他的雙手憤怒地顫抖。「妳知道我有多丟臉嗎？」

我就擔心會發生這種事。我跟母親採取同樣的方法——否認，否認，否認。

「史坦頓醫生是我的家醫科醫師，但我也有腫瘤科醫生。」我憤慨的情緒越堆越高。「你為什麼打電話給我的醫生？」

「史坦頓醫生開醫師證明給妳。」爸爸的下頜肌肉緊繃。

「對啊。」我抬高下巴。「他足以判斷我是否夠健康，能去旅行。」

「妳跟我們說史坦頓醫生負責治療妳。」爸爸像瘋子揮動雙臂。「所以這位神秘的腫瘤科醫生是誰？」

我靜靜說，「我請腫瘤科醫生幫我開證明，但他拒絕了，所以我說服史坦頓醫生幫我開。」

爸爸皺起眉頭。「為什麼腫瘤科醫生拒絕？」

我聳聳肩。「他說我的身體經歷這麼多，應該多休息幾週，再評估狀況。」

爸爸靜了一分鐘，看著我。

「蘿絲。」他的聲音充滿痛苦，「家族旅行真的值得賭上自己的健康嗎？」

我毫無遲疑就說，「我覺得值得。」

這至少是真的。

我們對上眼，我咬住嘴唇。

短短一秒，我說動他了。

接著他眨眨眼，抹抹額頭，彷彿從咒語中醒來。「老天，我在說什麼？」他憤怒地說，「如果一個醫生拒絕，為什麼另一個醫生會說好？妳看起來不像生病，妳對治療內容閃爍其詞，妳想要一堆支援，卻又不讓我陪妳去看診。」他頓了一下，新的一把怒火燃起。他大喊，「妳假裝得了何杰金氏淋巴瘤，想害我覺得愧疚，我就會讓妳去露營。妳到底是哪裡有問題？」

其他父母震驚地互望；他們看小孩的足球教練臭罵一名無助的年輕女子。我想像他們稍後低聲交談：我們想要這種人在孩子身邊嗎？我猜測他們會不會開除他。

我感覺好渺小，好像只剩五十公分高。我現在認清我犯了極度嚴重的錯，我母親的謊言從未被拆穿——直到最後。事情怎麼會錯得這麼離譜？我只是想要一個家庭，我的家庭。

我清清喉嚨，張開嘴，不知道接下來要說什麼。

我還沒能說話，爸爸就打斷我。「妳休想繼續撒謊，休想張嘴再多說一個字，什麼得癌症，身體不舒服，多需要我和我的家人。」

安娜小碎步跑來，頭髮一團亂，但臉上掛著笑。她看到父親臉上猙獰的表情，猛然停下來。她遲疑地說，「爸爸？」

爸爸的視線瞥向安娜。「去車上找媽媽。」

安娜沒有反抗。她直接走向車，轉頭看了我一眼。

在爸爸熾熱的注視下，我試著不要扭動。我往上看，讚嘆湛藍的天空，陽光普照，眼前一朵雲都沒有。我的世界怎麼能在如此美麗的下午崩解？如果是電影，現在會降下傾盆大雨，而我手上沒有雨傘。現在我需要巨大的龍捲風，捲起我去別的地方，遠在天邊的任何地方都行。

去年我放逐了腦中的聲音，但我發現自己仍在等她告訴我怎麼做，不過來到足球場後，她一直很安靜。我生平第一次意識到她的聲音消失了。過去二十一年，每天大多時候她都在指引我，告訴我該怎麼吃飯、穿衣、表現、謀劃。直到她收回指示，我才發現我多依賴她，而我恨自己想要她幫忙。我本來確定我再也不需要那個女人，但我一直在欺騙自己。現在我最需要她的時候，卻只能依靠自己。

爸爸走向前，在我臉前搖搖一根手指。「妳離我的家人遠一點，懂嗎？」他想嚇阻我，卻差遠了。我不怕爸爸——我怕沒有爸爸，我怕我知道隨後而來的空虛。他雖然缺點重重，但仍比沒有爸爸好。

他補上一句，「妳也離我遠一點。」他自以為是的態度開始惹惱我，彷彿他是聖人，從來沒犯過錯。他避而不見騙了我二十年，是他跑來找我，誘引我說要給我家庭，又硬生生奪走我的希望。

我們來到無法回頭的地步，再也不可能修復關係了。快樂的大家庭不存在——至少不包含我。

「我理解兒子會發洩情緒。」他的臉依然氣得發紅，「但女生應該守規矩。」

我想媽媽從來沒收到通知。

爸爸看其他家庭把東西收進行李箱，上車開走。幾個人落在後頭，拖延時間，想看我們的小鬧劇如何收尾。

他嘲弄道，「妳跟妳母親一模一樣。」

我希望他閉上嘴，快點離開。我想像對葛拉斯彼家較年長的四個人施咒，讓他們全身都是腫瘤和刺傷，直到他們變成被自己的血困住的木乃伊。

但他不能知道，他必須認為我不構成威脅，甚至相信我後悔了。他期望我像糖、香料跟各種好東西。

「我真的很抱歉。」雖然知道有其必要，但聽到我語調中可悲的絕望，我仍揪起臉。「我沒有要傷害你的意思。」

爸爸把夾板放進背包。他搖搖頭，憤然走開。「我很後悔我居然去找妳。」

我站著動也不動，瞇起眼睛。我不該這麼輕易放過他。我吞下滿腹怒火。

「爸，我很抱歉。」我對著他的背影大叫，喚出過往的玫瑰金，那個只會聳肩沒有骨氣的乖順女孩。她已是上輩子的事，她死了，我在她的墳上跳舞。「我說我很抱歉了。」

爸爸突然轉身，咄咄逼人瞪著我。他說，「我很肯定一件事。」我們有同樣的小鼻子和黃褐色眼睛。他握緊雙手。

「妳碰上的每件鳥事都是罪有應得。」

第十九章　派蒂

我盯著臥室天花板上水汪汪的藍眼睛，累到不覺得害怕。昨晚跟瓷馬桶擁抱四小時後，我已全身虛脫。我從床緣晃腳下床。我得載玫瑰金去上班，不過我想先質問她昨晚的事。

我拖著腳走進客廳，剛好聽見前門關上。玫瑰金穿著慢跑服從窗口走過：無袖上衣、運動短褲、球鞋。現在十二月中，她這身裝扮看起來荒謬極了。我看了她一分鐘，她緩步沿著蘋果街跑，旁人看去焦點都放在她的手肘、肩胛骨和膝蓋。我甩開想拿圍巾和手套跟上去的衝動。她在長青街右轉，消失在視線中。

好吧，我可以等到把她困在廂型車上再談。

四十分鐘後，我們在平常的時間一起出門。我鎖門，她把亞當放進嬰兒座椅扣好，然後爬進副駕駛座。我握住方向盤，發動引擎，開向高速公路。

玫瑰金問道，「妳感覺好一點了嗎？」

我說好多了，即使我的胃還有點虛弱。我不想露出一絲示弱的跡象。

玫瑰金跟亞當玩遮臉躲貓貓，我則在思索該如何質問她最好。她可能跟跑步機事件或前院火災無關，但我知道她在扮演受害者給阿尼和瑪莉看，天知道觀眾還有誰。現在她又對我的食物下毒，太過分了。

我說，「真不敢相信妳完全沒事。」

玫瑰金聳聳肩。「我想監獄伙食搞壞了妳的消化系統，妳一定還在適應。」

「我出獄一個半月了，之前從來沒有不舒服。」鎮定，派蒂，保持冷靜。

「沒錯啦……」玫瑰金越說越小聲，不打算追究我生病的原因。可是我堅決今天要逮到她，我不會放過她油滑的藉口和含糊的聳肩。

我直盯著前方。這裡的速限是七十公里，我們開到八十公里。剛剛好，派蒂。維持高於速限，又不會快到被抓。

我保持平穩的口氣問，「妳在我的食物裡放了什麼嗎？」

玫瑰金轉向我，眼睛凸了出來。「什麼？」

「我們吃同樣的飯菜，怎麼可能妳沒事，我卻吐得一蹋糊塗？」

我真想一巴掌打掉她臉上露出的震驚、佯裝的無辜。

「妳的意思是我對妳下毒？」

她氣得火冒三丈。車速提高到九十五公里。亞當在後座胡言亂語。

「不然妳要怎麼解釋？」保持音量小聲，派蒂，要很冷靜。

「我不知道，媽。」又來了，強調我稱謂的諷刺口氣。「妳的腦袋馬上就想到那兒去，妳知道這他媽的多糟嗎？尤其我替妳做了這麼多？」

我咬牙咬得太用力，下巴都開始顫抖。她替我做了這麼多？她才收留我六週，我整個人替她奉獻了十八年，直到她把我送進監獄，聊表她對我犧牲奉獻的感激。

而且她明知道不可以說髒話。

車速飆到一百一十公里。

玫瑰金越講越大聲。「為什麼我會想對妳下毒？」

我是不受打擾的湖面，悶熱環境中的仙人掌。理智的頭腦永遠會獲勝。「或許是為了報仇。」

玫瑰金瞇起眼睛，語氣帶著嘲弄。「如果妳無罪，為什麼我需要報仇？」

她得意的笑迴盪在我們之間，譏諷著我，膽敢暗示她知道的比我多，她找到方法智取我。厚顏無恥的傢伙。

「或許媒體把妳的腦袋搞糊塗了，就像他們洗腦所有人。」

我開下高速公路，被迫放慢車速。我可以在前方轉角看到工具世界商場的停車場。

「除了妳以外的每個人吧？」玫瑰金嘲笑道，「鎮上每個人都瘋了，除了派蒂．華茲。總是別人的錯，不是嗎？永遠、永遠不能怪妳。」

我可以感到她脖子柔軟的肌肉從我指間滑過，我的拇指壓住喉頭讓她噤聲，她的脊椎隨我所欲彎折。

我想了又想，她怎麼敢？

我不會忍受這種欺負。

我和亞當看著結冰的湖，尋找公園內生物的足跡，但動物都往南過冬了。風勢轉大，我把亞當的雪衣拉鍊拉到下巴。

天氣有點太冷，不適合去公園，但我必須離開家。我們往南開了四十分鐘，找到沒人認識我們的遊樂場，沒有瑪莉．史東、湯姆．畢恩或阿尼．迪克森想傷害我們。其實這兒誰都不在——公園今天空無一人。

我從推車抱起亞當，讓他在我的膝蓋上下彈跳。他已發展出自己的個性了：放屁時會笑，會咬手，在我洗的每件衣服上流口水。過去幾週，我照顧他的時間比玫瑰金還多，他習慣我了。至少他不用跟陌生人離開。

因為我們必須離開。我現在懂了，我們在他母親身邊都不安全。

女兒在社區跑步，刻意展露她的皮包骨身材，策動小鎮排擠我。瑪莉和其他人認為我在對她下毒，她的同事相信我在虐待她。從頭到尾，我都怪罪湯姆、阿尼或幾個鄰居聯手想毀了我。

不過玫瑰金向來非常善於扮演受害者。

別管她生病能得到多少關注，別管護士給她多少免費玩具和額外的棒棒糖，還有戴維克所有市民全心全意的關懷。她把所有人掌握在股掌之間——卻選擇拋棄一切。現在她想奪回掌控了。

我以為女兒想要溺愛她的媽咪，我也努力了。但我忍受五年的牢獄之災，可不是為了再成為壞人。她想趕我走？好啊，我就走。

我端詳懷中的寶寶說，「你媽媽這個年紀的時候長得就像你。」同樣的黃褐色眼睛，同樣的小鼻子。我希望他長大後強壯多了。

我把亞當拋向空中，接住他，將他往下晃過我雙腿之間，再抱起來。他開心咯咯笑，用圓睜好奇的眼睛看我。

目前他都是健康的寶寶。

但好景不會長。

畢竟玫瑰金的消化問題大概就在亞當這個年紀開始。不像她，他沒有呼吸暫停或肺炎症狀，但這對粉嫩臉頰下一定藏匿著什麼邪惡的問題。沒有寶寶是完美的。

我把亞當趴放在結霜的草地上，稍微接觸外界環境會讓他更強壯。他在寒冬中面朝下，伸展雙腿，踢踢腳。

「亞當。」我悄聲說，「亞當，看外婆。」

寶寶彷彿聽得懂，抬起頭，雙手握拳，腿踢得更用力。他張開嘴巴，我思索是否該讓他哭。

最後一秒，我猛然俯身抱起他，再把他抛上天。一天內這樣夠了。他的哭嚎轉為笑聲，我也笑了，用手掌摸摸他的額頭。他的雙頰粉嫩——還是發青？他可能得了感冒或流感嗎？我想將來有天得帶他去看醫生，還是小心為上。

我把亞當放進推車，推他回到廂型車。我發動車子，開回戴維克。

人能適應生活中的新情境，真是奇妙。我已習慣開進兒時老家的車道，現在我看到房子會肚子一緊，是出於不同的原因。

我進到廚房，從冷凍庫把兩袋玫瑰金的冷凍母乳挪到冷藏庫，然後拿出一瓶冷藏母乳。我們有一套滾瓜爛熟的作法：玫瑰金擠母乳，放進冷凍庫，我解凍餵亞當。或許我需要換餵他配方奶，但這不算世界末日。我喝配方奶長大，也活得很好。

亞當吸著奶瓶。他胃口很好，鮮少吐出吃掉的食物。任何醫生看到他的身高體重都不會相信他有消化問題，從這點來看，他跟他的母親完全不像。他像善意的化身，一面喝奶一面盯著我。我最愛小嬰兒對人的依賴，他們需要我們才能生存。

身為母親，我只想為人所需。孩子頭幾年的人生中，沒有人比妳重要，連父親都比不上。這股生理需求不斷不斷不斷需要滿足。接著小孩長大到十歲、十二歲或十八歲，妳突然不再重要了。我們該怎麼適應？我們這些母親為孩子犧牲一切，直到他們決定不要我們給予的所有。

女兒不是會把所有缺點怪罪在母親身上嗎？不管是扁塌的頭髮還是愛撒謊的傾向，每個人格缺陷都是我們的錯，不能怪她們。自然而然，女兒最好的所有特質都與我們無關。她在關起的門後還準備了哪些陷阱？她把這棟該死的房子設計來搞垮我。

我把亞當放進搖籃，沒脫掉他的雪衣。讓他體溫高一點無妨，畢竟他的臉頰看來比平常紅一些。小嬰兒開始嗚咽，或許他需要換尿布。

我沿著走廊走到浴室。出於習慣，我試了玫瑰金的臥室門把，一如往常還是鎖著。

我打開水槽下的櫃子，從尿布盒拿出一片。亞當哭得更大聲了，我趕回去替他換尿布。他繼續哭，我試著幫他拍背，搖晃他，拿玩具讓他分心——全都是母性的自動反應。我需要他停止哭泣，我才能計劃。我需要一分鐘思考。

我決定把他放去後院之前，他終於靜下來。

我望著懷中的寶寶。既然玫瑰金變得精神錯亂，我不能留下亞當跟她在一起。以後有的是時間帶他去看醫生，況且別州的新醫生不會知道我的名字或認出我，沒道理不相信外婆在經歷家庭悲劇後獨自扶養孫子長大吧？

我拿起手機，搜尋離開芝加哥的航班。我們要去哪裡——加州？緬因州？蒙大拿州？我這輩子都住在這座沉悶的小鎮，或許我應該訂下一班離開的飛機，去哪裡都好。

「等一下，派蒂。」我試著冷靜下來。「想清楚。妳很理智，她才情緒用事。」

我查看手錶：下午四點五十八分。玫瑰金應該四十五分鐘後會下班回家，我需要更長的領先時間。如果我帶走亞當，玫瑰金翻天覆地都會要找到他，他和我永遠不得安寧。

如果她能……消失，一切都會簡單許多。

窗外開始飄雪，八天後就是聖誕節了。我和玫瑰金都沒有裝飾房子，這個街區只有我們家屋頂上沒有掛紅色綠色的燈。可想而知，她期望我負責今年的過節準備。她把我做的每件事視為理所當然——手剪雪花，迷你小村落裝飾，我從波蘭麵包店買的奶油起司餅乾。每年我不辭辛勞，都是為了她。

我捏捏亞當，很慶幸我不是一個人。玫瑰金下班回家前，我們哪兒都不能去。我把躺椅轉向面對大門。

現在我們只能等待。

第二十章　玫瑰金

二〇一六年十一月

莫頓看守所面無表情的警衛用筆敲敲紙上的點線。

他瞪著我說，「妳要在這裡簽名。」

我簽了表格，把夾板推回給他。

「請坐，有人會帶妳進去。」他指向我身後的一排塑膠椅。我瞥見他皮帶上的槍，猜想對人開槍是什麼感覺。

監獄比我想的安靜——至少等候區是，只有我一個人。我盯著醜陋的油地氈，感到警衛的視線對著我。我希望趕快有人帶我進去。

自從爸爸露出最糟的真面目，已過了超過一年，這段期間，我也沒有跟亞莉或菲爾說過話。我試著在公司交新朋友，但我的同事都沒興趣，於是我選擇開始看所有的奧斯卡最佳影片得獎作品。我也在空閒時間開始畫畫，並意外發現我畫得不錯。並不是說美術館會想收藏我的作品，但當我畫中世紀的凌遲刑具扯斷爸爸的骨頭，成品寫實到嚇人。我有畫臉的天分。

這時我快存夠修復牙齒的錢，能成為開口笑的人，把雙手放在身側，不用遮著嘴巴。整頓好牙齒後，我打算開始存錢付房子的頭期款。每天在工具世界商場，我都提醒自己是為了什麼工作。

然而看存款增加無法消耗所有的空閒時間。爸爸在安娜的足球比賽對我發飆後一年，我意識到我過得很悲慘。我透過慘痛經驗，學到父母沒有所有的答案。我們希望他們全知全能；在人生的頭幾十年，端看父母的類型和他們多善於掩飾，我們甚至會相信他們無所不知。然而到頭來，我們會發現父母只是一般人，就像聖誕老人和復活節兔子不是真的。

現在每天都一成不變：起床，上班，在電視前吃晚餐，看電影，畫畫，上床睡覺。葛拉斯彼一家疏遠我後，我告訴自己少了他們也能過得開心。我買了一盆蕨類，叫她盆盆，並告訴自己有她陪伴就夠了。

有一天，以前總開玩笑要我去見菲爾的同事布蘭達沒來上班，隔天也沒來，一直不見蹤影，沒有人知道她去哪裡。直到好幾週後，史考特在開店前要大家在休息室集合，宣布布蘭達得了胰臟癌第四期。一個月後她就過世了，留下四歲的女兒和兩歲的兒子。

我跟布蘭達一直不算朋友——她有小孩，年過三十，我們處在不同的人生階段——

但我忍不住回想跟她在休息室共度的下午，看她裝著擠奶器擠奶。現在她不在了，我再也不會跟她說話。生平第一次，我認識的人過世了。聽起來很蠢，但布蘭達的死讓我意識到我不會永遠活著。如果我不喜歡人生的走向，沒有人會幫我修正。我得想辦法，我得回到起點，回到第一次轉錯的彎——也就表示要回去找媽媽。

我對母親申請禁制令的時候，真的相信我這輩子永遠不會再跟她見面或說話嗎？或許當初氣頭上我這麼想，但真正的答案是：不，當然不可能。我曾為了更小的事跟其他人永久斷絕關係，但他們都不是我的母親。媽媽仍握有許多我想要的資訊：她的童年，我的童年。最重要的是，為什麼？

早上醒來或晚上躺在床上，這三個字都像頌歌在我耳中迴盪：為什麼？為什麼？為什麼？我需要她解釋，告訴我事實，跟我道歉。

所以我終於來到莫頓看守所。

我盡量不對這次重逢抱太大希望。媽媽是我認識最厲害的騙子——或許她無法坦誠，不懂得道歉。如果這樣，我會申請讓禁制令復效。從今以後，我們的關係和她的第二次機會都由我說了算。自己生活四年後，我沒有意願再當別人的玩偶。

穿制服的男子開門漫步走來，他身形巨大，二頭肌厚實。

他問道，「訪客只有她？」他留著鬍子——不好的跡象。

第一名警衛點頭。

第二名警衛說，「跟我來。」

我滑下椅子，用褲子擦汗濕的手。我跟自己說過，我不怎麼在乎，所以不會緊張。高大的警衛帶我走過長長的水泥走廊。頭上一盞燈閃爍幾下，牆上刻著髒話和姓名縮寫，地上有一塊鐵鏽色的污漬。

我們在走廊盡頭的門前停下來。警衛朝讀卡機掃了他的識別證，門喀的一聲解鎖。警衛拉開門，我跟著他進去。門邊的標誌寫著訪客中心。

房內擺滿空桌椅，擺設成兩人、四人和六人一桌。幾張小孩畫的圖貼在角落牆上，小手指和手掌替感恩節火雞畫上紅色、橘色和褐色的羽毛，其中一張寫著「媽媽我愛妳」。我不願去想現在這些孩子在哪兒，他們的生活如何。

警衛說，「請坐。」他離開房間，留下我一人。

我拉出跟等候區一樣的堅硬塑膠椅，坐下來。或許我不該來。

從我進來的門對側，另一扇門打開，同一名警衛走進來，後面跟著我的母親。她看起來比我印象中嬌小，難道她身高縮水了嗎？還是我長大了？或許是她的姿勢。以往她都抬頭挺胸走在戴維克街上，但眼前這名女子肩膀往前縮，駝著背，像烏龜想縮回殼裡。她的轉變令人震驚。

她的視線從警衛瞥向我，整張臉亮了起來。我心想，聖誕節到了的眼神。

她越靠越近，拖地的步伐變成跨大步。我不想稱她的意，跟她擁抱，也不希望她以為我原諒她了，可是我的胸口渴望母親聲名狼藉的熊抱。我還來不及決定是否要接納她親暱的舉動，她就用豐腴的雙臂環住我。我的身體在她懷中放鬆。

「喔，我的寶貝。」她梳著我的頭髮，對我的耳朵喃喃說，「妳不知道我見到妳多開心。」

我逼自己僵住身子抽身。我必須記得母親的擁抱和牽手從來不是愛的表徵，而是控制的方式。心理醫師協助我看清這一點。我去看診幾次，但後來決定寧可把錢用在牙齒上。

我伸手探向椅背，正打算坐下，這時我看到她豐滿的嘴唇——又醜又紫，裂了開來。

我忍不住問，「喔，天哪，妳的嘴唇怎麼了？」

媽媽在我對面坐下，用一隻手指敲敲嘴唇。「喔，這個。」她說，「前幾天我在操場走路，絆倒弄破嘴唇。我真笨手笨腳。」

我沒聽過母親笨手笨腳。「妳跌倒結果嘴唇著地？」

「呃，不是，我雙手跟膝蓋著地，可是倒下時我咬到嘴唇。」

她的雙手擺在我面前桌上，上頭沒有傷痕瘀青，也沒有包紮——她的手看來沒事，只是指甲下的塵土比平常多一些。

我以為媽媽掌控整個監獄，我推論她會把典獄長握在股掌之間，推翻原本掌權的人。她整個人閃耀又充滿活力，應該沒人動得了她。她一直保護被霸凌的人。

現在換她被霸凌了。

我眼前的女子雙眼充滿血絲，頭髮凌亂，膚色黯淡。在外人眼中，她形似養育我的照顧者，但對我來說，她看來完全不像同一個人。我記得我在證人台上說的每句話：我羞辱她，揭發所有惡劣的細節。她的嘴唇破裂有一部分是我的錯。如果我沒有告發她，她根本不會去坐牢。

我問道，「媽，妳確定妳沒事嗎？」

我咒罵自己。我本來打算叫她「派蒂」，在我們之間留點距離——同時傷害她的感情。

不是妳的錯，她坐牢是因為她虐待妳。

我終於開始傾聽自己的聲音，不聽她了。

她揮手不回應，擠出一抹笑。「寶貝女兒，我沒事，妳別擔心我。」她把下巴靠在手上，結果痛得揪起臉，只能調整姿勢。「現在跟我說說妳生活的一切吧。妳在工作嗎？妳有男朋友嗎？我全部都想聽。」

我告訴媽媽我在工具世界商場工作，我存了錢，還有過去幾年我獲選最佳員工三次。她開心地笑了。然後我提到我第一個真正的男友菲爾，還有我去丹佛拜訪他。我沒說我們一年半沒聯絡了——還有他年紀比她還大。我考慮跟她說爸爸的事，但決定改天再說。我的直覺叫我瞞著她。

媽媽問道，「戴維克呢？」

我說，「怎麼樣？」

「妳還有跟誰聯絡嗎？我們的老鄰居和朋友？」

我沒多想就說，「如果妳是指史東太太，我很少見她了。」我知道媽媽聽了會很高興，但這就是事實。瑪莉．史東跟所有人一樣辜負了我，她還是把我當小孩對待，不斷提醒我可以趴在她肩上哭泣。可是我厭倦哭泣，厭倦大家更在乎我的過去，而不是我的現在。史東太太更喜歡殘缺的我，她每做一件好事，都要確認她是我的救星。

老娘我可以當自己的救星，謝謝你們。

可想而知，媽媽非常滿意。史東太太在開庭期間向媒體猛烈抨擊她，母親並不開心。遭到逮捕前，沒有人背叛過派蒂．華茲。

「我的老朋友過得如何？」媽媽的口氣滿溢虛假的甜意。這才是我認識的母親：她的臉頰恢復血色，雙眼晶亮專注。她仔細聽我說的每個字，記下所有細節。

「她很煩人。」我試著結束這個話題。我是來尋找答案，但目前為止都是我在說話。母親用她操弄所有人的方法在操弄我，如同她控制我的整個童年。

「媽，聽我說。」我徹底放棄叫她「派蒂」。「如果我們想重新來過，我需要妳對我說實話，不准再試圖轉移話題，或閃避我的問題，轉過來反問我。」

媽媽看著我，不發一語。

我盯著我們之間的桌子說，「假如妳騙我，我就走人。」我逼自己對上她的眼睛。「而且我不會回來。」

短暫的沉默降臨，感覺像三輩子那麼長。

我說，「懂了嗎？」

媽媽點頭。「當然，小乖。」她喃喃說，「我絕不會再搞砸我們的關係，我已經失去妳一次了。」

我不確定她是否說真的，但勢頭走向似乎沒錯。我有很多問題可以測試她說實話的承諾。

「好。」我說，「那我再問妳一次：妳怎麼弄破嘴唇的？」我盤起雙臂，往後靠——擺出我最厲害的不苟言笑姿勢。

媽媽交疊雙手放在大腿上。我知道如果偷看桌下，會看到她擺弄拇指，她說這是從我外公那兒學來的習慣。上個月有天晚上，我逮到自己看電視時擺弄拇指，後來直到那集播完，我都將雙手壓在屁股下。

媽媽嘆了口氣。「另一名囚犯打我。」

我追問，「為什麼？」

「她不太喜歡我。」

「媽，」我警告她，「不要閃爍其詞。」

她驚訝地挑起眉毛。我猜想她是否懷疑我從哪兒學到「閃爍其詞」這個說法，她在數百堂單字課都沒有教過這個詞，我從哪裡知道的？我應該是她的延伸，由她創造調校出的產品才對。

她揉揉眼睛。「自從我進來，史蒂雯就對我有意見。每幾個月，她會要她的爪牙一起對付我。她們兩個人把我壓在牆上，讓她揍我幾拳。」媽媽聳聳肩。「別問她為什麼恨我，我沒對她做什麼。」

依照母親過去的紀錄，我很懷疑這句話，但決定暫時不管。我有更重要的事要問。

「為什麼妳騙我嘴唇受傷的原因？」

「我不想要妳擔心。」媽媽氣急敗壞地說，「母親都是這樣，我們保護孩子不用知道最殘酷的事實，確保他們安全。我們挺身擋子彈，他們才不用感到痛。」

「我不是小孩了。」我平靜地說，「過去幾年我也見識了不少殘酷的事實。」

媽媽拍拍我的手。「妳幾歲都一樣，母親想保護孩子的欲望永遠不會消失，我不會為此道歉。」她揪起臉。很好——她有認真看待我要走人的威脅。她補上一句，「妳自己有小孩就會知道了。」

我哼了一聲。經歷狗屁倒灶的童年，我最好是會生小孩。

「我想要妳跟我談談妳的家庭。」我說，「每次我問，妳只會說妳的童年過得很辛苦。我想要知道細節，哪裡很辛苦？我的外公外婆是怎麼樣的人？還有我的舅舅大衛呢？」

媽媽呻吟一聲。「我們將近五年不見，妳想這樣過第一次重逢的下午？談我們墮落的祖先？」

「媽，」我再警告她，「妳答應會說實話。」

她嘟囔道，「不表示我要喜歡。」她捲起袖子，胸口往前靠著桌子。「我父親十九歲被徵召，一九四四年去了比利時。當時他已經認識我母親，但還沒結婚。」

接下來三十五分鐘，媽媽向我描繪她的童年。她鉅細靡遺訴說外公虐待她的可怕細節，她跟我說她哥哥自殺，她母親流產：在大衛和她之間確切來說共有三次。她解釋華茲家是人人自危的家庭，她母親沒有替她撐腰，哥哥也沒有。媽媽才滿十八歲就搬出家裡，住進小鎮另一頭的公寓，找到合格護理師助理的工作。她與父母徹底斷絕關係。有時她會在沃許雜貨店或銀行看到他們其中一人，她會馬上轉身，不發一語離開。媽媽從未跟父母和好。

「很抱歉從來沒告訴妳。」媽媽說，「妳想知道，我應該跟妳說才對。」

她疲憊地靠著椅背，我知道她說完了。

我也累壞了。我知道會聽到悲傷的故事，但沒料到這麼悲慘。現在我了解那些年我問起家族親戚的細節時，她為什麼三緘其口了。她不是想傷害我：她是在保護我。我回想起那天早上，我向爸爸撒謊說得了癌症。我不是想傷害他——我只是想要葛拉斯彼一家接納我。我們的作法或許扭曲，但我和媽媽都立意良善。我們都需要被愛。從沒有人像母親這樣看我，爸爸不會，菲爾不會，亞莉也不會。當我開口，房內其他的人在她眼中便不復存在。當我受傷，她會忽略自己抽搐的痛。媽媽比我更想毀了霸凌我的人，我可能會原諒他們，但母親永遠不會忘記。

小孩欠母親的債永遠還不完，就像跟超前二十五公里的對手賽跑，你怎麼能奢望追得上？你可以畫再多張母親節卡片，寫下無數敬愛的陳腔濫調和誓言，你可以說她是你最喜歡的家長，像她的共犯般會心眨眼，告訴她生活中所有平凡的細節，但再怎麼做都不夠。我花了好幾年才搞懂：你再怎麼愛母親，永遠都比不上她愛你。自從你還是她肚子裡的小種子，她就有對你的記憶，但你要到三、四、五歲才開始有自己的記憶吧？她早就贏在起跑點，她在你存在前就認識你了。我們怎麼可能跟她比？不可能。我們只能接受母親在我們頭上張著愛的大旗，讓她們像展示閃亮珠寶般四處炫耀，因為她們的愛確實比我們優越。

「謝謝。」我說，「我很遺憾妳得經歷這麼多。」

媽媽聳聳肩，臉頰泛紅。我看得出來她不想再談了。

母親的兒時故事只是暖身，導向我真正想問的問題。我很可憐她的過去，但我更可憐我的過去。我想要她承認她奪走了我的童年，如同她喪失了她的童年。我想要媽媽為她的錯負責，我需要她看著我的眼睛，跟我道歉。

解除禁制令後，我就開始練習這段話。隨後好幾個月，我都在猶豫要不要打電話到監獄。我真的想重啟這場鬧劇嗎？我沒必要亂搗蜂窩。

我說，「還有一件事。」

媽媽抬起頭說，「妳要問什麼都行。」我沒看過母親這麼真誠，她就像奧斯卡獲獎女星，知道如何裝得真誠。

房間遠方的門打開，稍早的警衛走進來。他吼道，「華茲，時間到了。」

她說，「這麼快？」

她站起身，我也照做。她再次熊抱住我，在我耳邊悄聲說，「下次繼續？」

第一次拜訪比我的期望好多了。我是無計可施才來見母親，本以為會面最後我會奪門而出，再也不見她。目前為止，她都願意與我妥協，就我所知，她也沒有撒謊。或許我們終究能放下過去。

我悄聲回道，「下星期如何？」

她鬆開懷抱，抓住我的肩膀，在我臉上尋找開玩笑的跡象。當她看出我很認真，她咧嘴露出大大的笑容，裂傷的嘴唇看得清清楚楚。她緊緊捏住我的手。「我很樂意。」

我看母親挺直肩膀，高抬著頭，跟警衛穿過門。她吹著口哨，眨眨眼，又揮了一次手，門才在她身後關上。

這才是我認識的派蒂・華茲。

第二十一章 派蒂

玫瑰金還沒到家，她一小時前就該回來了，她也沒有打電話或傳簡訊給我。或許工具世界商場今天很忙，或許她的經理請她加班，或許她跟我不認識的朋友去喝酒。

我傳簡訊給她。

我：嗨，寶貝女兒，妳快回家了嗎？

我盯著螢幕，她沒有回覆。

亞當在搖籃裡咯咯叫，絲毫不知母親失蹤了。我自躺椅起身，走進廚房，從冰箱拿出他的奶瓶，把更多冷凍母乳從冷凍庫挪到冷藏庫。謝天謝地玫瑰金擠了這麼多母奶保存起來。

我溫了瓶中的奶，拿回到客廳。我把亞當抱在懷中。

我唱道，「強壯的大男孩需要吃，吃，吃。」他大口吞下母乳。照顧亞當能讓我分心。他喝完奶瓶後，我替他拍背。我幫他洗了特別長的澡，確保他清潔溜溜。我幫他穿上小鴨圖案的睡衣，前後搖晃他。我想像從今而後每晚都像這樣：我和亞當在某處安靜的屋內休息，只有我們。

我生來就要當他的母親。

我把搖籃從客廳移到我的臥室。等到七點半，亞當已經躺在裡頭沉沉睡去。目前用搖籃就夠了，他的嬰兒床在玫瑰金上鎖的房內。

我打她的手機兩次，沒有回應。

我們可以明天一早離開。

我把這個想法擠出腦海。玫瑰金沒回家的隔天早上，如果我馬上離開，看起來會很可疑。

我打電話到工具世界商場，但沒有人接。假如明天早上她還沒回家，我會再打一次。最好留下簡訊和電話紀錄，證明我擔心女兒，試圖找她。以防她真的失蹤了。

我：寶貝女兒，我很擔心妳，請回簡訊

她當然沒有回。

我踱步從客廳到廚房到走廊又回到客廳，不斷繞圈圈，手裡緊握著手機。擔憂的母親就會這樣，不是嗎？我必須扮演這個角色。

我在走廊扯掉植物纖維壁紙的脫線，小時候偷聽父母爭執時，我也會這麼做。我用拇指和食指把線揉成小球。他們所有人的魂魄在這些房間陰魂不散——媽媽、爸爸、大衛，現在加上玫瑰金。

我又打了十幾通電話給女兒的手機，留下焦慮的留言，甚至踢到腳拇指，在最後一通留言哭了。等到十一點，我終於放棄，準備上床。我洗臉刷牙。

明天早上我再來處理失蹤的寶貝女兒。

由於亞當半夜要餵奶，加上我擔心玫瑰金，昨晚幾乎沒睡，早上六點就起床了。她沒有回家。

我查看手機，不過我早把鈴聲調到最大，以防她半夜打來。沒有電子郵件，沒有簡訊，沒有未接來電。

我餵亞當一瓶母奶，評估起我的選項。擔憂的母親會報警，但警方會問太多問題。況且擔憂的母親不確定玫瑰金是否真的有危險。就我所知，女兒搞不好受夠了我和亞當，決定走人。

我喜歡這個解釋。如果有人找到我們，我可以說玫瑰金先走了，我才離開。我和亞當沒必要留在戴維克，我們想重新開始。

我一面替亞當拍背，一面考慮看新聞蒐集情報，但最後仍決定不要。我五年兩個月沒看新聞了，可不要現在開始。況且記者聽聞任何「獨家」前，執法機關就會聯絡我了。反正媒體報導每次都寫錯，我回想起開庭前《戴維克日報》刊的一篇社論：世上所有的派蒂·華茲如何危害我們的孩子。荒謬至極。我把孫子放進搖籃，保證很快回來。

我打電話給玫瑰金，洗澡，又打給她一次。我橫越走廊要去臥房更衣，卻在玫瑰金的門口停了一下。過去六週，她藏了什麼不讓我知道？或許擔憂的母親會在裡頭找到女兒所在的線索。

換好衣服，查看亞當睡著後，我回到主臥室，第一百萬次試圖轉動門把——當然門還是鎖著。我從浴室拿了髮夾，再試著撬開門鎖。髮夾同樣斷成兩截。

我走出家門，繞著房子來到玫瑰金臥房外側。一如往常，所有窗簾都拉起來，遮住窗戶。如果能弄破一扇門，沒道理打破一扇窗，況且愛管閒事的鄰居看不到我在室內做什麼。我加快腳步，回到屋內。

我考慮上網搜尋「如何闖進房間」，但判斷我沒有時間了。擔憂的母親不會這麼理智，還去研究尋找失蹤女兒的步驟。她會直接弄壞這扇該死的門。

我又來到門前。首先我試著用肩膀撞，門沒有動，但我頗確定我的手臂瘀青了。我一次又一次衝撞門板，右肩開始痛便換另一邊。五分鐘後，門開始鬆動，但還沒有破開。

我大步走進我的臥室，穿上沉重的靴子，綁緊鞋帶。我回到臥室門口，嘆了口氣，開始踢門。踢到第四下，木頭開始裂開。第六下，門上出現一條長長的裂縫。第八下，門整個鬆開，往後撞上牆壁。我成功了。

我往內瞧，幾乎有點害怕。臥室看來跟我出獄當天玫瑰金帶我參觀房子時一樣，床鋪好，嬰兒床整齊擺著，窗戶關著。

我的手指劃過她的衣櫃，打開八個抽屜：衣服全都還在。我翻看她的珠寶盒：所有便宜耳環和手鍊都在。我走向壁櫥，拉開滑動的鏡子門。草草一瞥我就知道沒有東西不見——壁櫥跟以前一樣塞滿垃圾。

她的書桌擺在角落，我翻遍椅子右側的三個抽屜，裡面塞滿皺皺的紙和舊日誌。我檢查日誌的日期，但沒有一本是過去幾個月，甚至不是過去五年。我把日誌放回抽屜。入獄前我向來會讀這些日誌，早就知道內容是什麼。

她的電腦沒電了。我替筆電插上充電線，按下電源鍵，電腦呼咻一聲啟動了。擔憂的母親拍拍腳。

我沒浪費時間等待，轉而從床上扯下棉被、被單和床單。我只找到玫瑰金還是嬰兒時我替她織的小毯子，我很意外她還抱著睡。我把破爛的毯子丟到一旁。

我悶哼一聲，從床下墊抬起床墊，確信會在中間找到東西，但什麼都沒有。我趴在地上，拿手電筒檢查床底。下頭有一疊長灰塵的《柯夢波丹》和《國家地理》雜誌，都是亞莉以前會讀的刊物。我翻過每本雜誌，想像玫瑰金坐在這兒，孤獨無依，試圖模仿成熟酷朋友亞莉的生活——買同樣的產品，用同樣的化妝品，讀同樣的雜誌。真可悲。

雜誌裡沒有掉出東西，頁面上也沒有寫奇怪的內容。我回去看筆電，電腦設了密碼。

我試了玫瑰金和亞當名字的不同組合，他們的生日，甚至我的名字，雖然我知道不太可能。失敗六次後，電腦把我鎖住。我握拳搥了桌子。擔憂的母親現在不只感到絕望了。我擦擦額頭，手上都是汗。

我在女兒桌前的椅子坐下，環視她的臥室——都因為我，房間現在一團亂，但沒什麼異常或可疑之處，沒有等著被揭穿的秘密。

為什麼這扇門好幾週都鎖著？

我查看手錶——早上九點。工具世界商場應該開門了。

我重打昨晚的號碼，等電話響。響到第三聲，有人接起電話。

開朗的年輕聲音說，「工具世界商場您好，我是柴克。請問您需要什麼服務？」

我問道，「嗨，柴克。請問玫瑰金在嗎？」

「她不在，不過我們剛開門，她可能晚到幾分鐘吧。」柴克聽起來無憂無慮，這個小混蛋。

我考慮怎麼問下個問題才好，免得引起警訊。

我盡可能雲淡風輕地說，「她昨天有來上班嗎？」

「我不確定，昨天我沒有排班。等一下，我把妳轉接到經理辦公室。」

柴克要我稍等，電話響了兩聲。

裝作熱心的悲慘聲音說，「我是工具世界商場的經理史考特．庫里奇，請問您需要什麼服務？」

我說，「嗨，我想找玫瑰金．華茲。」

史考特頓了一下才說，「她怎麼了？」

我遲疑了一會兒。「我是她的母親派蒂。」

史考特沒說什麼。

「我想問她昨天有沒有去上班？」我閉上眼睛，試著保持口氣自然。

史考特不耐地說，「沒有，她沒來。」中獎了。

我發出意義模糊的嘖嘖聲。

「她甚至懶得打電話告訴我。」史考特嘟囔道，「我打她手機三次，都沒人接。」

「史考特，我相信她一定很抱歉。」我說，「我也沒辦法找到她。」

「所以她今天也不會進來上班？」史考特聽起來完全不擔心玫瑰金的安危。「我跟妳說，她知道我們排班很緊。你給一個人一點甜頭，其他人就會覺得你很好說話。她這樣不行。」

「你講的很合理，我知道她尊重你的權威。」我努力想結束對話。「一旦我有她的消息，我會要她盡快聯絡你。拜拜。」

史考特還來不及再對我高談責任，我就掛上電話，又打了一次玫瑰金的號碼。表象代表一切。她沒有接，我把手機放在桌上。

響亮的哭嚎害我分心。亞當。我忘了他一直在另一個房間。喔，好吧，他就哭吧。安慰自己的能力很重要，他最好趁早學會——我們有些人一輩子都需要。

我雙手插腰，在房內漫步，努力專心搞懂我漏了什麼。一分鐘後，亞當的哭嚎加劇成尖叫，讓我猛然止步。這種哭聲不只是寶寶餓了累了，也不只是想給人抱。我聽過太多次，到哪兒都認得出來。

我衝向搖籃。亞當趴著，揮動雙手雙腿。

他的頭下方有一灘綠色嘔吐物。他抬起淚流滿面的臉看著我。

跟玫瑰金以前一樣。

第二十二章 玫瑰金

二〇一六年十一月

母親往前傾，壓低聲音，雖然最近的囚犯遠在訪客中心另一端，對一名老太太啜泣。

媽媽說，「我有一名新獄友。」我試著保持正向態度，但我不喜歡她說這話時眼睛發亮。我還沒回答，她就繼續說，「她叫艾莉西亞，頂多二十歲。妳猜她為什麼被關。」

我問，「為什麼？」兩週前我第一次來訪客中心，我們起頭不錯，但我對第二次拜訪的期待更高。我需要她解釋她為何那麼做，要她為傷害我的方式負責。一年後她就要出獄了。

媽媽堅持說，「妳猜。」

「偷竊？」

「不是。」

題。

「吸毒？」

「酒駕太多次之類的？」

「不是。」

媽媽愉悅地說，「妳絕對猜不到。」

我往後靠，陷入沉思。我不在乎媽媽的獄友，但我決定配合她，才能講到重要的話題。

媽媽往前傾。「她高三時生了個男寶寶。他大概兩週大的時候，她帶他去動物園——然後拋棄他，放在黑猩猩欄區旁的樹叢裡。」

我驚訝地抬頭。「黑猩猩有弄傷他嗎？」

媽媽搖頭。「隔天早上，動物園的員工找到寶寶。他叫得頭都要掉了，但沒有受傷。幾天後，他們循線查到艾莉西亞。」

我說，「他後來怎麼了？」

媽媽聳聳肩。「兒童保護處或某個機構接走他。艾莉西亞遭到逮捕。」

我問道，「為什麼她不想要寶寶？」

「我還沒問出來，她口風纜緊的。不過對年輕女孩來說，照顧小嬰兒很辛苦。」媽媽不斷瞥向啜泣的囚犯，試圖判斷那邊上演的好戲。中年女子的體型像美式足球後衛，每次搖頭下巴就左右擺動。

「工作人員晚上閉園不就該發現他嗎？」我試著想像我是找到艾莉西亞兒子的員工。我從沒抱過小嬰兒。

媽媽翻了個白眼。「現在是怎樣，猜謎遊戲嗎？我不知道，玫瑰金。」她把頭往後仰，順著鼻樑往下盯著我。「我們成為牢友才一個禮拜。昨天晚上她割傷自己，去了急診室。」

我伸手摀住嘴巴。「真糟糕。」

媽媽點點頭。「我發現她倒在牢房地上血流不止。」她聽起來可說興高采烈，就像以前買到折價臘腸的時候。她看到我驚恐的表情，舉起一隻手。「別擔心我，我是受過訓練的醫療人員，妳忘了嗎？我送她去該去的地方，救了她的命。」

態度還如此謙卑。

「他們會幫她縫合傷口，又直接送回我這兒。這裡不玩『暢談我們的情緒』這一套，我得自己拯救她。我覺得我真的能改變艾莉西亞的人生。」媽媽說個不停。「其他女囚讓她過得生不如死，她們通常很鄙視拋棄小孩的人。」

我的機會來了。「是嗎？她們怎麼看虐待小孩的人？」

「我沒有正式做過市調，」她毫不遲疑地說，「但她們大概也不太喜歡吧。」

啜泣的囚犯靜下來，雖然不是因為她對面面無表情的女子。囚犯起身，轉頭要離開。她看到我母親，下巴一緊，抬起頭。

媽媽搖搖手指，露出半笑半譏諷的表情。「史蒂雯。」她點頭示意。囚犯忽略我母親，大步從旁經過，在身後甩上訪客中心的門。媽媽顧自咯咯笑。

我很好奇母親與這名女子的關係，但我必須延續現在的話題，免得她又逃避問題。我問道，「妳知道為什麼妳在這兒嗎？」

媽媽的注意力轉回我身上。她說，「小甜李，我當然知道。」

我們都在等對方開口。等我清楚意識到她沒有打算多解釋，我清清喉嚨。「我想聽妳親口說。」

她皺起眉頭，一臉疑惑。

我再試一次，視線落在我們之間的桌上。「我想聽妳說——大聲說——妳入獄的罪名。」一滴汗流下我的胸前。

媽媽伸展雙臂，擺出丁字型的姿勢。她可能會說像十字架上的耶穌。

「重度虐童。」

我的手臂起了雞皮疙瘩。我不敢相信她親口說了，母親終於為她傷害我的各種方式負起責任。她準備好要承認她毀了我的童年嗎？或許這是我們母女關係的轉捩點，或許這輩子我不需要再摒棄她了。

當我抬起頭，媽媽不再哼唱愉悅的曲調，我甚至沒聽到她何時開始。她吸吸鼻子。「但妳我都知道那完全是屁話。」

不，我心想，不，不，不。直到這一刻，我沒料到我多希望能解決我們之間的問題。

媽媽握住我的手。「寶貝，妳知道我多愛妳，我永遠不會傷害妳。」

我抽回泛紅抽痛的手。我可能炸成一百萬片小碎片，我的耳朵和眼睛會流出岩漿。「所以妳說妳無罪？」我開始咬緊牙關。

媽媽譏笑一聲，揮手忽視我。「我從來沒說我是完美的母親，」她說，「但我盡力了。」

「別這樣。」

「我有跟妳說過——」

「別給我模稜兩可的答案。」我打斷她，如同她無數次打斷我。「要說就說清楚。我小時候，妳有沒有對我下毒？」

我的心在胸口扯動，我很肯定心臟要不會沉到肚子，不然就是彈上喉嚨，從嘴巴跳出去。媽媽看我用牛仔褲擦手，她坐在那兒，觀察我一會兒，臉上掛著饒富興味的表情。

她緊張一笑。「所以小時候我才限制妳看電視的時間。看太多戲劇，妳的腦袋會溶掉，開始以為真實生活跟電影一樣。」

「有還是沒有？」我的口氣不再帶著善意的假象。

她的笑容淡去，她狠狠瞪我一眼。「沒有，當然沒有。」她說，「別鬧了，妳太過分了。別忘了誰養妳長大，不知好歹的死小孩。」

我往後縮。我早該知道她完全沒變，我這生中碰到的每個人都令我失望。

她抱怨道，「妳沒有朋友，工作沒前途，又不是我的錯。」她的臉越來越紅，現在氣極了。「妳個性尷尬，長得醜，都只能怪妳自己。我給妳各種機會，我放棄了職涯和自由，還有任何勉強可行的男女關係。我給妳一切，我的全部——妳那顆笨腦袋能不能搞清楚？結果妳感謝我犧牲的方式，居然是一有機會就背叛我？直接走上證人席？比起我，妳相信亞莉那個小妞和她大嘴巴的母親？我會在這兒都是妳的錯，跟我無關。」

我哀求她，繼續吧，毀了一切。

「妳整整四年音訊全無之後，還這麼大的膽子衝進來要我道歉。」母親大喊，「妳應該向我道歉才對。我無法想像我到底造了什麼孽，才生了妳這種女兒。小時候，我犯更小的錯都會被打得更慘。妳很幸運我不信體罰這一套。」

房間角落的警衛大聲說，「囚犯，小聲點。」

他的聲音令我想起我們身在何處。我鬆開緊抓椅子扶手的手。她在這兒不能傷害我，我不需要害怕。

媽媽往後靠，一如往常失去精力。以往我會急著想辦法彌補我的作為，化身我確定我做得到的完美女兒。但我再也不需要裝乖了，我不再是母親的所有物，我可以自由離開。

我咬緊牙關，收拾東西，從包包拿出太陽眼鏡。我要去享受陽光普照的日子，她可以繼續在牢裡老去。我把椅子往後推。

「對不起。」母親脫口而出，「我不該說什麼體罰，太過分了。妳知道我絕不會對妳動粗。」

我坐在原位，椅子推離桌旁，氣得無法回話。

母親示意我靠近一些。「來吧，來吧。我帶了一張照片，想給妳看另一位囚犯的狗。」她從口袋掏出照片。「花椰菜——狗的名字——跟囚犯的先生住在加州，他剛贏了世界最醜狗狗大賽。妳看。」我雙手抱胸，動也不動，於是母親站起身。「來，我過來好了。」

她俯視我，硬把照片伸到我眼前，瞎扯這隻醜陋的狗有多搞笑——她又變回甜美有趣的媽媽了。我一個字都沒聽進去。好一陣子以來，我第一次能清晰思考。

不到一年她就會出獄，又要開始變身怪醫一般的循環。先是溫暖的態度和笑話，緊接著無法避免的情緒波動，然後轉為虐待，又變回鎮上的甜心。單單一次的尖聲爭執或賞她一巴掌不足以處理這種程度的邪惡。

她需要一道永久存在的傷痕。

我瞥向牆上的鐘：六分鐘後，警衛會宣布訪視時間結束。六分鐘我能做很多事。於是我假裝聽她的故事，在所有對的時機咧嘴笑或驚呼。我扮演可愛的女兒，直到警衛示意時間到了。為了在母親的主場打敗她，偽裝很重要。她曾靠花言巧語躲過超速罰單，事後她告訴我，如果對方不把你當作威脅，操弄他們就容易多了。

我把椅子往後推，走到桌子對側，給她大大的擁抱。

她問道，「不生我的氣了？」她在我臉上尋找線索。

我燦爛地笑，搖搖頭。我走向出口，回首用一千名啦啦隊員的熱情口吻對她喊道，「下星期見！」

我停在沃許雜貨店的停車場，坐在廂型車內，氣得火冒三丈。我放開方向盤，驚訝地看雙手顫抖；我從來沒有氣到發抖過。大多時候，我的情緒發洩方式都是流淚或害怕。

我無法想像自己再那樣哭了。進出訪客中心之間，我老了四十歲。我又被騙了，再一次，再一次。

我還沒準備好走進雜貨店面對我的鄰居——我需要先冷靜。大口吸氣，大口吐氣。

我從包包拿出手機。

我滑起好友數最多的社群媒體應用程式：三十五名好友。再過幾週就是聖誕節，每個人的狀態更新都是節慶相關的活動。強森一家在河岸公園溜冰。凱特．米契上傳的照片是父母送她的小狗：提早收到的聖誕禮物。我停在蘇菲．葛拉斯彼的名字。她、爸爸和其餘的葛拉斯彼家人站在聖誕樹農場的高大松樹旁，爸爸比著大拇指，咧嘴露出做作的笑容。我沒看過他這麼高興，顯然失去我沒讓他睡不著。

我嘆了口氣，下車晃進雜貨店。我需要買一堆冷凍食品當晚餐——我這週沒精力煮飯——然後就能回家陪盆盆了。

我推著推車走過冷凍食品區，拿起索爾斯伯利牛排。有人叫我的名字。「玫瑰金？孩子，是妳嗎？」

我還沒轉頭就知道是史東太太。我暗自呻吟一聲。我現在最不需要她精力充沛的廢話。

我在臉上扭出大大的笑容，轉頭面對她。「嗨，史東太太。」

她抱抱我，然後檢視我的推車。「妳吃這樣夠嗎？妳每次都不吃蔬菜。」

我想嘶叫閉上妳的大嘴巴。為什麼我認識的每個人都覺得需要告訴我怎麼過活？我在自己家裡慘遭毒害的整整十八年間，這些大人都在哪裡？當時他們一點概念也沒有，為什麼現在就覺得懂了呢？

我撒謊說，「等一下我就會去蔬果區。」這下我得拿一些蔬菜，免得在收銀區又碰到她。我只想回家，微波一些爆米花，看奧斯卡得獎片單上的下一部電影《阿瑪迪斯》。這麼一點心願很過分嗎？

「喔，那就好。我跟妳說，缺乏維他命會導致掉髮，妳一直很在意妳的頭髮——」

「妳今天過得如何？」我放鬆牙關，「有什麼新消息嗎？」

她說，「喔，沒什麼。」史東太太是戴維克小學的行政助理，所以我相信她沒撒謊。她補上一句，「對了，妳認識凱倫嗎？畢巴迪小姐？」凱倫．畢巴迪是我的舊鄰居，我開始自學前，她是小學的校長。

看到我點頭，史東太太繼續說，「她父母打算賣掉蘋果街的房子。傑洛癌症復發了，情況不樂觀，上帝保佑。梅波覺得她沒辦法一個人打理房子，真可惜。」

我不知道史東太太為什麼覺得一般人會對這件事感興趣，幸好我不是一般人。

我用自己希望聽起來中立的口氣問，「蘋果街二零一號？」

史東太太說，「沒錯。」她頓了一下。「現在想想，那應該是妳媽媽小時候的老家。」

我點點頭，腦袋飛快轉動。

她露出傲慢的笑容，拍拍我的手臂。「知道她關在她該待的地方，妳晚上一定睡得很好吧。」她不知道我開始到監獄探訪母親。我最近發現，大忙人史東太太不知道她過去好友的很多事情。

我跟她道晚安，吹著口哨走向蔬果區。或許我會買幾顆芒果什麼的，真正享受一番。

兩星期前，媽媽告訴我——守口如瓶的玫瑰金，她甜美的小密友——蘋果街二零一號確切發生了什麼事，她說她沒跟任何人提過這些恐怖的細節。派蒂．華茲把她的秘密告訴我，因為她只相信我。或者她並不相信我，她只是從沒想過我會拿她的弱點對付她。

也許她低估我了。

第二十三章　派蒂

我從搖籃抱起亞當，一手枕著他，另一手的手背碰碰他的額頭。他沒有發熱——不是發燒。我前後搖晃他幾下，但他繼續哭嚎。嘔吐物的臭味飄進鼻子，我不能放著搖籃這樣不管。

我把孫子放進玫瑰金臥房的嬰兒床。

我壓過他的尖叫喊道，「孩子，幾分鐘就好。」

我跑進廚房，抓了一捲紙巾和抗菌噴霧。亞當的哭聲沒有減弱，但現在比較聽不到了。我可以從側門出去，在院子裡走一下，等他安靜下來。我當然不會這麼做。說我管太多？可能沒錯，但我從來不馬虎。

我挺起肩膀，走回我的臥室，手裡拿著清潔用品和垃圾袋。我從搖籃撈起嘔吐物，同時吹口哨唱著《歡樂滿人間》裡的歌〈一匙的糖〉，努力想蓋過小嬰兒的哭聲。

搖籃清乾淨後，我回到玫瑰金的房間，從嬰兒床上方俯瞰亞當。他還在哭，但越來越沒勁。

我抱起他。「我們現在一國了，」我告訴他，「你得替外婆好好的。」

亞當的下唇顫抖，害我有些心碎。他的哭聲聽起來好可憐。

「乖寶寶，怎麼了？你餓了嗎？」

我抱他到廚房，從冰箱拿出一瓶奶。幾天前，她還在這兒擠母乳，餵她的小孩。現在她拋下我一個人。

我把奶瓶湊到亞當唇邊，他飢渴地吸奶嘴，表示——喔，感謝聖嬰耶穌——他不再哭了。我癱躺在椅子上，試著慢慢餵他喝奶，享受每一秒的寧靜。古老的格言沒說錯：小孩還是看了可愛，別出聲最好。

奶瓶空了後，我把亞當放回我房間乾淨的搖籃。他微微嗚咽，但關上房門就聽不見了。我離開房間時，把門留下一絲縫隙。

我在客廳尋找線索才不到四分鐘，他又開始嚎啕大哭。我咬住嘴唇。危機當前，我最不需要這種狀況。我走過走廊去查看他。

他又吐了，這次吐得更多。我絞盡腦汁尋找答案：流感？食道逆流？吃壞肚子？我聞聞他的尿布，揪起臉，抱他到玫瑰金房內的尿布台。可想而知，他拉肚子了。我趕忙替他換上新尿布，免得他一次搞髒兩個房間。

他的哭嚎害我頭痛。我將他放進嬰兒床，開始今早第二次清洗搖籃。我快擦洗完時，又聽到嘔吐聲。我跑到嬰兒床旁，發現他在那兒也吐了。

我大聲說，「驚慌失措不能解決問題。」我的聲音無庸置疑在顫抖，我的心臟在胸口狂跳。我應該習慣了才對——我應付生病的孩子那麼多年。但那是好久以前，我疏於練習了。

我洗乾淨亞當的臉，然後趕到浴室。我用力拉開抽屜，掀開櫥櫃門，把一瓶又一瓶的罐子丟到身旁地上。這裡一定有補充電解質的培得賴液。現在小孩嘔吐的建議療法還是喝這個嗎？我不知道，我好久沒有從事醫療工作了。亞當的哭聲越來越大。

我把浴室整個翻過來，尋找相關治療藥品，卻找不到。玫瑰金沒有多少瓶小孩的藥，她完全無法應付生病的孩子。

我衝過走廊，回到亞當身旁。他的哭聲從短促的哭喊變成穩定的哀號。我從嬰兒床抱起他。「小傢伙，拜託不要有事。」我哀求道，努力安撫他。他吐了我一身。

我哭叫道，「你怎麼了？」我試著一手抱亞當，一手扯掉上衣。如果他繼續吐，他會脫水。

以防萬一，我應該打給他的醫生。這樣別人會知道怎麼回事，能幫我尋找解法。如果最後發現只是半天腸胃不舒服也無所謂，為了安全起見，打電話就醫沒有錯。

我從床頭櫃拿起手機，按下聯絡人按鈕，才想起我不知道亞當的小兒科醫生是誰。或許玫瑰金寫在她的實體通訊錄裡。我在廚房的雜物抽屜翻箱倒櫃，找出通訊錄，翻過每一頁。等我翻到最後一頁，仍然沒找到有「醫生」稱謂的條目，我都想跟亞當一起哭了。

我對小嬰兒說，「還是看看媽咪的桌子呢？」我抱他回到玫瑰金的臥室。我已翻遍每個抽屜，尋找她失蹤的線索，但當時我不是在找醫生的資訊，或許我漏了什麼。

我再檢查一次桌子的收納空間，這回動作更忙亂，沒時間把東西放回原位。檔案夾裡沒有，側面隔板上沒有，鉛筆拉層裡沒有。她一定把小兒科醫生的聯絡資訊存在手機上。我挫折地大喊。

一小時後，亞當還是繼續哭跟吐，我也還沒想出計畫。我已經來到臨界點，只想倒在地上耍脾氣。我一直想，我不知道該怎麼辦，哪個人告訴我怎麼做吧。

我突然靈機一動：我再餵他一瓶奶吧。先前餵他的時候，他安靜了十幾分鐘。我只需要十分鐘——一小段時間來好好思考，選擇行動策略。況且我也不希望他脫水，喝點奶對他不錯。我今天第五十次從臥房衝到廚房。

亞當緊咬著橡膠奶嘴，尖叫聲靜了下來，我差點感動到跪在地上。亞當喝奶，我看著他滿是淚痕的臉。我需要協助。這時我想到一個點子。

我可以——不對，我應該帶他去醫院。

一陣顫慄竄過背脊。我想像醫生護士環繞我們，急忙照料我生病的寶寶，問我問題，仔細傾聽我的每句話。

擔憂的外婆還能怎麼做？我無法聯絡上亞當的小兒科醫生，他已經吐了五個小時。

按照定義，這算是緊急狀況了。

我讓亞當喝完剩下的奶，然後把他放在玫瑰金床上。我在屋內四處奔走，把尿布包裝滿瓶裝母乳、濕紙巾等等。我衝到我的衣櫃，換上乾淨上衣。我跑到外面，打開車庫門，發動廂型車，這樣我帶亞當出來時車內就會暖了。

我轉身大步走回屋內。當我打開側門，我首先注意到一片寂靜，屋內跟室外一樣安靜。

我的心戛然而止。

我意識到我留亞當躺在玫瑰金床上，他可能摔下床受傷——或者更糟。我快步穿越廚房，惶恐地跑過走廊。要是有人……不，我不能這麼想，我只離開了一秒。

我反覆對自己說，「拜託沒事，拜託沒事。」

我一跨過玫瑰金臥房的門檻，亞當的哭聲馬上像一杯冷水潑在我臉上。發現小嬰兒在他母親床上扭來扭去，如釋重負的情緒排山倒海而來。短短一瞬間，我甚至不介意他也在床上吐了。他在這兒，他很安全。

我發誓再也不讓他離開我的視線。

我能鬆口氣的時間很短。他的哭聲難道更大了嗎？我骨子裡知道哪裡不對勁，亞當需要就醫。

我說，「好，寶寶，我們走。」我抱起亞當，背起他的尿布包，最後瞥了一眼玫瑰金毀了的房間。我不想留房子這個樣子，假如她回來，她會知道我亂翻她的東西。不過屆時我也讓她兒子恢復健康了，我們就算平手吧。

我把亞當放進嬰兒座椅綁好，再次想起我們要去哪裡。我猜想會碰到哪種醫生——態度友善，對待病人手法一流，還是比較正經，專注於事實。我敢打賭護理師會拍拍我的背，悄聲說我的決定沒錯。候診室的其他人會柔聲逗弄亞當，說他長得像我，摸他的額頭，提供他們各自的解法。我就喜歡醫界這一點：大家都想幫忙。

我倒車開出車道，感到微微一絲恐懼。玫瑰金過去的一些醫生和護理師或許還在醫院工作，更別說湯姆也可能在，不過他向來值夜班。況且我還有什麼選擇？就算那兒的人對我不滿，他們還是要照料我的孫子。我們都發了同樣的誓：首先避免害人。

或許亞當有嚴重的食物過敏，需要診斷治療。畢竟這個理論很合理，他母親也長年有腸胃道問題。

我踩下油門。或許小亞當也需要裝餵食管。

第二十四章　玫瑰金

二〇一六年十二月

我檢視面前折疊桌上的三盤便餐：索爾斯伯利牛排、千層麵和鑲青椒。我把餐盤拉近一些，決定從千層麵吃起。我懶得自己煮飯了——如果只是一個人在電視前吃，何必煮豐盛的餐點呢？我倒了更多莎特酒莊的金芬黛粉紅酒到杯子裡。

我狼吞虎嚥吃下食物，在網飛串流平台上滑過一部又一部影片。新的真人版《美女與野獸》剛上線——媽媽最喜歡的迪士尼電影。我戳著遙控器，停在一部黃鼠狼的紀錄片，但牠們也讓我想到她。我繼續滑，等到掃過整個片單，我關掉電視，靜靜吃完晚餐。

過去兩週，我腦中持續響徹著喊聲：騙子！騙子！騙子！騙子！騙子！

喊聲就像沒有解除鍵的汽車警報，我關不掉。昨晚想到這兒，我還摔破了一個盤子。

清掉塑膠容器後，我癱躺在躺椅上，手指敲打扶手。這週我已看了四次《小美人魚》。我瞥見角落的盆盆。我找到剪刀後，才意識到昨天已經修剪過她的枯葉。我把手指插進土裡：澆過水了。

我在屋內閒晃，打開冰箱，盯著照字母排列的調味料。我記得她都這樣整理。我揮向罐子，弄亂整齊的排列，直到眼前出現三層的混亂。我的手肘把一個罐子撞飛到地上，玻璃碎裂，醃黃瓜飛得到處都是。

我雙手緊緊握拳，放聲尖叫。

尖叫感覺很好，我最近很常試。通常我會對著枕頭叫，鄰居才不會聽到報警。

我把黃瓜留在地上，大步衝進臥房。我先看到床上的枕頭，拿起來，用盡全力扯其中一端，手臂因為用力或憤怒而發抖。棉布應聲撕裂，令我發顫。裡頭的填料滾出來，落在腳邊，我站在一朵雲上。

有人敲敲大門，把我從恍惚狀態中驚醒。我眨眨眼，把殘餘的枕頭丟回床上，跑向大門。

上回是什麼時候外人來過這間公寓？六個月前，快遞送過亞馬遜的包裹來……

我拉開門，史東太太站在走廊上。她怎麼進來大樓的？我考慮當她的面關上門，不過跟工具世界商場以外的人有點互動也好，未來我可能需要她。

她說，「嗨，小乖。」她上下打量我，彷彿我胸前可能綁了炸彈。我猜想她看到什麼。我整天都沒照鏡子，也沒洗澡。今天我休假，何必呢？

我掛上笑容問道，「怎麼有幸讓妳撥空過來？」

「妳好一陣子沒來我家了，我想說來看看妳。我可以進去嗎？」史東太太指向我的公寓。

我把門打得更開，讓她進來，接過她的外套掛在椅子上。她走過我身旁，視線掃過客廳，我不知道她在找什麼。這女人只需要這麼點時間就能惹惱人，真是破了紀錄，應該頒獎給她——她進來還不到三十秒。

她問道，「工作最近如何？」她走進廚房，在冰箱前猛然停下。「怎麼了？」

我想起地上的黃瓜。「我正在清理，」我彎腰撿起濕軟的蔬菜，「出了一點小意外。」

史東太太雙手捧著臉，反應明顯太大。「喔，寶貝，妳還好嗎？」

就算這輩子再也不用聽到這個問題，也不夠久。我開始覺得有些狀況比孤獨還糟——例如不受歡迎的陪伴。

我丟掉小黃瓜，把垃圾桶拖到冰箱旁，跪在地上，撿起碎玻璃。

「喔，寶貝，別直接用手，妳會割到自己。小心點。」

我閉上眼睛，手指摸著一塊碎片，想像玻璃能對史東太太脖子上很重要的血管做不太好的事。我撿起一片又一片玻璃，丟進垃圾桶，忽視她的警告。我開口時看著她。

「史東太太，有什麼事嗎？」
她哼哼哈哈一陣，然後說：「我聽說妳最近去監獄探視母親，妳取消了禁制令。」
老天，要她少管閒事會要她的命嗎？
我把最後一大塊玻璃丟進垃圾桶，拿抹布開始擦拭醃黃瓜汁。我瞥向史東太太，但沒說什麼。
「所以是真的囉？」她問道，手指玩弄紫紅色開襟毛衣的釦子。
我走去走廊的櫥櫃，拖出掃帚和畚箕，回到廚房。「對，沒錯。」我把小玻璃碎屑掃成一堆。史東太太看著我，趕忙拿起畚箕，放在碎屑堆旁。我把碎屑掃進去，她倒進垃圾桶。我從她手中接過畚箕，跟掃把一起放回走廊的櫥櫃。史東太太跟我走進客廳，我在躺椅坐下，她繼續站著，坐立不安。
「可能不甘我的事，」她清清喉嚨說，「但是為什麼？」
廢話，當然不甘妳的事。
我把眼睛睜得又大又無辜。「嗯，畢竟她是我母親。」
史東太太揪起臉，彷彿我建議她把那罐醃黃瓜連玻璃碎片一起吃了。「她那樣對待妳，妳不欠她一分一秒的時間。」
過去我們總是避談我的母親，我猜我們都不想重溫媽媽怎麼謊騙我們，我們有多笨才會長年聽信她的謊言。至少我是小孩，史東太太都成年了還受騙，她一定覺得真的像蠢蛋。我現在看出她多憤怒——我沒看過她氣得鼻翼擴張。「妳不覺得她值得第二次機會嗎？」

「她坐牢超過四年了。」我的雙手在大腿上相交。「妳不覺得她值得第二次機會嗎？」

史東太太的嘴唇緊抿成細線。「我不覺得，我認為妳不應該跟那個女人有任何瓜葛。」

現在大概不適合跟她說我見過傑洛和梅波·畢巴迪夫婦了。他們同意用遠低於開價的價格把房子賣給我，梅波說看在我「辛苦」的童年份上，他們至少該幫我一點忙。她跟我外婆很要好，並說她向來懷疑我母親是「壞胚子」。

買房子表示我得放棄美麗的白牙，所以我很慎重考慮。有記憶以來，每次感到開心，每次嘴角上揚，我都只會想到：停下來，笑是壞事。我差一點就能把這種想法趕出腦海了。多年來，我不斷夢想自在的喜悅是什麼感覺。比起我的自信快樂，還有什麼更有價值？

要不要考慮無比深層的滿足，讓每一寸肌膚都隨之顫動？要不要考慮另一種快樂——雖然沒遭人錯待過的話，可能會覺得那樣有違常理？

母親出獄後，我知道她會想要——不對，指望——我接她來住。我很樂意讓她住進兒時老家，在我的屋簷下，拿我辛苦掙來的錢惡整她。以後還有時間整理我的牙齒，眼前的機會需要立刻行動。這回我掌控一切。

史東太太喋喋不休。「她很危險，玫瑰金。她已經傷害妳一次，她要是再試一次我也不意外。」

想到母親傷害現在三十一歲的我，我不禁發笑。「史東太太，我不是小孩了。」我和藹地戲弄她，「我想我可以應付一兩回心理戰。」

「我講的不只是心理戰。」史東太太堅持，「她把我們全都洗腦了，尤其是妳，誰能保證她不會再來一次？要是趁妳沒注意，她對妳的食物下毒呢？」

這個想法太荒謬了。會嗎？

我問道，「妳認為她會這麼做？」

她毫不遲疑。「她不這麼做我才吃驚。她出獄後如果回來戴維克，我們都會像老鷹緊盯著她。」

一直以來，我想的計畫規模都太小了。在家弄些幼稚的惡作劇可能嚇到母親，但她不會學到教訓。買下舊房子只是許多步驟的第一步。

史東太太打斷我的思緒。「寶貝，答應我別讓她重回妳的生活。」

「我不能保證。」我把臉調整成希望是真誠的表情。「我想跟她重新來過。」

史東太太張嘴想反駁，但我站起身，伸出雙臂摟著她的肩膀。

「這樣吧：如果她又開始玩心理戰，或者只要她動我一根汗毛，我第一個就聯絡妳。」我直直看進她眼裡，讓她知道我沒騙她，因為我確實句句屬實。「我保證。」

史東太太嘆了口氣，她不喜歡這個協議。「我不知道妳想從中得到什麼。孩子，她不是好人。」

我笑了。「瑪莉，她是我媽媽。」我的口氣甜美，並注意到我叫她的名字時，她一臉驚訝。「母女的羈絆很神聖。妳比任何人都清楚，不管對方多糟糕，我們還是有辦法愛她們。」

史東太太——瑪莉——看來很困惑，好像想判斷我是否剛冒犯了她的驕傲和喜樂。「說到女兒，」她說，「亞莉說妳們不是朋友了。」

亞莉和我將近兩年沒說話，她居然最近才告訴母親。不可思議。

我哀傷地點頭。

「什麼時候的事？我完全不知道。」

妳當然不知道，因為妳女兒是個混帳雙面人，什麼都不跟妳說。

我朝地面縮起下巴。「我不想說她的壞話，可是她對我不太好。我逮到她背著我跟大學朋友說我的壞話。」

史東太太看來尷尬極了。「亞莉說是妳的錯，不過如果妳說的對，我非常抱歉。我沒有教她這樣待人。」

對，妳教她踩在妳和她認識的每個人頭上。

我拿起她的外套，交給她。「瑪莉，很抱歉我不能久待，我要跟公司的朋友去喝酒。」我簇擁她往大門走。「不過非常謝謝妳來，對我來說意義重大。」

我將她推過門檻。她試圖繼續與我對話。「妳的新朋友嗎？叫什麼名字？」

「阿尼。」我說出第一個想到的名字。想像我們在工作以外的時間相處，我差點笑出來。

她笑著說，「阿尼是特別的朋友嗎？」

我的老天。

「我們只是普通朋友。」我回以微笑，揮揮手。「拜拜囉。」

史東太太轉身走過走廊，叫道，「拜拜，孩子。」

我關上門，走到公寓另一側，等她矮胖的身影出現在停車場。一分鐘後，她果然站在人行道上，瞇眼望向黑暗，顯然在擔心戴維克並沒有的犯罪活動。我離開窗邊，繼續整理公寓。

五分鐘後，我又經過窗戶。史東太太還在停車場，坐在她車上。她發動了引擎，車燈也亮著，沒打算偷偷摸摸的意思。可是她在等什麼？她在監視我嗎？

我呻吟道，「該死。」我得開廂型車出去，她才不會知道我撒謊。一旦有人發現你說謊，再也不會有人相信你。

我穿上外套，抓起包包，小步跑向廂型車，假裝趕時間，才沒看到史東太太的車停在隔壁兩個位子。停車場都是車。週三晚上九點，大部分的鄰居都會坐在電視前，包括我。

我開了五分鐘到鎮上的酒吧，查看後視鏡。我不認為史東太太會跟蹤我，但以防萬一，我還是進去了。

酒吧很安靜，只有兩名老人坐在角落的位子，桌上一堆空酒瓶。其中一人注意到我進來。我坐在吧檯，與他們隔著整個房間。

酒保是與我年齡相仿的邋遢傢伙，他走過來，問我想喝什麼。我點了蔓越莓伏特加，他把飲料放在我面前。我看著酒吧大門五分鐘了，史東太太沒有跟來。我鬆了一口氣。

我啜飲一口飲料，思考我的新選擇。

我得花點心思，才能讓大家都相信我又落回她的魔掌之中。我必須扮演好這個角色，不過我有十六年的經驗當派蒂・華茲的受害者，所以應該不難。我必須能說服人。如果我想把母親送回她離開的地方，就必須全心投入才行。

我的嘴角翹起來。

「妳這樣的小美女一個人在酒吧做什麼？」

酒保走回來，雙手插腰，眼神閃耀。從來沒有人叫我小美女。

我舉起空杯說，「你覺得呢？」

他挑起一邊眉毛問道，「再一杯？」

「那不是你的工作嗎？」我把一邊手肘支著吧檯，下巴靠在指節上。

酒保咧嘴一笑，拿起一瓶便宜的伏特加。「我喜歡粗魯的女生。」

我沒說什麼，看他把蔓越莓汁加進我杯裡的伏特加。

他打開冰桶。「沒冰塊了，我馬上回來。」他手裡拿著我的飲料，走向後方儲藏室。

我叫道，「嘿。」他轉過身，我示意他回來。「沒關係，我不喜歡加冰塊。」

他臉上閃過一絲失望，不過他把杯子拿回來，放在我面前。他朝玻璃杯插了一根新吸管，滑過吧檯給我。

我的嘴唇含住吸管，吸了一口。冰涼的液體流下喉嚨。我們四目相交。

他眨眨眼。「我現在希望我是那根吸管。」

我抬起看飲料的臉，往後靠著椅子。「真的嗎？」我把頭歪向一邊。

我咧嘴一笑，大剌剌露出嘴裡每顆蛀爛的牙齒。

酒保猛然後縮，喃喃說什麼要去補冰塊。我看他溜回儲藏室。

他消失後，我從高腳椅跳下來，斜著拿杯子懸在吧檯上，紅色液體開始往下滴。

我喃喃說，「這是報復你想給我的飲料加料。」

我沿著吧檯來回走，沿路滴杯子裡的液體。最近才融入社會的我，現在可以確認社會沒有大家說的那麼好。其他人令我筋疲力盡。

我坐回高腳椅，越過吧檯探進半滿的冰桶，拿了一塊冰放進嘴裡咬。接著我掃視牆上一排排的酒，找到看來最貴的一瓶，盡可能用力把我的杯子丟過去。杯子碎裂，酒瓶傾倒，把其他瓶子撞下櫃子。巨響嚇得我跳起來，我感覺更像神經病，不是狠角色。

我環視酒吧，確信有人會逮捕我。我第一次注意到角落一名可愛的男生，他頂著黃棕色頭髮，臉上掛著歪斜的笑，朝我眨眨眼。

我回以微笑，用唇語說，「唉呀。」

酒保隨時可能回來——我得趕快離開。我拿起包包，走出大門，強迫自己不要回頭看可愛男孩有沒有跟上來。

我有工作要做。

第二十五章 派蒂

我懷裡抱著亞當，衝進醫院大門。我們走進來時，候診區的五、六個人都轉過頭來——亞當的哭嚎很難忽視。我掃視眼前的空間。從玫瑰金小時候到現在，醫院經歷了一些翻修，但大廳大致上沒變。我快步走到掛號櫃台。

「我的寶寶需要看醫生。」眼看年輕男子沒有抬頭，我哭喊出聲。我敢打賭他一定在電腦上玩遊戲，他感覺像在母親家的地下室住太久了。

他的視線從螢幕飄向我懷中大哭的小嬰兒，臉上閃過一絲同情。接著他抬頭看向我，懷疑取代了同情。

他問道，「他是妳的小孩？」

我嗤笑一聲。「除非他是越活越年輕的班傑明．巴頓。他是我孫子，已經吐超過六小時了。即使我有相關訓練，我還是不知道問題在哪裡。我跟你說，我是有執照的護——」

櫃檯接待員打斷我。「這家醫院有他的病歷嗎？」

我說，「有，他在這裡出生。」

「他叫什麼名字？」

「亞當．華茲。」

接待員把亞當的名字輸入資料庫，等了一下。

「他從來不會這樣吐。我擔心是不是我沒注意的時候他吞了什麼，或者他有晚發幽門狹窄症。我讀過——」

接待員再次打斷我。「系統裡沒有亞當．華茲這個人。」

我傾身靠著櫃台，試圖看他的螢幕。「你可能寫錯了。華茲是華麗的華，念茲在茲的茲。」

接待員很不高興，但我不在乎。

「亞當是亞洲的亞，當然的當。」

「我知道亞當怎麼寫。」他輕蔑地說，「剛才我也這麼寫的。」他還是再輸入一次，用力戳下確認鍵。

幾秒後，他（得意地）說，「查不到這個名字。妳要填新的病人登錄表。」亞當發出令人腦袋凍結的嘶叫，他揪起臉。

我逼自己深呼吸。「那他的母親玫瑰金．華茲呢？」我問道，「你們系統裡一定有她的資料。」

接待員交給我夾著空白表單的夾板。「太太，那也不會有幫助，每個病人都要有自己的病歷。」他示意我選一張椅子坐下，我帶著尖叫的寶寶遠離他，他看來如釋重負。

我帶亞當靠近候診室時，其他人看來可不歡迎。我對每個人露出「對不起」的微笑，一名年邁女子回以笑容，我選了她旁邊的位子。

我開始填表格。我發誓玫瑰金跟我說過，她打算在這裡生產。我記得我說過，她生亞當跟我生她的醫院是同一家，真的很特別。她似乎不怎麼感動，但我推斷是孕期緊張的關係。她一定是最後臨時得換醫院，或許去了三十幾公里外的西景醫院。

我填完表格，交還給態度很差的接待員。我有點想責罵他，但我了解醫界一點：你會希望大家跟你一國，否則你什麼都做不成。我笑著把夾板交給他。

他說，「很快就會有人叫妳。」

我想問多快，但我知道會惹怒他，就沒問了。我把注意轉向亞當，他的臉哭得發紅。我們回到位子上，我從尿布包拿出奶瓶，湊到他嘴邊，他開始吸奶，停止哭泣。

身穿相襯運動裝束的中年男子喃喃說，「喔，謝天謝地。」我朝他投以不齒的表情。大家對孩子也能這麼殘忍。

過了無比冗長的三十分鐘，護理師叫了亞當的名字。我從椅子跳起來，把尿布包和我的包包背在肩上。亞當又開始哭了，我急著想遠離候診室的人——他們的耐心快磨光了。運動褲怪獸翻白眼翻到眼睛都快掉出來了，我經過時不小心踩到他的腳趾。

我跟著護理師穿過一扇門，走過一條沒特色的白色走廊，左右兩側都是病房。我想起以前替小玫瑰金做的賓果遊戲——每次我們去新的房間，她就可以填一個方格。她七歲就把格子填滿了。

我們在走廊盡頭右轉，來到另一條更長的走道。護理師走得比我快很多，不過我得抱著快七公斤的人形保齡球，還有他所有的家當。我低頭查看亞當，結果直接撞到人。

「派蒂？」

我還沒抬起頭就認出他的聲音：湯姆。這下不妙。

我往後退，仰頭看我身穿手術服的舊友。「嗨，湯姆。」

「妳在這裡做什麼？」他的問句聽起來確實困惑。他掃視我全身尋找傷口，接著看到亞當。他瞇起眼睛。

「我得走了，湯姆。晚點聊？」我試著繞過他，追上護理師，她已經繞過下個轉角。

湯姆跟著我一起動，擋住我的去路。他再問一次，「妳在這裡做什麼？」

我不耐地說，「我的孫子生病了。」

湯姆靠向亞當，醫療訓練本能啟動。他說，「哪裡生病？」

我知道我的話會聽起來很可疑，對我不利，可是我沒有別的方法避開他。我對上湯姆的視線。「他吐個不停。」

湯姆的眼神充滿恐懼，接著轉為憤怒。他朝我走一步，只留給我空間勉強擠過他。他抓住我的手腕，但我甩開他。

我嘶吼道，「我什麼都沒做。」我加快腳步，追上護理師。繞過轉角前，我回頭瞥向湯姆。他站在原地，目送我走。

我差點撞上護理師。「我才在想妳去哪兒了。」她帶我走進十六號房。以前玫瑰金叫這間幸運房，因為十六是她最喜歡的數字。

護理師說她叫珍奈。她在我們身後關上門，問我關於亞當症狀的基本問題，同時檢查他的眼睛、耳朵和嘴巴。她掏出聽診器聽他的心臟和肺部，再檢查他的皮膚和生殖器有沒有疹子。當她按亞當的肚子，他又開始哭。

珍奈說，「對不起，小弟弟。」她聽起來很真誠。她玩弄亞當的腳，試著安撫他。我疲憊地坐在後頭，很高興身旁有人知道怎麼照顧小孩。

珍奈問道，「亞當喝母乳嗎？」

我點頭。

「妳是亞當的外婆吧？」珍奈繼續試著讓亞當靜下來。

我點頭。

「他父母的名字是？」她把他交還給我。

「玫瑰金．華茲和菲爾……我不知道他父親的姓氏。」

珍奈停止打字。

我說，「我女兒跟他沒有聯絡了。」

亞當越哭越大聲，珍奈必須大叫我才聽得見。「玫瑰金今天在哪裡？」

好險這時亞當吐在我身上，臭味救了我。

「妳看！我就是說這種狀況。」我指著證據說，「他從早上九點就開始這樣。」

珍奈從椅子跳起來，抓起一把紙巾，幫我把自己身上和寶寶清乾淨。

丟掉所有弄濕的紙巾後，珍奈走向門口。「蘇卡醫生馬上就來了。」我燦爛地笑，我喜歡見新醫生。

我搖晃啜泣的寶寶說，「乖寶寶，我們會給你吃藥，讓你的肚肚變好。」亞當繼續哭，但他的臉是乾的。他脫水了。我把他抱得更緊。

一會兒後，蘇卡醫生敲門進來。她態度沉穩，頭上有幾撮白髮，對待病人溫和但正經——我最喜歡這種醫生。或許我們會成為朋友，我可以趁她午休到醫院找她，她可以給我看最新的藥品。然後我記起我和亞當不會在戴維克久留。真可惜，我得在新落腳的城鎮再找另一位蘇卡醫生。

蘇卡醫生看著電腦螢幕，摘要列出我向珍奈解釋的症狀。我點頭，急著想知道療法。

蘇卡醫生越過有型的玳瑁眼鏡上緣打量我。「亞當的母親在哪兒？」

我實在不能說，這個嘛，我三十二小時沒看到或聽到她的消息了，所以我不太確定。不管女兒在哪裡，她都活該。

「她出差去參加論壇，」我說，「這週我照顧亞當。」

蘇卡醫生搖搖頭。「聖誕節前一週出差去參加論壇？這年頭公司真沒良心。」

我點頭同意。「她工作時間太長，好像我才是主要照顧他的家人。我盡量努力，我是有執照的護理師助理，所以我希望我知道我在做什麼啦，不過碰到今天這種狀況，我還是覺得心有餘而力不足。」

蘇卡醫生拍拍我的肩膀。「別擔心，派蒂，妳做得很好。」

過往熟悉的溫暖從胸口湧起，散佈到全身，像蓋了電毯。她的認可，她的鼓勵——我努力一字不漏記下她的話，好儲存起來，在未來幾個月拿出來用。

「我想先開小劑量的口服電解液替亞當補水。」蘇卡醫生說，「妳看到他哭卻沒有眼淚了嗎？這是脫水的症狀。」

「可是醫生，」我說，「照他吐的量和時間，妳不覺得這比一般的鬧肚子嚴重嗎？還有腹瀉呢？」

「目前才八小時，」蘇卡醫生說，「通常要超過十二小時才需要開始擔心。妳家有培得賴液嗎？建議等他吐完三十到六十分鐘再給他喝。」

我大老遠跑來，得到的答案是喝該死的培得賴液？我可不這麼想。

我焦躁不安地說，「我覺得可能是幽門狹窄症。」

蘇卡醫生看來很意外。「他喝完母乳會吐？」

「對，」我說，「他時時刻刻都會吐。」也就包含喝完奶後。

蘇卡醫生壓壓亞當的肚子。「通常幽門狹窄的話，我們會在腹部摸到橄欖狀的腫塊——增大的幽門肌肉。我現在沒有摸到。」

蘇卡醫生準備離開，但我需要她留下來，我還不希望這次看診結束。我想要處方，真正的治療，不只是無所事事的大學生宿醉時喝的草莓口味開架成藥。可是我的腦袋轉得不夠快；我百科全書般的病狀知識疏於使用，我想不出其他疾病。

「我拿一瓶培得賴液給妳，我們在這兒給亞當喝第一劑吧？我馬上回來。」我還來不及反駁，蘇卡醫生就走出門外。對待病人和藹但有效率——她果然是專業人士。

她離開後，我思考我的選項。我可以說他吞了小一塊玩具。她會問我為何一開始沒提，但我可以假裝羞愧，說我不希望她認為我是糟糕的外婆。如果玩具夠大，她可能不放心讓他自然排出，就可能建議開刀。

我突然感到似曾相似：趕著帶玫瑰金到醫院，永無止盡的等待——等醫生，等治療，等她好轉。就連亞當吐的樣子都讓我想起玫瑰金。

現在女兒失蹤，長時間待在醫院並不理想，我們不需要把情況弄得更複雜。我希望亞當別吐了，我才能專注在下一步。或許我應該讓他喝培得賴液就好，並祈求一切順利。

我查看手錶。怎麼這麼久？醫生忘了醫院的藥放在哪裡嗎？我打開門，探頭到走廊上左右看看：什麼都沒有。我走出門外幾步，瞄向轉角。

蘇卡醫生和湯姆站在走廊盡頭，他像瘋子一樣比手畫腳。他們站得太遠，我聽不見他說什麼，但肯定不是好話。這個大老粗為什麼一有機會就要管我的事？湯姆．畢恩，沒有人請你逞英雄。

他轉頭瞥見我，我還沒能躲回轉角後，蘇卡醫生就轉頭看到我了。他們都盯著我。我回到十六號房，畏懼取代了蘇卡醫生的讚美帶來的溫暖，但我現在不能離開。

一兩分鐘後，蘇卡醫生手裡拿著一瓶培得賴液回來。我搜尋她背棄我的跡象：避免眼神接觸，雙臂抱胸，講話口氣生硬。然而她有禮的態度跟先前一樣。

「我跟妳說，派蒂，我想妳可能沒錯。」她轉開瓶蓋，倒出一點液體到湯匙。「亞當嘔吐的狀況很激烈，我想應該讓他在醫院待久一點，保險起見。」她餵亞當喝補水的電解液。

想到能延長在醫院的時間，期待的顫慄不由自主竄過我全身。有人喜歡露營或去海邊，我呢？我向來喜歡長時間好好待在醫院。但不是今天，不是現在。我太害怕，甚至無法想像享受現狀。

我問道，「要待多久？」湯姆想把我困在這裡。

「至少幾小時，或許過夜。」蘇卡醫生看著亞當說，「我們想做點測試，排除比較嚴重的疾病。」她從優雅的眼鏡上緣凝視我。「應該沒問題吧？」

我用力吞口水。「當然沒有。」

我無法判斷胸口的搏動是因為興奮還是恐慌。

第二十六章 玫瑰金

二〇一七年三月

我向警衛羅伯揮揮手，離開工具世界商場，走向停車場。以三月初來說，今天天氣溫暖，很快我最喜歡的春天就要到了。春天時，大家都會珍惜那些在夏天裡視為理所當然的事。春天是重新開始、訂新計畫的時節。自從三個月前瑪莉·史東來訪，我想了很多。

我爬進廂型車，倒車開出停車格，逼自己忽略對面並排的四輛白車。我浪費太多時間在意愚蠢的預兆和迷信，現在要認真一點了：親愛的媽咪再八個月就要出獄，屆時我會準備好。

等她和我再住在同一個屋簷下時，我會瘦成皮包骨。十一月穿無袖走來走去太冷，於是我決定開始慢跑，才有藉口穿得很少在社區跑動。運氣好的話，搞不好某次慢跑我還會昏倒，引人注目。我可以想像湯姆·畢恩或瑪莉·史東扶我回家，狂按門鈴，怒目瞪著來應門的母親。他們會想像她站在爐子旁，摩擦雙手開心地嘎嘎笑，把一滴又一滴甜到噁心的液體倒進我的那碗燉菜。

讓他們震怒只是起頭。

我還有幾個月才需要開始認真限制卡路里攝取量，我本來就瘦，再減重不用多少時間。但我想確保等時候到了，我真的做得到。我現在把食物當成人來愛，某個層面來說，食物比人還好——可靠又有營養，從不回嘴。

我可不期待要放棄漢堡、藍莓鬆餅和起司通心麵，要假裝不會煮飯也讓我興奮不起來。這時我已經能做不錯的義大利煎蛋了，不過為了遠大目標，必須有所犧牲。

為了準備，我設計了一套訓練計畫。我會花兩小時做美味的烤雞，然後在上頭淋指甲油去光水，就不能吃了。有天晚上，我在面前的托盤桌上放了一袋彩虹糖，測試我能熬多久才打開。（我的紀錄是四十二分鐘。）上個月，我烤了一個美麗的彩糖蛋糕，咬了一口，然後逼自己扔掉蛋糕。事後，我知道我準備好了。

這些極端手段有必要嗎？未必，但別小看無聊的事有多重要。

等我開到我的一房公寓停車場，我才想起我不住在這裡了。我咒罵一聲。一名老人瞪我一眼，我也瞪回去。

十分鐘後，我停在長青街和蘋果街交會口等紅綠燈。右手邊歐寶先生家的車道盡頭放著一台破舊的跑步機。如果他要丟掉，我不如問他能不能給我，明天下班就去看看吧。

我左轉開上蘋果街，繼續前進直到路的盡頭。蘋果街二零一號：甜蜜的家。我等車庫門打開，把廂型車開進去停好。

兩星期前，我搬進母親兒時的老家。梅波．畢巴迪本來希望等到年底再搬走，但傑洛的癌症惡化得比他們預想還快，兩個月前他與世長辭了。我去了葬禮——一方面去哀悼，一方面也去提醒梅波我準備搬進去了。她太過悲痛，等不及趕快搬走。她說，「太多東西會勾起這兒快樂的回憶。」

我沒有說出心裡想的話，這輩子妳過得真他媽的辛苦啊。

我打開我的房子大門。我的房子——這麼說仍讓我感到飄飄然。房子又舊又陰森，許多地方就快分崩離析，但目前這就夠了。我的傢俱不足以塞滿兩間空臥房，不過溫暖的身子很快就會住進其中一間。

我踢掉鞋子，翻起信件。帳單、外送廣告，還有一個厚厚的信封。我撕開信封——我花好幾個月才在網路上找到。小時候，藥局跟雜貨店都買得到這種藥，但現在得偷偷爬到網路上的陰暗角落才能入手。我探進信封，摸索冰涼渾圓的玻璃瓶，掏出一個白蓋子的褐色小瓶子，標籤上印的藍字寫著「吐根糖漿」。

我對角落的蕨類盆栽說，「盆盆，就是這個了。」

我盯著瓶子——不比我的手大，卻對我的身體造成多大傷害。小時候我只看過一次，在媽媽放襪子的抽屜後方。她一定換了藏匿地點，免得瓶子給「好管閒事的人」找到，也就是我。我用手指圈住瓶子，同時感到強大又噁心。

我並不喜歡對自己下毒，但只有這麼做，才能確切證明母親故技重施。我不確定陪審團會相信有人能迫使大人挨餓，但大人絕對可能在不知情的狀況下中毒。只有笨蛋會敗給同樣的詭計兩次，我想我得當笨蛋了。

往好的一面想，這次不會只有我生病。這回換我扮演上帝了。

我把棕色小瓶子塞進襪子，放進臥室的櫃子。回到客廳路上，我停在即將成為母親臥房的門口。她搬進來前，我在這兒替她準備了不錯的驚喜。我不希望媽媽只能盯著四面無聊的老牆——她值得誇張的排場。

有時我深信在屋內能感到外公黑暗的存在。我心想，母親如何躲避他的怒火？她是否先從明顯的地點藏起：她的臥室衣櫃，床底下，浴簾後面？隨著年齡增長，她是否變得更狡詐？躲在車庫的車裡，爬到樹上，或地下室巨大的冷凍庫裡？

「你怎麼想？」我走過客廳，一面問盆盆，「我猜親愛的大衛舅舅過世後，華茲一家很少下去地下室。」

我走進廚房，查看冰箱上的日曆。看到今天的日期寫著「節食訓練」，我不禁咒罵一聲。今晚我本來想訂披薩，不過計畫就是計畫，我好幾週沒有測試自己了。我準備好晚餐——五塊蘇打餅，罐子直接舀出來的兩匙焗豆，還有一塊微波好的完美雞塊——用托盤桌端到客廳，好坐在躺椅上吃。我不再覺得有必要在廚房的餐桌吃飯了，我不想盯著對面空的椅子。

我打開電視，讓《教父》在背景播放。我看過這部片好幾次了，柯里昂老大的聲音令我放鬆。瞧我變了多少——小時候，媽媽只讓我看迪士尼電影和《妙妙狗》影集。光想到要看主持人史蒂夫再收一次信，我就想用他的綠毛衣勒死自己。

我把焗豆罐頭放遠，才不會忍不住想吃。我拿起手機，滑過好幾個社群媒體應用程式。我發現史東太太建立了臉書帳號，不禁翻白眼。

我對盆盆說，「她又有方法管別人的閒事了。」我咋咋舌，繼續滑手機。每個人的生活都好無聊、好渺小，大家都只會換工作、男友和公寓。

一個名字吸引我的注意，我停下手。

我對盆盆歡快地說，「唉呀，看看是誰。」

蘇菲．葛拉斯彼，令人受不了的葛拉斯彼家族一員。我一年半沒跟這群弱智說話了，既然他們沒有試著聯絡我，我何必花時間聯繫他們？我拒絕讓自己深思我有多想念安娜。這是他們的損失，不是我的。

我檢視蘇菲的貼文：一張金姆先上傳的家庭照，蘇菲轉發了她的貼文。

他們一家五人站在草原上，身穿相襯的服裝：白褲子和藍上衣。他們熱情歡笑，開心無比，凝視站在中央、一臉老態的女主人。金姆手裡拿著藍色氣球。

氣球上印著一隻卡通鶴，叼著小嬰兒，下方誇張的字體寫著：「是男寶寶！」

我說，「不。」

我的視線飄向金姆的照片附文：「我和比利很高興能在九月迎接葛拉斯彼家的最新成員。」

「不。」我又說了一次，注意到爸爸臉上發癡的燦笑。

我繼續讀。「多年來，我們一直想要第四個孩子。我們的禱告終於靈驗了。」

我厲聲叫道，「你、有、第、四、個、小、孩！」我把手機丟出去，機子撞上牆壁，摔在地上。我不在乎。劇烈的啜泣抽動我的胸口，激起長年沉睡的哀慟，逼我想起我失去的一切。可是我不會再讓這些人害我哭了，我拒絕坐在這兒痛哭到肚子痛。生氣容易多了。

我從托盤桌下猛踢雙腿，焗豆和餅乾飛了出去。我揮拳捶向躺椅椅背，直到指節裂開。我大聲尖叫好久，停下來後耳朵還嗡嗡作響幾秒。我盡可能用力咬住拳頭，牙齒陷入肌肉的痛害我又放聲尖叫。當我抽開手，手都流血了。

我在客廳踱步，焦躁地扯頭髮。這些混帳在國內到處閒晃，假裝自己健全又美好，但沒有人知道他們把毫不在乎的人丟到一旁，沒有人知道他們多糟糕。

我停下來一分鐘，端詳顫抖的雙手。我抓著幾縷金髮——我什麼時候拔的？

他們有了——現在有了——第四個小孩。他們拒絕了我。

他們通通不值得這個寶寶，尤其是爸爸和金姆。只要我們其他人受苦，他們就不能繼續為所欲為，享受生活中最棒的一切。有人得處罰他們，讓他們見識他們對別人造成的痛苦，體認不得已失去家人的感受。

太陽下山，所有鄰居都熄燈後，我仍坐著氣了很久。我滿腦子只看到照片中父親發癡的笑。我發誓，想到方法抹掉他臉上那抹燦笑前，我不會離開椅子。

大約凌晨兩點，正當我坐在地上撿地毯上凝固的焗豆和壓碎的餅乾，我再次意識到我想的格局太小了。我不是天生的謀略家，但給我足夠的時間，我就能想出點子。現在我想到很好的計畫。

「非常好的計畫。」我轉向盆盆，這才發現盆盆被我砸向牆壁，盆子碎成一百萬片，泥土散落在地毯上。我聳聳肩——我晚點再清理她。有時候你會不小心傷害你愛的人。

我咧嘴笑，從地上撿起幾顆豆子，夾在拇指和食指之間，然後滑進嘴裡。就這一次，我要打破自己的規矩，多吃一點，畢竟我們在慶祝嘛。

我感到非常快樂驕傲，幾乎要唱起歌來。一首經典童謠竄進腦海——完美的選擇，我太有母性了。我一面唱，一面撿起更多豆子。

寶寶和搖籃，全都會掉下來。

第二十七章 派蒂

頭上一個日光燈泡閃閃滅滅，惱人的嗡嗡噪音打亂寧靜的空間。我停止踱步，瞪了天花板一眼。我應該叫其中一名護理師找維修人員來。

我查看亞當，他在嬰兒床上睡著了。一天半內我老了二十歲。我真心渴求在蘋果街家裡等我的單人床。現在玫瑰金不在了，假如我想要，我甚至可以睡那張加大雙人床。

我和亞當在醫院待了幾小時，都沒有人來看我們。四周的牆變成牢房。我通常熱愛醫院的味道，消毒過的乾淨氣味令人安心，時時提醒你隨處有人幫忙。現在這個味道害我有點作嘔，令我窒息。

或許我應該偷偷帶亞當離開，自己治療他。

我開始收拾尿布包，這時有人敲門。我鬆開袋子，往後退，彷彿照料小嬰兒是犯罪。

我轉向門口，以為會看到蘇卡醫生或護理師珍奈。只要不是湯姆，我都能應付。

我沒料到會看見兩名制服警察。只要不是湯姆或警察，我都能應付。

第一名警察又高又瘦，長得像驚嘆號，閃亮的眼神暗示她偏好體罰。她走進房內，另一名警察跟在後頭。

「我是戴維克警局的托馬雷維奇警佐。妳是派翠西亞．華茲嗎？」

我說，「叫我派蒂。」父親才叫我派翠西亞。「你們是為了亞當來的嗎？」我問道，「他病得真的很重。」

托馬雷維奇說，「我們等一下再談小嬰兒吧。」她指向她的跟班，他看起來勉強才到能開車的年紀。「這位是波茲警員。」

波茲警員朝我揮揮手，一副我們在海灘派對碰面的樣子。托馬雷維奇皺起眉頭，轉回來面對我。

她問，「派翠西亞，玫瑰金在哪裡？」她的深色雙眼刺穿我，令我想到禿鷹。

「叫我派蒂。」我再次糾正她。「我不知道。」我的雙手開始顫抖，於是我盤起雙臂，貼著身體。

「妳最後見到她是什麼時候？」

「昨天早上我載她去上班，她說值班完會慢跑回家，她偶爾會這樣，但她一直沒到家。」我的雙手不知怎麼逃出禁錮，在腰邊擰動。我把手塞進褲子後口袋，但擔心姿勢太輕率，又把手掏出來。我必須顯得無辜。

托馬雷維奇繼續說，「為什麼妳沒報警，或通報她失蹤？」

派蒂，小心回答。

「她失蹤剛超過二十四小時，」我說，「我以為她可能去哪兒發洩情緒了。」

托馬雷維奇比著引號問道，「玫瑰金像會去『發洩情緒』的人嗎？」

我心想，不像。「嗯，」我說，「有時候。」我發現我聽起來不太擔心女兒的行蹤，於是我補充說，「新手媽媽很辛苦，我想給玫瑰金一點空間。」

托馬雷維奇說，「原來如此。」我不喜歡她的口氣。「我派了警員去工具世界商場詢問經理，他說玫瑰金昨天根本沒去上班——今天也是。他說最後有人看到她是週六下午五點。如果妳數學不好，算起來已經超過五十二小時了。」

我需要喝水，我的喉嚨彷彿吞下快兩公斤的沙。我吞了口口水。「我不知道妳想要我說什麼，我不知道她在哪裡。」

托馬雷維奇看來並不擔心，她漫步走到病床對面的椅子坐下，蚱蜢般的長腿彎成尖銳的角度。我坐在床上，很慶幸床撐著我，掩飾我雙腿的顫抖。

「蘇卡醫生說，妳告訴她玫瑰金出差去參加論壇。」托馬雷維奇看著我，等我回答，但我想不到答案，於是我保持沉默。「妳不回答我就當妳承認了。妳剛才跟我說不知道玫瑰金在哪裡，為什麼妳跟她說的不一樣？」

我清清喉嚨。「我一次只能處理一個問題。當時亞當病得很重——現在也是。我沒辦法同時照顧他，又去找女兒。」

「所以才要靠警察呀。」托馬雷維奇打斷我，瞇起眼睛。「波茲警員要檢查妳的東西。」

雖然她沒問，我仍點頭同意。為了展現我多配合，沒什麼好掩飾，我把包包和尿布包交出去。

波茲從尿布包看起。包包重至少快五公斤，裡面有數十個小隔間、拉鍊口袋和扣口包。波茲開始逐一拿出每樣物品，在邊桌上擺成一堆——尿布、濕紙巾、奶嘴、可攜式換尿布墊、尿布疹乳膏、乾洗手、備用連身衣、奶嘴繩、帽子、拍嗝巾。他從側面口袋掏出兩瓶母乳，檢查後放在地上，跟其他東西分開。

他繼續往包包裡挖，掏出衛生紙和玫瑰金的髮圈，支撐我們度過每一天的各種垃圾。我的心在胸口猛跳。

現在波茲整隻手臂塞進尿布包，拉開我們從來沒用的側面小口袋拉鍊。他從其中一個口袋掏出長方形的小東西——iPhone手機。我完全不知道裡面有手機。

我覺得我要吐了。

波茲問我，「這是妳的嗎？」他第一次開口，聲音比我猜想的低沉許多。他觸碰手機的按鈕，但螢幕仍然一片黑——沒電了。波茲在自己的袋子裡翻找一陣，拿出充電器。他在牆上尋找插座，接上手機。他滿意地抬頭看我，等手機開機。

我可以撒謊，我可以說手機是我的，我可以說我不知道是誰的。但我打賭他們輕易就能查出手機是誰的，我對科技不夠了解，無法智取警方。波茲看起來像出生就拿著iPhone。

我喃喃說，「那是玫瑰金的手機。」兩名警察驚訝地把眉毛挑得老高，托馬雷維奇的嘴角開始翹起。

「我連續好幾天打電話給她，焦急地留言。」我抗議道，「你們可以檢查通話紀錄。」

托馬雷維奇說，「好幾天？我以為妳說才二十四小時。」

「那就好幾小時吧。」我說，「或許只是感覺像好幾天，我太擔心了。」現在是說真的了。「我很擔心他們倆。」

這時手機已開機運作，波茲開始滑動點按螢幕，搜尋資訊。我看不到螢幕，不知道他在找什麼。

「派翠西亞，問題是呀，」托馬雷維奇說，「有位擔憂的居民收到玫瑰金寄來一封嚇人的信，今天打電話報警。」

我心想，誰？接著我抬起頭，希望我沒說出口。

托馬雷維奇翹起腿，右腳腳踝靠著左膝。「信中聽起來玫瑰金非常怕妳，我們認為妳好像又開始虐待她了。」

又是同樣的指控，這個小鎮就是永遠放不下。

波茲放下玫瑰金的手機，拿起尿布包，重新開始搜尋。他翻過每個隔間，摸過每一寸內裡。他不發一語，甚至沒瞥向我們。托馬雷維奇繼續說。

「她說妳逼她抱走寶寶。」

「什麼？」我的視線從波茲跳回托馬雷維奇身上。

「妳逼她假裝寶寶是她的，如果她不照做，妳就威脅要傷害她。妳說是時候該報仇了，沒有人可以拋下派蒂或玫瑰金．華茲，還不用付出代價。玫瑰金說她一開始配合妳的計畫，但她擔心妳會傷害路克，就像妳傷害她。她說當她質問妳，叫妳住手的時候，妳說不可能，還威脅要傷害他們倆。」

我的頭一陣暈眩。「路克？」

托馬雷維奇咬緊牙關，盯著亞當。「路克．葛拉斯彼。」

聽到那個名字，我猛然感到反胃，眼冒金星，房間開始變暗。

我看向睡在嬰兒床的寶寶問道，「妳是說這個小孩不是我的孫子？」

「玫瑰金的說詞查證無誤。」托馬雷維奇說，「我們打電話給費爾菲德警局。比利．葛拉斯彼——玫瑰金的父親，妳的前男友——兩個半月前通報小孩失蹤，他們一直不眠不休在印第安納州找他。」

波茲從口袋掏出折疊刀，在尿布包內裡割了小洞，拉出一個白蓋子的棕色小瓶子。他獲勝般說，「找到了。」

托馬雷維奇和波茲轉頭看我。我意識到他們想要我回應，他們認為那瓶吐根糖漿是我的。

但那不是我的。今天早上，我開車帶我的那瓶到隔壁小鎮，躲在賽百味潛艇堡賣店後面摔碎瓶子，掃起碎片丟進垃圾桶。要帶亞當來醫院，我完全不能冒險。

我問道，「為什麼我要帶我毒害的小孩來醫院？」

托馬雷維奇聳聳肩。「好問題，妳以前不是常做嗎？」

我忽視她的評論。「為什麼我要帶毒藥？」

托馬雷維奇用嚴厲的眼神盯著我。

「要是我做了虧心事，為什麼我不去別的醫院，才不會有人認得我？」

托馬雷維奇轉向波茲，指著裝滿玫瑰金母乳的奶瓶。「把這些包起來，送去檢驗。」波茲聽從指示，把物品裝回尿布包，拿著奶瓶和玫瑰金的手機晃出房間。我不可置信地看他離開。

「我二十五年沒跟比利．葛拉斯彼說過話。」我抗議道，「我甚至不知道玫瑰金知道他的本名。這些事我通通不知道。」

托馬雷維奇放下翹起的腿，往前傾，手肘支著膝蓋，手撐著下巴。「對，我們都知道妳一直宣稱無辜，妳從來沒做錯什麼，」她說，「永遠都是別人的錯。說來有趣，司法體系並不同意。」

我必須做決定，但沒有多少時間了。我的直覺反應向來都是否認、否認、否認，但我意識到我可能面臨嚴峻的指控……綁架，第二次嚴重虐童，不知道還有什麼。我被逼到角落了。我深吸一口氣。

句子脫口而出。我說，「好，我承認玫瑰金小時候，我偶爾待她不好。」

我以為終於說出這些話，會感到一陣如釋重負，畢竟我忍了這麼久，假裝無辜，表現得一副什麼都不知道。可是我只感到空虛挫敗，像個輸家。再也沒有人會對我笑，拍我的背，說我做得夠好了，偶爾甚至說我很棒。我只懂得扮演超人母親的角色，少了這個身分，我什麼都不是。

我用力吞口水。「可是我從來、從來沒有虐待亞當——我是說路克。我不知道他被綁架。」

房門甩開，瑪莉．史東怒氣沖沖闖進來。「我就知道妳有問題！」她厲聲叫道，「我們都知道。我們知道當年妳傷害玫瑰金，現在又故態復萌。妳這個怪物，妳對她做了什麼？」

瑪莉闖入嚇了托馬雷維奇一跳，她跳起來，把手放在瑪莉手臂上。「史東太太，我不是請妳在大廳等？」她冷靜地說，「現在我必須請妳出去。」

瑪莉甩開托馬雷維奇的手，繼續大吼大叫，朝我指指點點。「妳對他們倆下毒，然後殺了玫瑰金。妳想除掉她，才能毀了那個可憐寶寶的人生，就像妳毀了她。她信裡把妳的事全告訴我了。當她開始反抗妳，妳就害慘了她。」

瑪莉哭了出來。

托馬雷維奇對她的無線電說，「衛區和米契請到十六號房。」

「寶寶出生後，我一個月沒看到玫瑰金。」瑪莉哭著說，「她說因為懷孕併發症，她得去春田的醫院生產。她在哪裡？」

瑪莉的叫嚷吵醒亞當，他也開始哭。

她叫道，「寶寶。」她紅著雙眼，臉上掛著鼻水，朝他走去。托馬雷維奇站在亞當前面，擋住我們兩人。

「好可憐的寶寶。」瑪莉放聲哭嚎，彎下腰不住啜泣。

又有兩名警員走進房間，視線直接投向瑪莉。其中一人轉向托馬雷維奇確認，她俐落點頭。警員抓住瑪莉的手臂，扶她站起身。

「小姐，我們走吧。」他推著她走向門口。門關上後，我還能聽到她的嘶叫。

托馬雷維奇對另一名警員說，「替寶寶叫蘇卡醫生或護理師來。」

警員點頭離開。三十秒後，珍奈——我們原先的護理師——從門口跑進來。

托馬雷維奇朝珍奈點點頭。「我們懷疑寶寶喝了吐根糖漿中毒。我不確定需要做哪些測試或治療——」

珍奈自信滿滿，順暢地打斷她。「我們會照顧他。」

她大步走向嬰兒床。當她把亞當——路克——抱進懷裡，我的肚子一陣翻騰。她轉向門口，悄聲對他說話，試圖安撫他疲累的哭聲。她將寶寶挪到其中一手，打開門。永遠帶走我的寶寶前，她朝我露出邪惡的表情，充滿恨意與不齒。然後她走了，帶走亞當——我是說路克。

房間陷入靜默。

我感到麻木。

我和托馬雷維奇沒等多久，兩名警員又走了進來。我馬上瞥見手銬。我把雙手放在背後，讓警員上銬。

「我是無辜的，」我抗議道，「我說的是實話！」

托馬雷維奇開始宣讀我的權利，但我沒在聽。遭到指控的人沒有權利。無罪推定原則？根本是一堆屁話。

托馬雷維奇還在說話。「這兩位警員會護送妳到警局。我也想親自送妳去，但我必須打一通重要的電話給費爾菲德警局，我想整個小鎮都會非常開心。」

可是玫瑰金懷孕時有來訪視我，她還擠了那麼多母乳。她以為她的父親叫葛蘭特，已經過世了。我從來沒用過我的那瓶吐根糖漿。沒有一件事合理。

「妳得找到我女兒，」我說，「她有妳要的答案。」

托馬雷維奇再次用禿鷹般的眼睛盯著我。「相信我，我們會找到她。」

她朝警員點點頭，離開了。

警員護送我走出病房，來到走廊，一直看著磁磚地板，希望湯姆在午休，或跌落地球表面在地核某處被煮熟。我們慢慢走向出口，我看到大家的眼神，但我太過震驚，無法感到羞愧。

亞當的真名叫路克，我的孫子是比利的兒子，我沒有孫子。

警車已開到醫院門口，其中一位警員帶我坐進後座，另一位坐上駕駛座。他們的臉很模糊，他們說的話很模糊，這輛車也很模糊，整座小鎮像打轉似的糊成一片。我試著靠理智思考掙脫，試著串起清晰的思緒。我只想得出一句話。

那個小賤貨擺了我一道。

第二十八章　玫瑰金

我當然擺了她一道。

你也想跟我一樣。你也曾晚上躺在床上，想像用各種精美的手法懲罰錯待你的人。你知道他們是誰——即使現在，他們的臉仍飄浮在你腦海中。*如果可以就好了*，你會這麼想，但不敢想到底。

我和你的差別就在於貫徹始終。我讓想像成真了。

當烏蘇拉準備毀了愛麗兒，亞力克王子沒有向她求和。他沒有把海洋分成兩塊，認命跟海女巫和平共處。他開船把船桅直接捅進她的肚子，殺了她。我是自己的亞力克王子，我救了自己。

自從母親再次被捕，已經過了一週。講到這兒我仍會面色泛紅，雖然也可能只是曬傷了。這兒每天都晴空萬里，氣溫二十一度。

我在麵包店排隊，準備買甜麵包。店面牆上畫滿當地歷史景點的彩色壁畫，顧客互相比手畫腳閒聊，沒有人管我。我老是回來這家店，主要因為收銀員對我很好。輪到我時，我把錢交給他，他露出微笑。短短一秒鐘，我感到沒那麼孤單。

我離開麵包店，再次停下來呆看對街美麗的磚造教堂。連續三天早上，我欣賞教堂的鐘塔，塔頂裝飾天使舉起的鑄鐵皇冠。我很快意識到我張嘴站在這兒，完全暴露在外。我繼續前進，沿著熱鬧的街道走，同時咬了一口甜麵包。

幾分鐘後，我來到我停車的小巷。我開知名品牌的破舊白色轎車，品牌名就不提了，不過網路上說是這裡路上最常見的車。我徹底融入當地，我可以是任何人，我不想被發現。

天哪，警察可認真找我了。我敢打賭《閒聊雜誌》的維尼·金恩現在願意下跪求我接受訪問。

我解鎖車門，爬進駕駛座，對著後視鏡梳平假髮的瀏海。烏黑短髮不是我的首選，但這個髮色能好好偽裝我。我再咬一口甜麵包。一股難聞的氣味闖進鼻孔：體臭。我聞聞腋下——我臭死了。我得趕快洗澡，或至少下海泡一下。海邊就在幾條街外。

過去七天，我移動的距離超過這輩子的總和。這也是新的我。我想要重新開始，表示我需要與過去徹底切割。

上週一早上，我一如往常準備上班。一如往常，媽媽在大約八點五十分放我在工具世界商場下車。然而不如往常，我沒有進去工作，反而轉頭走回家。我在對街沒上鎖的空屋躲了幾小時，直到媽媽出門帶路克去公園。一等她離開，我忙得跟小蜜蜂一樣。

我必須清乾淨我的衣櫃，在假母乳裡加吐根糖漿，將我的手機和棕色小瓶子藏進尿布包。把信丟進郵筒後，我開開心心上路了。

我本來打算把信寄給費爾菲德的警察，但我發現讓瑪莉．史東掌握媽媽的命運會害她非常不爽。

加碼送分。

十四小時後，我在丹佛的郵政信箱暫停，拿新的身分證件。多謝我的前男友。等我的名字上報，我不擔心他會舉發我；偽造護照可以關上十年。

然後我往南行。

我繞到車子後座，折起被子（舊的海灘巾）和枕頭（我的紫色連帽上衣）。地上散落速食包裝和髒的內衣褲，或許洗澡時也順便洗衣服吧。

我發動車子，不確定要去哪裡。我不熟悉這個城市的路，也不習慣卵石路、處處可見的電話線、四處環繞的山丘。我沒看過這麼多棕櫚樹——這週以前，我沒見過真正的棕櫚樹！我哪兒都想去，卻害怕轉錯彎。我必須不斷提醒自己不可能轉錯彎，因為我心中沒有目的地。

我考慮找工作，在這裡的度假飯店打掃房間或接待客人。我可以跟客人說英文——

就算對方是陌生人，能聊聊天也好。我七天沒跟任何人說話了。我不想離開，但一直有股揮之不去的感覺說我應該走。

如果想消失，在大城市還是小鎮比較容易？最大的大城市要往東十一個小時。路上幾百萬人會讓我的臉融入人海，然而那裡警察大概也很多。如果我選陳舊的小鎮，我保證不會看到幾個警察，但我會鶴立雞群。我用手指敲打方向盤，避開行經路人的視線。任何人都可能在追捕我。

我曾以為計畫成功後，我就自由一身輕了，我沒料到謀略策畫還不知道要持續多久。我倒退開出停車格，決定開往高速公路。我總是能回來，現在我不能在一個地方待太久。

感覺大家都只關心小寶寶。路克很好，他跟爸爸和金姆重聚了。我確保只在每個奶瓶滴幾滴吐根糖漿，藥效頂多跟嚴重腹瀉一樣長。我不會殺了自己的弟弟，我沒有發瘋。帶走他根本一點也不難。九月開始，我仔細關注蘇菲的社群媒體帳號，接著有一天，碰，他就來到世上了。葛拉斯彼一家都分享了他在醫院的照片；他很健康，媽媽很健康，有的沒的。我等了幾週，然後趁休假開車到印第安那州，把廂型車停在客運站。我走了一點五公里左右到葛拉斯彼家，等爸爸送小孩去上學，自己去上班，接著豎直耳朵聽。

仔細傾聽能完成很多事。

我看金姆帶路克上樓，便從後門溜進屋裡，躲在爸爸說從來沒人進去的狹小節慶櫥櫃。等我聽到淋浴的水聲，我悄悄鑽進客房——原本應該是我的房間。客房現在改回嬰兒房，牆上仍然可見那排愚蠢的小鴨，跟我來訪時一樣。他就在那兒，一個月大，在嬰兒床裡沉睡。我小心抱起他，免得打擾他的美夢，夢中可能有小狗或消防車。他小小的身子緊靠著我，我全身因為滿溢著愛而發疼。「我是你的大姊姊，」我悄聲說，「我保證會保護你安全。」

我當然可以拿任何婦產科或公園的寶寶誣陷母親，但這個小嬰兒有一石二鳥的功效。我的父母都要為他們殘酷的行為付出代價。

那幾個月很不好過。我帶路克回家後，深怕自己露出馬腳，讓葛拉斯彼家逮到我，差點緊張到發瘋。沒錯，爸爸把我趕出他的人生已經兩年，他也沒有理由懷疑我對他的家人懷有惡意。我不曾再聯絡他們，那天在足球場上，我也只有結結巴巴可悲地道歉。然而我仍擔心我在屋裡留下鞋印或其他證據，可以追蹤到我。

我接媽媽出獄那晚，爸爸打電話給我，我差點驚恐地昏倒。然而我不需要擔心，他打給電話簿裡每個人，請大家幫忙注意他孩子失蹤的消息。他尷尬地在電話上斷斷續續跟我說話，這時我才知道他完全沒概念。我鬆了口氣癱坐在地上，在正確的時刻說正確的話，甚至提議開車過去幫他找寶寶。他當然馬上拒絕——即使需要協助，他仍希望我遠離他的家人。隔天早上，媽媽問來電的人是不是亞當的父親，我點點頭。我沒有撒謊。

你知道假裝當新手媽媽多難嗎？相較之下，穿假孕肚——這年頭在購物網站上什麼都買得到——輕鬆極了。我得準備一大堆配方奶，鎖在我的房間裡，一天還要把牛奶倒進擠乳器三次，讓機器看起來用過。我直到最後才開始加吐根糖漿。除去這件小事，我是模範母親。跟我比起來，路克算幸運了。

我好懷念那個小傢伙。他是我最好的朋友，人生中唯一沒有拋棄我的人。某個層面來說，我了解母親的感受。送走他是我做過最困難的決定。

我知道除非為寶寶而死，我綁架他的行為才能受到原諒。警方在找我，但我不認為他們指望我還活著。要是活著給他們找到，群眾會把我釘上十字架，批評我，說我邪惡。可是我需要一個小孩，媽媽的虐待才會顯得真實。成年女子被母親下毒只表示她蠢，可是無助的幼兒呢？沒有什麼比傷害小孩更能激怒群眾——還有陪審團。我很清楚。媽咪，這回看妳怎麼狡猾脫身吧。

我開了幾小時，讚嘆即使在高速公路上，這個地方仍如此翠綠。高山處處可見，永遠高高聳立在某處，絕對比玉米田漂亮多了。我轉開收音機，電台在播舞韻合唱團的「美夢」，我母親很愛這首歌。

我猜想現在她在哪兒。我關掉收音機。

最終我發現汽油快沒了，便開下高速公路。我需要振奮精神。我在紅綠燈暫停時，抓起拋棄式手機，重看瑪莉．史東接受媒體訪問的影片。我快轉到四十秒處，按下播放。她站在講台上，淚流滿面，對著一大束麥克風大喊。她誇張的本性讓她成為不知情的完美共犯。

「我親耳聽到派蒂．華茲說，」瑪莉哭喊道，「她對玫瑰金下毒，害她挨餓。」

我按下暫停，往後靠著椅背。我每天至少看這段影片十幾次。燈號轉綠，我踩下油門。

妳自作自受。

母親只需要坦承毀了我的人生，在她悲慘的一生中說一次實話就好。她搞砸了她的機會，而且從頭到尾都小看我。媽媽以為我沒辦法——沒膽——陷害她，她忘不了她從前養大的小玫瑰金是什麼樣：虛弱、怯懦、依賴媽咪。她認為她的傻瓜女兒比不過她的腦袋。別笑掉我的大牙了。

喔，現在她想彌補過錯了——她跟每個願意聽的記者說她遭到誣陷，說我設計她，現在躲起來了。

可是沒有人想聽騙子說的實話。

我開進破舊的加油站，把車停在汽油泵旁邊。油槽加滿後，我走進店面，用現金付款。接著我走到店後方，進入廁所鎖上門。我拿下假髮，在水槽洗臉，努力不要讓水流進嘴巴。

臉不再滴水後，我往腋下潑了一些水，把衣服裡外翻過來，免得讓人看到污漬。我站著一分鐘，揮手搧風。

我的視線飄向鏡子，落在我的頭髮上。髮絲終於長到我一直夢想的長度，髮尾垂在胸口。我把頭髮撥過肩膀，才意識到我看起來像誰。幾年前，我只想成為她的翻版——成為亞莉．史東。可是我不再想當那個人了。我不會因為少幾根毛就大驚小怪，我比亞莉堅強多了。

我離開加油站，開到一家小雜貨店。我只花幾分鐘就找到我要的東西。

我拿著新買的工具，回到加油站的廁所。就算店員認出我，或很訝異再看到我，他都沒有表露出來。鎖上門後，我從包包掏出剃刀，開始作業。

長長的深金色頭髮一縷縷落在地上。

我順著頭剃，剃刀的嗡嗡聲帶我回到連棟屋的小浴室。我又變回六歲，身穿澎澎裙，盤腿坐在盥洗台上。媽媽剃著我的頭，提醒我如果不剪短，頭髮會一撮撮掉光。她保證我這樣比較好看。

生平第一次，我做了決定。

我剃呀剃呀剃，直到剃光頭髮——全都沒了。我的腳消失在剃下來的頭髮底下。拜拜，亞莉。

我用雙手摸過毛茸茸的頭，咧嘴笑了。現在我恢復吃飯後，臉開始長肉，眼睛也沒那麼凹陷了。鏡子中，兩排蛀爛的牙齒向我閃耀。我好幾個月沒有試圖遮掩牙齒，現在也想不起來一開始為何這麼在意了。我的牙齒沒那麼糟，雖然看來脆弱，但其實頗為牢固，足以餵養我，守護我的秘密，控制我的怒氣。

大多數人不喜歡心懷怒火。他們覺得怒意會輾壓吞噬自己，便決定放手，試著忘記別人怎麼錯待他們。

可是有些人無法忘卻，也永遠不會原諒。我們時時磨尖斧頭，準備粉碎一切，我們把懇求憐憫的聲音像大顆的硬糖咬在齒間。

俗話說，積怨是沉重的負擔。

幸好我們特別強壯。

致謝

感謝——

我耀眼的經紀人Maddy Milburn從待讀清單抽出這份書稿，給我一個機會。與妳共事是我職涯中做過最棒的決定，我會永遠感謝妳。MMLA團隊的其餘成員——Anna Hogarty、Georgia McVeigh、Giles Milburn、Chloe Seager、Georgina Simmonds、Liane-Louise Smith、Hayley Steed和Alice Sutherland-Hawes——謝謝你們協助我保持腦袋清晰，你們都是超級巨星。

我優秀的兩位編輯，美國的Amanda Bergeron和英國的Maxine Hitchcock。妳們的洞見與點子讓這本書和我這位作者在各個層面上都變得更好。謝謝妳們讓我聽起來比實際上聰明，並分享（或至少容忍）我對試算表的熱愛。每一天，我都非常高興我和我的書在妳們兩位手中找到歸屬。

Berkley出版社團隊：鎮上最棒的公關Loren Jaggers和Danielle Kier；時事通訊忍者Bridget O'Toole；還有行銷大小事的大師Jin Yu。我真希望我們住在同一座城市，才能經常聚會。Emily Osborne和Anthony Ramondo，你們設計的封面太完美了。同樣感謝Berkley出版社團隊的其餘成員：Craig Burke、Stacy Edwards、Grace House、Jean-Marie Hudson、Claire Zion，以及美國企鵝蘭登書屋的其他成員。

Michael Joseph出版社團隊：超讚的編輯小組Emma Henderson、Rebecca Hilsdon和Hazel Orme；我傑出的公關Ellie Hughes和Gaby Young；行銷夢幻團隊Vicky Photiou、Jen Porter和Elizabeth Smith；以及才華洋溢到不可思議的設計師Lee Motley和Lauren Wakefield。我要向Michael Joseph出版社的其他成員致上百萬分的謝意：Louise Blakemore、Anna Curvis、Christina Ellicott、James Keyte、Catherine Le Lievre，以及英國企鵝蘭登書屋的外圍團隊。

Mako Yoshikawa，我的第一位讀者，我的論文指導，我的導師。早在我只寫了三個章節時，妳就相信這本書會成功。妳的回饋形塑了玫瑰金的聲音，妳教會我小說中因果關係的重要。或許最重要的是，妳督促我繼續寫下去。這本書能存在都是妳的功勞。

Rick Reiken，我的論文讀者和前教授。你超越一般工作坊教師的職責，對我的寫作技藝給予出色建議，並協助我探索出版界。要不是你，我可能還在跟那份（糟糕的）初稿奮鬥。謝謝你溫柔地幫助我發現我需要重新開始。

Steve Yarbrough，我的第一位工作坊教授。即使我在課堂上寫的故事很……粗糙，你仍持續鼓勵我。每週我都盡可能吸收你的智慧，我希望至少有一點收穫已呈現在這本書的字裡行間。

愛默生學院支持我以這本小說作為藝術創作碩士的論文。謝謝各位教職員讓我成為更好的作家；謝謝學院慷慨的獎學金計畫，讓我能專心寫作；謝謝我的同學——尤其是Beth Herlihy——閱讀這個故事的早期初稿，替我打氣。

以下各位和你們的作品，協助我了解代理型孟喬森症候群的病史和心理影響：Julie Gregory的《生病：代理型孟喬森症候群受害者的童年回憶錄》；Michelle Dean在Buzzfeed網站上對布朗夏爾母女迪迪（Dee Dee）和吉普賽（Gypsy Blanchard）的案件報導；Marc Feldman的《裝病？解開孟喬森症候群、代理型孟喬森症候群、詐病和人為疾患的迷思》。但本書中若有任何錯誤，都應歸因於我。

牙醫師Jim McKee博士花時間提供了我牙齒相關的專業知識。

Ashley Chase、Ray Ciabattoni、Sarah Coffing、Guy Conway、Maddy Cross、Lauren Hefling、Annie和Todd Hibner、Christy Holzer、Jen和Tristan Kaye、Dave和Sara McCradden、Ali O'Hara、Dave Pfeiffer、Kelsey Pytlik、Shiv Reddy、Tara Reddy和Savs Tan對這本書和我做的每件事都抱有毫不動搖的愛與支持。

Allison Jasinski與我在日內瓦街公寓藍色沙發上暢談的時光。妳點燃了我對心理學的興趣，以及我對社會邊緣人的著迷。謝謝妳永遠相信我。

Wichrowskis一家：謝謝Sheila、Taylor和Paul擔任我最早的讀者之一，並率先在讀書會討論我的小說！過去幾年，我詢問你們的意見無數次——包含我的疑問、書背書摘、封面設計，列都列不完——你們總有最聰明的答案。這段期間，沒有什麼比你們的興奮之情更重要。我能成為你們家的一員真的太幸運了。

我的祖父母Pat和Jim Soukup。謝謝你們永遠愛我，培養我對閱讀的喜好。三十多年來，每次去你們家，你們當中總有人拿著書。身為你們的孫女，我非常驕傲。

Malichs一家：謝謝Jackie、Matt和Cadence不厭其煩的鼓勵。Jackie，謝謝妳擔任我最早的讀者之一，花好多時間跟我討論劇情轉折——不管是好的、不好的，還是很老梗的。謝謝妳回答我數百個不舒服的問題，告訴我關於懷孕、當新手媽媽和為人母的種種。妳的力量和愛持續令我大開眼界。謝謝Cadence來到我們的生命中——妳是我看過最甜美的寶寶，有這樣的姪女是人生莫大的殊榮。拜託妳很久很久以後再讀這本書。

Vicki Wrobel協助我搞定科羅拉多州的地理，參與各種大小事的討論，總是逗我笑，永遠支持我。謝謝妳相信妳在媽媽肚子裡看到玩具反斗城——這個故事能用來取笑妳一輩子。有妳這個姊妹太幸運了。

媽媽和爸爸。早在我知道自己有天會寫書前，你們就知道了，所以我應該正式記錄下來：你們沒錯。從閱讀《在動物園失蹤的女孩》、《加速閱讀》到《霧溪冒險》等書開始，沒有人像你們這樣加強我對閱讀和寫作的愛。你們長年的支持讓寫這本書容易許多，但你們的教養讓創造派蒂的角色難多了——因為我只知道充滿愛心、無私、百分百支持孩子的父母。爸爸，謝謝你，只有你相信同時寫書和練習跑馬拉松是好主意！你的執念驅使我更努力工作，表現更好。小時候你跟我說過一百萬次，夢想越大並不會代價越高，我想我終於聽進去了。媽媽，沒有妳我就完蛋了。妳幫我影印、快遞、到處找珍珠光澤的上衣——沒有什麼忙大到不能幫（而我求助了很多次）。謝謝妳在我為寫書做研究時，面對數十個詭異的問題，連睫毛眨都沒眨。我隔著大洋都能感到妳的愛。我好愛好愛你們。

Moose。大家偶爾會問我整天獨自工作會不會感到孤獨，但從我們把你帶回家那天起，我就不再孤單了。雖說如此，如果你能別在我的桌子底下放屁，我絕對不會反對。

Matt。謝謝你成為我的伴侶。謝謝你搬來波士頓，讓我能念研究所。謝謝你在我攻讀藝術創作碩士時支持我。謝謝你認為這本小說是個好主意。謝謝你提供書中可說最棒的笑話。謝謝你的點滴餵食（你只會看到我寫這一次）。謝謝你和我一同慶祝所有的好，一同承擔所有的壞。謝謝這麼多年後，你仍是我想傾訴一切的第一個人。早在二〇一一年第一次約會時，我就坦承有個瘋狂的夢想，有一天想寫一本書。你雙眼一亮，傾身靠近，想多聽一點。那天以來，謝謝你每天都傾身靠近我。

臉譜小說選 FR6577
親愛的玫瑰金
The Recovery of Rose Gold

原著作者　史蒂芬妮・羅貝爾 Stephanie Wrobel
譯　　者　蘇雅薇
書封設計　莊謹銘
責任編輯　廖培穎
行銷企畫　陳彩玉、楊凱雯
業　　務　陳紫晴、林佩瑜、葉晉源

出　　版　臉譜出版
發 行 人　凃玉雲
總 經 理　陳逸瑛
編輯總監　劉麗真
城邦文化事業股份有限公司
台北市民生東路二段141號5樓
電話：886-2-25007696　傳真：886-2-25001952

發　　行　英屬蓋曼群島商家庭傳媒股份有限公司城邦分公司
台北市中山區民生東路141號11樓
客服專線：02-25007718；25007719
24小時傳真專線：02-25001990；25001991
服務時間：週一至週五上午09:30-12:00；下午13:30-17:00
劃撥帳號：19863813　戶名：書虫股份有限公司
讀者服務信箱：service@readingclub.com.tw
城邦網址：http://www.cite.com.tw

香港發行所　城邦（香港）出版集團有限公司
香港灣仔駱克道193號東超商業中心1樓
電話：852-25086231　傳真：852-25789337

馬新發行所　城邦（馬新）出版集團Cite（M）Sdn. Bhd.
41, Jalan Radin Anum, Bandar Baru Sri Petaling,
57000 Kuala Lumpur, Malaysia.
電話：603-90563833　傳真：603-90576622
電子信箱：services@cite.my

一版一刷　2021年9月
ＩＳＢＮ　978-626-315-006-5

售價：400元
（本書如有缺頁、破損、倒裝，請寄回更換）

國家圖書館出版品預行編目資料

親愛的玫瑰金／史蒂芬妮・羅貝爾（Stephanie Wrobel）著；蘇雅薇譯. -- 一版. -- 臺北市：臉譜出版，城邦文化事業股份有限公司出版：英屬蓋曼群島商家庭傳媒股份有限公司城邦分公司發行，2021.09
面；　公分. --（臉譜小說選；FR6577）
譯自：The Recovery of Rose Gold
ISBN 978-626-315-006-5（平裝）

873.57　　110012255